Sherlock Holmes
et l'Empire russe

Sherlock Holmes et l'Empire russe

textes traduits du russe par
Viktoriya et Patrice Lajoye
et Don Aminado

LINGVA

> « La Russie est aussi le seul pays où toute une série de pièces locales intitulées *Sherlock Holmes à Saint-Pétersbourg, Sherlock Holmes à Moscou*, etc., a prêté un moment au protagoniste anglo-saxon de cette retentissante épopée policière la signification et l'importance d'un héros national. »
> Stanislas Rzewuski, « Sherlock Holmes au théâtre », *Le Gaulois*, 2 janvier 1908.

Trois années se sont écoulées depuis la parution de notre traduction de *Sherlock Holmes en Sibérie* par P. Orlovets. Deux années durant lesquelles nous n'avons cessé de nous intéresser au sujet. Nous avons tâché de comprendre comment un personnage, certes célèbre, de la littérature britannique, a pu se retrouver intégré à la littérature populaire russe, et ce en très peu de temps. Les découvertes que nous avons faites au cours de cette enquête, et les précisions que nous avons obtenues concernant des éléments que nous connaissions déjà, nous obligent à revenir sur ce que nous disions en préface de *Sherlock Holmes en Sibérie*, quitte parfois à nous contredire.

Nous l'avions dit alors, la première traduction de récits holmésiens a lieu en Russie en 1898, avec les *Mémoires d'un célèbre détective (Zapiski znamenigako syščika)*, traduits par L. Goldmerstein chez Mordoukhovski à Saint-Pétersbourg. Il y aura ensuite presque tous les ans un volume d'aventures de Sherlock Holmes traduit de l'œuvre d'Arthur Conan Doyle, avec des tirages qui oscilleront autour de 3 000 à 5 000 exemplaires, ce qui peut paraître peu de nos jours, mais qui était considérable en Russie à l'époque[1].

Il faudra cependant attendre quelques années avant que des auteurs russes ne prennent en main le personnage et ne se l'approprient[2].

---

[1]   La liste de ces éditions, avec leurs tirages respectifs, peut être consultée à cette adresse : http://acdoyle.ru/avtors.html

Un premier texte, « Habitude féminine » (« Ženskaja privyčka »), placé sous le nom d'Arthur Conan Doyle lui-même, est supposé avoir été écrit dès 1904. Il n'a été cependant publié pour la première fois que dans le recueil d'articles *Mister Sherlock Holmes*[3]. Cette nouvelle surprend car elle est ouvertement pornographique et nous décrit une véritable orgie à Baker Street. Toutefois, il est permis d'émettre des doutes sur l'authenticité de ce texte, édité sans présentation, sans source : où a-t-il été retrouvé ? Qu'est-ce qui permet de dire que 1904 est bien sa date d'écriture ?

En janvier 1905, juste avant le début de la révolution manquée, le journal *Temps nouveaux (Novoe vremja,* n° 10367), publie une courte histoire, « Sherlock Holmes en Russie » (« Šerlok Xolms v Rossii »), signée simplement K. N. V.[4]. On ignore totalement l'identité de l'auteur, mais, fort curieusement, ce même texte sera traduit la même année en italien, sous le titre de « La Sconfitta di Sherlock Holmes »[5]. Il s'agit d'une parodie, qui se moque gentiment de l'état de désorganisation complet dans lequel se trouve la Russie.

À partir de 1907, des fascicules traduits de l'allemand commencent à paraître. L'intégralité de cette célèbre série, diffusée en de nombreuses langues dans toute l'Europe, sera traduite en russe, la parution s'achevant en 1909. C'est en 1907 aussi que paraît à Saint-Pétersbourg, le premier vrai pastiche russe, signé simplement V. P. : *Sherlotsk (sic !) Holmes : ma rencontre et mes relations avec le célèbre détective anglais (Šerlock Xolms : Moja vstreča i znakomstvo so znamenitym anglijskim syščikom).* Il est suivi d'un récit anonyme, *Sherlock Holmes à Pétersbourg – tiré des notes du détective policier mondial (Šerlok Xolms v Peterburge – Iz zapisok vsemirnago policejskago syščika),* publié en fascicule par la revue *Tous (Vsem),* n° 9, novembre 1907[6].

---

2   La bibliographie qui suit a été établie à partir de recherches dans le catalogue de la Bibliothèque nationale de Russie (www.nlr.ru), dans la base de données Laboratorija Fantastiki (www.fantlab.ru) et à partir de l'article d'Abram Il'ič Rejtblat, « Materialy k bibliografii russkogo dorevoljucionogo detektiva », *De Visu,* 3-4 (15), 1994, p. 77-81.

3   *Mister Šerlok Xolms,* n°1, 2014, Moscou, Parovaja tipografija A. A. Lapudeva, p. 352-356

4   Traduit dans ce volume.

5   *La Domenica del Corriere,* anno VII, n°22, 28 mai 1905, p. 11-13.

6   Traduit dans ce volume.

Au début de l'année 1908, Arkadi Avertchenko, célèbre écrivain satiriste, fondateur de la revue humoristique *Satirikon*, publie dans celle-ci une parodie d'aventure de Sherlock Holmes sous le pseudonyme de Meduza-Gorgona : « La galoche perdue de Dobbles » (« Propavšaja kaloša Dobbl'sa »[7]. Il y dénonce déjà le caractère parfois grotesque des déductions miraculeuses du détective.

En janvier 1907, la pièce de théâtre *Sherlock Holmes,* dont il sera question plus bas, est jouée au Théâtre populaire de Penza, sans grand succès. Mais dans son n° 90 d'avril 1908, le journal *Les Nouvelles du gouvernement de Penza (Penzenskie Gubernskie Vedomosti)* publie les trois premiers chapitres d'un récit anonyme : « Sherlock Holmes à Penza » (« Šerlok Holms v Penze »). Le récit, on ne sait pourquoi, ne sera jamais achevé[8].

Au mois de mars de la même année, le journal *La Flammèche (Ogonek)* publie une nouvelle anonyme, « À la vitesse de l'éclair (Tiré des notes d'un détective policier) » (« S bystrotoj molnii (Iz zapisok politsejskogo syščika) »), qui est une aventure classique de Sherlock Holmes, se passant en Angleterre. Peu après, la même revue entreprend de publier trois récits anonymes, mais qui cette fois-ci se passent en Russie : « Sherlock Holmes à Moscou » (« Šerlok Xolms v Moskve » - mars 1908), « Sherlock Holmes à Odessa » (« Šerlok Xolms v Odesse » - avril 1908[9]) et « Sherlock Holmes à Bakou » (« Šerlok Xolms v Baku » - mai 1908). Il est alors clairement dit que l'auteur tient à l'anonymat, et que les manuscrits viendraient de Varsovie. Ces trois aventures prennent place lors d'un supposé séjour d'Holmes en Russie pendant la Révolution de 1905, aussi l'arrière-plan politique est-il sensible. Le tout s'accompagne de petits articles sur Sherlock Holmes, et enfin, d'une série de télégrammes de protestation du fameux détective, qui finit par venir « réellement » Russie à la recherche du faussaire qui lui attribue ces aventures[10]. Qui est justement cet auteur ? Aucune recherche n'a permis de l'identifier. Mais la même année, la revue

---

7   *Satirikon*, 1908, n°9 – et non n°3 comme il est indiqué partout –, p. 4-5. Traduit dans ce volume.

8   http://penza-online.ru/kultura/index.php?ELEMENT_ID=11333

9   Traduit dans ce volume.

10 L'ensemble est relaté dans A. Šerman, *Šerlok Xolms i delo « Ogon'ka »*, 2013, Salamandra P.V.V.

publie des nouvelles d'auteurs populaires tels qu'Andreï Zarine, qui ne dédaigne pas les récits policiers[11], Maxime Belinski (pseudonyme de Ieronim Iassinski)[12] écrivain à la palette très large et aimant la satire, ou encore Nikolaï Brechko-Brechkoski, dont on sait qu'il écrira aussi des fascicules d'aventures de Nat Pinkerton.

Un autre auteur anonyme publie la même année à Simbirsk un fascicule simplement intitulé *Sherlock Holmes à Simbirsk (Šerlok Xolms v Simbirske)*. Mais le principal fournisseur de fascicules holmésiens en Russie en 1908-1909 sera un dénommé P. Nikitine, qui en publiera en tout une vingtaine chez A. P. Poplavski, à Moscou. Ces fascicules seront réunis en volume en 1909, toujours à Moscou, sous le titre de *Sur les traces du criminel : les nouvelles aventures de Sherlock Holmes en Russie (Po sledam prestupnika : poxoždenija vosresšego Šerloka Xolmsa v Rossii)*. On ignore totalement qui est P. Nikitine, mais il est probable qu'il s'agisse déjà de P. Doudorov, journaliste qui prenait aussi le pseudonyme de P. Orlovets et qui signera sous ce nom en 1909 des récits regroupés sous le titre de *Les Aventures de Sherlock Holmes en Sibérie (Poxoždenija Šerloka Xolmsa v Sibiri*, Moscou[13]) puis *Les Aventures de Sherlock Holmes contre Nat Pinkerton en Russie (Priključenija Šerloka Xolmsa protiv Nata Pinkertona v Rossii*, Moscou), Nat Pinkerton étant un autre détective devenu héros international de la littérature populaire en fascicules. Un dernier volume fut publié en 1908 : *Caïn ressuscité. Les aventures de Sherlock Holmes contre la Main d'Or (Voskresšij Kain. Poxoždenija Šerlok Xolmsa protiv Zolotoj Ručki*, Moscou, V. Tchitcherine*)*, mais ce volume, qui mettait le détective aux prises avec une célèbre – et bien réelle – criminelle russe, Sonka à la Main d'Or, fut interdit sur ordre du tribunal fin 1909 (jugement qui ne fut publié qu'en 1911)[14]. Sachant que le directeur d'*Ogonek* fut lui aussi inquiété pour sa série de canulars, faut-il penser que ces décisions de justice furent à l'origine

---

11 Nous avons réédité en numérique sa nouvelle horrifique « Nuit terrible » : http://www.lingva.fr/?p=523

12 Nous avons réédité sa nouvelle humoristique « Deux bombes » à la suite de la pièce de théâtre de Leo Birinski *La Danse des fous*.

13 Traduction française : 2015, Lisieux, Lingva.

14 Un exemplaire était supposé être conservé à la Bibliothèque nationale de Russie, mais il est considéré comme perdu.

de la raréfaction soudaine des Sherlock Holmes russes dès l'année suivante ?

Ce n'est en effet qu'à partir de 1910 que reparaissent des récits russes autour de notre héros. En 1910 même, à Bakou, un certain Docteur Saperlipopette (en russe D-r. Saperlipopet) publie un recueil de *Nouvelles humoristiques (Jumorističeskie rasskazy*, Bakou, Aramazd), dont une s'intitule « Sherlock Holmes ». En 1911, un fascicule est édité à Saint-Pétersbourg : *Les Trois émeraudes de la comtesse V.-D. (tiré des souvenirs pétersbourgeois de Sherlock Holmes (Tri izumruda grafini V.-D. (Iz vospominaniy petersburžsa Šerloke Xol'mse)*, Saint-Pétersbourg, Tipografija « Ulej »), par N. Mikhaïlovitch[15], tandis que l'écrivain populaire Serguëï Solomine publie dans le n° 26 de la *Revue bleue (Sinij žurnal)* une parodie : « La Fin de Sherlock Holmes » (« Konec Šerloka Xolmsa »)[16]. Il faudra ensuite attendre le début de l'année 1918 pour voir reparaître une nouvelle parodie, elle aussi intitulée « La Fin de Sherlock Holmes », par Arkadi Boukhov, dans la revue le *Nouveau Satiricon (Novyj Satirikon)*[17].

Mais il est un vecteur puissant d'introduction du personnage de Sherlock Holmes dans la culture populaire russe qui est resté jusqu'ici méconnu alors qu'il a été particulièrement important et qu'il a précédé la littérature d'une bonne année : le théâtre[18]. Dès la fin du XIXᵉ siècle, l'Anglais William Gillette adapte au théâtre les aventures de Sherlock Holmes. Ses pièces sont jouées notamment en Angleterre, mais aussi en France et surtout en Allemagne, où l'acteur Ferdinand Bonn[19] les adapte dans la langue de Goethe. L'une d'elle, simplement intitulée *Sherlock Holmes*, est ensuite

---

15 Traduit dans ce volume.
16 Traduit dans ce volume.
17 Traduit dans ce volume.
18 L'inventaire qui suit, qui court de 1906 à 1919, a été établi d'après la liste publiée p a r *The Arthur Conan Doyle Encyclopedia* (https://www.arthur-conan-doyle.com/index.php?title=Category:Russian_Adaptations_on_stage), précisée et complétée par nos soins, notamment à l'aide d'une recherche dans le catalogue de la Bibliothèque d'État du Théâtre de Saint-Pétersbourg : http://sptl.spb.ru
19 Et non « Bon » comme nous l'écrivions dans notre préface de 2015 en translittérant simplement du russe.

traduite de l'allemand en russe par V. V. Protopopov[20]. Montée une première fois en septembre 1906 au Théâtre de la Société littéraire et artistique de Saint-Pétersbourg, son succès est considérable et elle sera ensuite jouée un peu partout dans l'Empire russe : au Grand Hall du Conservatoire de Moscou (octobre 1906), à Elisavetgrad (aujourd'hui Kropyvnytsky, Ukraine, en janvier 1907), au Théâtre populaire de Penza (janvier 1907), au Théâtre du Divertissement public de Saint-Pétersbourg (février 1907), au Directoire de la Société dramaturgique de Tomsk (février 1907), au Casino Terioki de Saint-Pétersbourg (juin 1907), au Grand Théâtre Strelaianski de Saint-Pétersbourg (juin 1907), à la Société du Bénéfice mutuel des Artisans de Tomsk (décembre 1907), à Narva-Joëssu (Estonie, 1908), au Petit Théâtre de Saint-Pétersbourg (janvier 1911), au Cyclodrome Strelna ou Nouveau Théâtre dramatique de Saint-Pétersbourg (mai 1912), au Théâtre hall G. Ya Zaslavski de Saint-Pétersbourg (février 1913), au Théâtre de la Forêt d'Hiver de Saint-Pétersbourg (mars 1916), à la Maison du Peuple de Biïsk (avril 1919[21]).

Chacune de ces représentations ou de ces cycles de représentations est due à un metteur en scène et à une troupe différente.

D'autres pièces holmésiennes d'origine étrangères sont aussi montées[22]. En 1910, on donne à Helsinki *Le Roi des voleurs (Korol Vorov,* février 1910*)*, adapté d'une pièce du français Pierre Decourcelle et la même année, au

---

20 Le texte russe est édité en fascicule par la revue *Théâtre et Arts (Teatr i iskusstvo)*, en 1906 à Saint-Pétersbourg.

21 Est-ce la même pièce que *Le Mystérieux coffre de Sherlock Holmes (Tainstvennyj sunduk Šerloka Xolmsa)*, joué au Cirque de Première classe de l'Oural à Biïsk, toujours en avril 1919 ? Concernant cette dernière, nous ne connaissons ni l'auteur, ni le metteur en scène et encore moins les acteurs.

22 On notera aussi la publication en traduction russe, différentes de celle de Protopopov, de deux pièces de Ferdinand Bonn : *The Hound of the Baskerville* paraît dans une traduction de E. Mattern et I. Marko sous le titre de *Le Chien de l'enfer : « le chien des Baskerville »* (Moscou, Théâtre M. A. Sokolov, 1907), et dans une traduction de L. I. B. G. sous le titre *Le Chien des Baskerville* (Saint-Pétersbourg, L. A. Leontev, 190?). Le manuscrit d'une troisième adaptation est dû à A. V. Melnitskaya et daterait de 1902. *Sherlock Holmes*, quant à elle, paraît dans une traduction de V. O. Schmidt (Moscou, Théâtre moscovite S. F. Rassokhine, 1906). Toujours en 1906, un certain Nikita Dinkelschtedt signe une pièce intitulée *Sherlock Holmes* : il pourrait s'agir là encore d'une adaptation du texte de Bonn.

Théâtre Ekaterinski de Saint-Pétersbourg, on joue *Arsène Lupin et Sherlock Holmes (Arsen Ljupen i Šerlok Xolms,* janvier 1910*)*, adapté de *La Dame blonde* de Maurice Leblanc. Pierre Decourcelle sera de nouveau à l'honneur en novembre-décembre 1913, avec la pièce *Scherlock Holmes* (sic), jouée directement en français au Théâtre Mikhaïlovski de Saint-Pétersbourg.

À côté de cela, des pièces nouvelles, adaptées de l'œuvre de Conan Doyle, sont créées. La pièce *L'Actrice et Sherlock Holmes (Aktrisa i Šerlok Xolms)*, signée A. V. Melnitskaya et adaptée de *A Scandal in Bohemia*, est créée au Nouveau Théâtre de Saint-Pétersbourg en janvier 1907, puis rejouée au Théâtre du Jardin d'Eden de Saint-Pétersbourg en juillet suivant. En février 1907, on joue à Helsinki une *Mort de Sherlock Holmes (Smert' Šerloka Hol'msa)*, signée Ya. M. Tcherkez et probablement adaptée de *The Adventure of the Final Problem*. Peut-être est-ce la même pièce que *Détective : Sherlock Holmes à l'envers (Syščik : Šerlok Xol'ms naiznanku)*, jouée dans la même ville à la même date. En 1907 encore, on annonce l'adaptation en russe d'une pièce polonaise (la Pologne faisait alors partie de l'Empire russe), *Les Mormons (Mormony)*, adaptée d'une partie de *A Study in Scarlet*. À Ekaterinbourg, au Théâtre Verkh-Isetski, on jouera en 1907-1908 un *Retour de Sherlock Holmes (Vozvraščenie Šerloka Xolmsa)*, adaptation par P. V. Panine de trois nouvelles différentes. Enfin, en juillet 1914, on joue au Théâtre du Jardin de Tauride de Saint-Pétersbourg *La Tragédie de Baskerville (Baskervik'skaja Tragedija)*, qui est sans doute la version russe de l'adaptation allemande par Ferdinand Bonn de *The Hound of the Baskerville*.

Mais à côté de cela, de nouvelles histoires sont créées et font l'objet de pièces de théâtre totalement inédites. Dans l'adaptation de Protopopov, le professeur Moriarty devient, on ne sait pourquoi, Mariani. C'est un personnage qui fascine. On en fait le sujet d'une première pièce de théâtre, *Mariani. La suite de Sherlock Holmes (Mariani. Prodolženie Šerloka Xolmsa)*, au Nouveau Théâtre de Saint-Pétersbourg, en novembre 1906. Elle est signée F. A. Ber. Dès février 1907, un autre auteur, N. A. Smourski, lui donne ce qui est sans doute une suite : *La Revanche de Mariani (Mest Mariani)*, jouée au Théâtre russe d'Helsinki en février 1907, le même mois à

Irkoutsk et enfin au Théâtre du Jardin d'Eden, à Saint-Pétersbourg, en juillet 1907.

Une *Nouvelle aventure de Sherlock Holmes (Novaja priključenija Šerlok Xolmsa)*, est jouée au Théâtre de la Société littéraire et artistique de Saint-Pétersbourg de décembre 1906 à février 1907. Elle est l'œuvre de Boris Glagoline, qui fut l'un des plus célèbres interprètes russes de Sherlock Holmes.

C'est de fait toute une mythologie originale qui se développe autour du détective, dans les théâtres russes, avant que celle-ci ne prenne pied dans la littérature. On donne une épouse à Sherlock Holmes, avec la pièce *Miss Sherlock (Miss Šerlok)*, signée par Loditchev, et jouée au Nouveau Théâtre de Saint-Pétersbourg en décembre 1906, puis au Théâtre Alexandrovski en février 1907, et enfin au Théâtre du Jardin d'Eden, toujours à Saint-Pétersbourg, en juillet 1907. En 1906, P. I. Chochine signe une farce intitulée *Le Talisman de Sherlock Holmes (Talisman Šerloka Xolmsa)*. En 1907, S. Trefilov écrit la pièce *Les Exploits du détective... Sherlock Holmes (Podvigi syščika... Šerloka Xolmsa)*. En 1907 encore, B. Kamnev présente une farce intitulée *Sherlock Holmes (Šerlok Xolms)*. *La Dernière aventure de Sherlock Holmes (Poslednee priključenie Šerloka Xolmsa)* est une pièce de A. V. Chabelski écrite en 1908. La même année, on joue à Kazan un *Sherlock Holms à Kazan (Šerlok Xolms v Kazani)*. Et ce même mois, à Saint-Pétersbourg, la pièce *Vénus à Pétersbourg (Venera v Peteburgi)* est créée au Théâtre Bouffe. Pour la première fois, Sherlock Holmes y affronte Nat Pinkerton en Russie. Toujours en 1908, le Prince Mychkine écrit aussi une pièce dans laquelle les deux détectives s'affrontent : *Le Vainqueur de Sherlock Holmes : Nat Pinkerton (Pobeditel' Šerlok Xolmsa – Nat Pinkerton)*. La même année, B. Kamnev écrit *Nat Pinkerton, vainqueur de Sherlock Holmes (Nat Pinkerton – pobeditel' Šerloka Xolmsa)*. Lequel a plagié l'autre ? Le même Kamnev, toujours en 1908, enchaîne avec *Sherlock Holmes à l'agonie (Šerlok Xolms na voloske ot smerti)*. En 1908 encore, A. I. Zagorski écrit une pièce intitulée simplement *Sherlock Holmes (Šerlok Xolms)*. En 1909, D. L. Koulikov fera de même. On observe ensuite la même lacune de quelque année que nous avons vue pour les textes littéraires, et il faut attendre décembre 1911 pour voir jouer à Saint-Pétersbourg une pièce intitulée *Le Nouvel Hamlet (Novij Gamlet)*, signée « Valvl Chik-Spirov », et dans laquelle Sherlock Holmes est un personnage secondaire. En 1911 encore, Ivan Roudenkov est l'auteur de *Le Détective génial Sherlock Holmes (Genial'nij syščik Šerlok Xolms)*. En 1912, M. Linski écrit la pièce intitulée *Sherlock Holmes*. En 1913, N. X. Davingof signe *Le Nouveau Sherlock Holmes (Novejšij Šerlok Xolms)*. Enfin en juillet 1913, le Théâtre L. M. de Bur à Saint-Pétersbourg crée une pièce de N. Ourvantsov : *Les Milliards disparus, ou les Génies détectives (Nick Carter, Nat Pinkerton et Sherlock Holmes) et le roi des voleurs Arsène Lupin (Pronabšie milliardy, ili Genij syska (Nik Carter, Nat Pinkerton i Šerlok Xolms) i korol vorov Arsen Lupen)*, que l'on peut considérer comme une synthèse de tout ce que la littérature de détectives a pu imaginer.

Mais ce n'est pas tout. Car le personnage de Sherlock a fini par échapper au seul genre théâtral et par être adapté sous d'autres formes. En novembre 1910, une pantomime, *Sherlock Holmes (Šerlok Hol'ms)*, est jouée au Cirque moderne de Saint-Pétersbourg. Dès 1906, deux opérettes sont créées : *Sherlock Holmes à Pétersbourg (Šerlok Xolms v Peterburge)*, au Théâtre Ekaterinski (Saint-Pétersbourg, novembre-décembre 1906), et *Les Nouvelles aventures de Sherlock Holmes à Pétersbourg (Novye priključenija Šerloka Xolmsa v Peterburge)*, au Théâtre Nemetti (Saint-Pétersbourg, décembre 1906-janvier 1907), toutes les deux sur un texte de Ratmir et une musique de N. A. Rochtchine. En 1907 encore, F. F. Zakharas écrit une autre opérette simplement intitulée *Sherlock Holmes (Šerlok Xolms)*. Enfin, en décembre 1906, c'est carrément un opéra, *La Femme de Sherlock Holmes (Žena Šerloka Xolmsa)*, qui est joué au Théâtre du Passage, à Saint-Pétersbourg. Il sera à nouveau à l'affiche en mai 1912 au Théâtre du Jardin Krestovski de Saint-Pétersbourg.

Pour compléter cette liste, il faut encore mentionner diverses revues musicales qui font intervenir Sherlock Holmes comme personnage secondaire : *Nous volons. Le deuxième zeppelin (Letim. Ceppelin 2-j)*, au Nouveau Théâtre et Jardin d'Été de Saint-Pétersbourg (juillet 1909, signée « Épicure »), *Motofozo VI à Pétersbourg (Motofozo VI v Peterburge)*, au Théâtre du Passage de Saint-Pétersbourg (novembre et décembre 1906), *Dans le Ciel de la capitale (Na stoličnom nebosklone)*, au Théâtre Bouffe de

Saint-Pétersbourg (février 1907), *Carmen de Pétersbourg (Peterburgsaja Karmen)*, au Théâtre Ekaterinski de Saint-Pétersbourg (novembre 1906, signée S. Sarmatov).

Comme on peut le voir, il est difficile, pour un habitant de Saint-Pétersbourg, cultivé et amateur de théâtre, d'échapper à la folie holmésienne entre novembre 1906 et février 1907. Ce sont alors jusqu'à dix pièces, opérettes ou opéra qui peuvent être jouées le même mois ! Et tout ceci précède donc de quelques mois la mise sur le marché des fascicules et récits consacrés au détective britannique.

Certes, la Russie, dans ce domaine, n'est pas différente des autres pays, elle n'échappe pas à la déferlante des détectives : Nick Carter, Nat Pinkerton, Ethel King (laquelle en France est la « Nick Carter féminin », et en Russie la « Sherlock Holmes féminin ») voient leurs aventures traduites massivement, de l'anglais, de l'allemand ou du français. Mais pour ce qui concerne Sherlock Holmes, on voit bien qu'en dehors des œuvres mêmes d'Arthur Conan Doyle, c'est le théâtre qui aura préparé le terrain, qui aura adapté le personnage à l'empire. L'idée même de faire s'affronter Sherlock Holmes et Nat Pinkerton en Russie n'apparaît pas dans les histoires de P. Orlovets en 1909, mais bien dans une pièce datée de 1908.

Cependant, les histoires originales russes publiées ensuite ont elles-mêmes leur importance, puisque si au départ les auteurs, souvent anonymes ou sous pseudonyme, reprennent les héros étrangers, très vite des héros locaux surgissent. En 1910, Pavel Belouguine publie à Odessa en fascicule le premier chapitre d'un roman intitulé *Otzen-Klotz ou le Sherlock Holmes d'Odessa*. Auparavant, en 1908, un anonyme publie le premier fascicule (qui ne connaîtra pas de suite) de *Sherlock Holmes de Kazan : Récit sur les aventures du célèbre détective de Kazan Boris Nikolaevitch Ordynski*. La même année, P. Orlovets, en plus de ses récits sur Sherlock Holmes, fait éditer un volume de cinq récits sur *Les Aventures de Karl Freiberg, roi des détectives*. Encore en 1908, Roman Antropov adapte très librement les enquêtes du chef de la police de Saint-Pétersbourg Ivan Poutiline (1830-

1893) et en tire les fascicules de la série *Le génie russe de l'enquête I. D. Poutiline*[23].

On assiste là à la naissance d'une littérature populaire de masse, qui se poursuivra après la Révolution d'octobre sous le nom de « Pinkerton rouge », un nom on ne peut plus paradoxal quand on sait qu'à l'origine Pinkerton est un personnage tout ce qu'il y a de plus capitaliste.

Alors bien sûr, ce n'est pas de la grande littérature : nous aurions tort de vous présenter les récits qui vont suivre comme des chefs-d'œuvre de style. Ce qui a fait le succès de ces textes est non seulement l'attrait du public pour des héros sympathiques, mais aussi une facilité de lecture qui passe par un style simple et des personnages à la psychologie peu développée. Mais il n'empêche que ce ne sont pas non plus des textes vains. Bien souvent, la critique et la satire pointent entre deux dialogues ou descriptions. L'anonyme de *Sherlock Holmes à Saint-Pétersbourg* entraîne son héros dans des lieux peu recommandables, où errent des courtisanes venues des pays baltes, lieux pourtant fréquentés par les riches et les puissants.

Les textes ont été choisis de façon à donner un échantillon représentatif de ce qui a été produit en Russie autour de Sherlock Holmes entre 1905 et 1918. Le volume s'ouvre sur des enquêtes « sérieuses », des pastiches qui s'efforcent avec plus ou moins de bonheur (il s'agit avant tout de littérature populaire) de retrouver le ton des nouvelles de Conan Doyle. Nous avons ensuite traduit le court article de la revue *La Flammèche (Ogonek)* dans lequel étaient publiés les soi-disant télégrammes de protestation envoyés par Sherlock Holmes en personne contre ces récits fantaisistes à ses yeux. Enfin, nous avons ajouté des parodies, écrites par certains des satiristes russes les plus célèbres de l'époque. Le volume se clôt par une unique nouvelle traduite de l'anglais. Il s'agit d'un pastiche publié par Maurice Baring, diplomate et écrivain, qui fut correspondant de guerre pour le *Morning Post* durant le conflit russo-japonais de 1905. Son recueil *Russian essays and stories*, publié en 1908, s'achevait par cette nouvelle au ton typiquement russe.

---

23   Avec au total 48 fascicules :
http://az.lib.ru/a/antropow_r_l/text_2015_geniy_russkogo_syska-ukazatel.shtml

Anonyme

Sherlock Holmes à Saint-Pétersbourg

– 1907 -

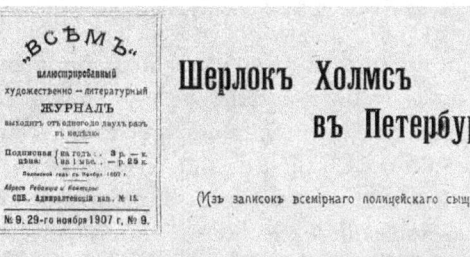

Chapitre I
Le prince disparu

« Avez-vous lu les journaux d'aujourd'hui, Mister Holmes ? demanda Harry Tucson en allant faire le ménage et ranger le bureau de son patron.

— Oui, Harry, répondit le célèbre détective. On n'y trouve rien de particulier. Tu peux emporter tous les journaux et toutes les revues. Il ne se passe rien de remarquable dans le monde.

— En effet, cela fait longtemps que nous n'avons pas eu de travail intéressant, ajouta Harry. Comme si les gens étaient devenus meilleurs. Qu'en pensez-vous, Mister Holmes ?

— Non, les gens sont toujours les mêmes. Les forts oppriment les faibles, les grands dévorent les petits, en un mot : tout continue comme avant, comme au temps de Caïn et d'Abel. Seules les méthodes ont changé. Avant, on éliminait simplement un adversaire qui barrait le chemin en le frappant à la tête avec une massue. Maintenant, les choses se font d'une manière un peu plus circonspecte… Il me semble que le téléphone sonne. »

Harry se précipita dans la pièce voisine.

« Lord Primrose souhaiterait savoir quand il pourrait vous parler.

— Lord Primrose ? Le secrétaire d'État adjoint au ministère des Affaires étrangères ? demanda le détective, apparemment intéressé. Dites-lui que je suis de tout temps à son service. Peut-être veut-il que je le rejoigne au ministère ? »

Harry Tucson disparut dans l'autre pièce.

« Non, dit-il, revenant quelques minutes plus tard. Le Lord préfère venir ici. Il voudrait que votre conversation reste parfaitement secrète. Il sera là dans un quart d'heure… »

Lord Primrose était un homme de plus de cinquante ans, d'allure aristocratique : grand, mince, vêtu avec une simplicité exquise. Il était le diplomate occidental type.

Le détective poussa une chaise vers son invité distingué puis s'arrêta devant lui, attendant :

« Asseyez-vous, je vous prie. Notre conversation sera peut-être longue. Je dois d'abord vous prévenir : tout ce que je vous communiquerai devra rester totalement secret. »

Sherlock Holmes inclina la tête en silence.

« Je sais, continua le Lord, qu'il est inutile de vous convaincre de cela, vous qui avez eu la confiance illimitée de certains de mes collègues au ministère, qui ont sollicité votre aide dans des affaires très importantes. »

Il ajouta après quelques minutes de réflexion :

« Parlez-vous russe ?

— Tout à fait. Je l'ai appris auprès d'émigrants russes, pour le compte desquels j'ai visité à plusieurs reprises Moscou et Saint-Pétersbourg.

— Tant mieux, se réjouit le Lord. La connaissance de la langue russe vous facilitera la tâche dans la mission importante que j'entends vous confier. Écoutez. Écoutez bien. Vous connaissez notre attitude envers l'Inde. Vous savez que nous devons à tout prix maintenir des relations amicales avec les rajas indiens encore souverains, tout comme avec ceux qui se sont soumis à notre protectorat et n'ont conservé qu'une ombre d'indépendance, et avec ces princes qui sont exposés au pouvoir réel. Par conséquent, il est avantageux pour le gouvernement britannique que les princes indiens soient éduqués en Angleterre, assimilant les us et coutumes britanniques, et qu'ainsi ils se réconcilient avec notre domination en Inde. Le raja Lahor a envoyé ses fils à Londres en témoignage de fidélité et de loyauté. Le prince Shungi, un jeune homme très talentueux, a non seulement suivi avec succès des cours de science, mais il est aussi devenu si familier avec la façon de penser britannique que nous avons répondu positivement à son souhait de servir notre corps diplomatique. Sans doute en avez-vous entendu parler dans les journaux ?

— Oui, répondit Sherlock Holmes, pour autant que je sache, il a été transféré de Paris à Pétersbourg en tant qu'attaché auprès de l'ambassade britannique.

— C'est vrai, confirma Lord Primrose, il y a quelques jours il était encore à Pétersbourg.

— Il a été transféré dans une autre ambassade ?

— Non, il est parti.

— Cela commence à devenir intéressant…, murmura Sherlock Holmes.

— Pour nous, l'interrompit Lord Primrose, c'est plus regrettable qu'intéressant. Que répondrons-nous au père du prince Shungi, s'il nous demande où nous avons laissé son fils ? Jusqu'à présent, cependant, personne ne sait rien de sa mystérieuse disparition. Seul le gouvernement russe en a reçu l'information confidentielle. Les autorités russes ont pris des mesures pour le rechercher. Mais il y a dans cette affaire des détails aux caractéristiques encore plus embarrassantes et regrettables. Mais nous ne pouvions confier ces secrets à un gouvernement étranger. »

Sherlock Holmes tendit l'oreille. Il avait le pressentiment que l'essentiel du problème serait maintenant clarifié.

« Des documents importants ont disparu avec le prince indien, continua Lord Primrose. S'ils tombent entre des mains inappropriées, des complications extrêmement dangereuses peuvent survenir. Je sais, n'est-ce pas, que ce ne sera pas une indiscrétion de ma part si je vous révèle le contenu de ces papiers ?

— Je suppose, My Lord, que vous ferez bien de me faisant confiance, concernant tout ce que vous savez de cela. L'objet de ces documents perdus pourrait me servir de fil conducteur pour mes recherches et observations à venir. »

Lord Primrose réfléchit un instant.

« Vous avez raison, dit-il enfin. Il me semble que je peux en prendre la responsabilité. L'affaire concerne les plans de la flotte anglaise montrant la relation qui existe entre la puissance des navires et leur artillerie et leur tonnage. En outre des documents concernant des négociations secrètes avec une grande puissance ont disparu. Ces documents sont si importants qu'ils peuvent provoquer une guerre entre l'Angleterre et une troisième puissance si celle-ci venait à en prendre connaissance. C'est pourquoi notre ambassadeur à Pétersbourg demande que nous lui envoyions un détective compétent et digne de confiance. Il est nécessaire de rechercher Shungi, le prince disparu, indépendamment des actions de la police de Saint-Pétersbourg.

— Je préfère aussi travailler seul, déclara Sherlock Holmes. Parfois seulement, mon élève, Harry Tucson, en qui j'ai une totale confiance, m'aide.

— Il est peu probable qu'il puisse le faire dans cette affaire.

— Nous ne le saurons qu'à Saint-Pétersbourg. En tout cas, ce ne sera pas un obstacle. Il partira donc avec moi.

— Parle-t-il russe ?

— Aussi bien que moi. Il m'a accompagné lors de mes précédents voyages en Russie. Sa défunte mère est la fille d'un émigré russe. En outre, il est si vif d'esprit, et si plein de ressources, qu'il peut grandement m'aider en cas de complications inattendues.

— Très bien, dans ce cas prenez cet extraordinaire jeune avec vous.

— Quelles couches de la société pétersbourgeoise fréquentait le prince Shungi ?

— Notre ambassadeur m'écrit que le prince a souvent été vu dans un nouveau café, le Fantasia.

— La dernière fois que je suis passé dans cette ville, ce café n'existait pas, remarqua Sherlock Holmes.

— Nous avons été informés de Saint-Pétersbourg que c'est un nouvel établissement. Le Fantasia est la parodie d'un établissement parisien, expliqua Lord Primrose. Il est décoré dans le style Art nouveau. Les murs blancs sont peints de fresques de Lansere, Benois, Somov ou d'autres artistes russes célèbres. Mais les salles sont toujours pleines d'un public très divers. Des représentants du gai Pétersbourg, des officiers, des étudiants, des brokers et de sombres hommes d'affaires, parfois à la réputation très entachée, se réunissent ici. Tout ce monde est occupé à un simple flirt réduit aux échanges monétaires. Des échanges importants de corps féminins corrompus. Le vice sous toutes ses formes est représenté ici dans une grande variété de prix. Les offres à court terme prédominent et sont réalisées la nuit même. Au sein du nombre d'établissements similaires, qui sont apparus sur l'humus de la révolution récente comme les champignons après la pluie, le café Fantasia occupe la première place. En raison de l'extrême diversité des clients, il s'y est développé un mode de vie « franc », sans cérémonie, comme on n'en trouve nulle part ailleurs en Europe. Il n'y a qu'à la foire de Nijni-Novgorod qu'on peut observer quelque chose de similaire en Russie. »

Sherlock Holmes avait écouté attentivement les paroles de Lord Primrose.

« Merci pour ces instructions, dit-il en prenant quelques notes dans son carnet. L'affaire me semble très confuse et sérieuse. Comment savoir si le prince Shungi est toujours en vie ? »

Lord Primrose le regarda d'un air surpris.

« Vous semblez avoir une certaine idée à ce sujet ?

— Tout à fait, My Lord. Une seule hypothèse peut être retenue.

— C'est-à-dire ?

— Je suis désolé, My Lord, dit Sherlock Holmes en se levant de son siège. Je vous prie de m'excuser si je garde pour moi mes hypothèses. L'idée que je me fais de cette affaire n'est pas encore précise, je dois y réfléchir. Permettez-moi d'émettre une dernière demande.

— Parlez, Mister Holmes.

— Je vous prie d'écrire à l'ambassadeur d'Angleterre à Saint-Pétersbourg, de façon officielle, pour le prévenir que Sir Edward Burton, troisième secrétaire, va se rendre à l'ambassade pour un travail urgent, qu'il est déjà en route et arrivera d'un jour à l'autre.

— Je comprends votre intention, Mister Holmes. J'en conclus que vous acceptez l'affaire que je vous confie ?

— Je m'y déclare prêt, My Lord ! Tout cela me semble si confus, que résoudre cette énigme me procurera sans doute un grand plaisir.

— Alors, bonne chance à vous. »

Lorsque Lord Primrose se retira, le célèbre détective se plongea dans de profondes réflexions. Il s'y absorba tant qu'il ressemblait à une statue.

Une femme est impliquée, murmura-t-il finalement. *C'est certain... Mais comment l'atteindre ? Comment savoir qui elle est ?...*

« Harry, s'exclama-t-il en se tournant vers son assistant. Préparez vos affaires : nous partons pour Pétersbourg. »

Chapitre II
Cambriolage

« Excusez-moi, Madame », demanda le grand visiteur maigre à la propriétaire de l'appartement, à la porte duquel il venait de sonner. « Vous semblez louer une chambre d'amis ? »

La propriétaire, une femme de quarante ans, corpulente et imposante, examina attentivement son interlocuteur. Elle porta une attention particulière à son costume.

« Oui, j'ai une chambre. Mais je doute qu'elle vous convienne. Ses fenêtres ne donnent pas sur la rue, mais vers l'intérieur, sur un petit jardin.

— Tant mieux, rétorqua le locataire. J'ai besoin d'une pièce calme et paisible.

— Alors, prenez le temps de visiter ! »

Il pénétra dans le hall d'entrée, à la suite de la maîtresse des lieux, qui le conduisit dans un long couloir. Il jeta à peine un regard dans la pièce, une fois que l'hôtesse lui eut ouvert la porte.

« Oui, dit-il pensivement. Cette pièce est vraiment petite. Est-il possible de prendre aussi celle d'à côté, qu'on peut joindre par cette porte ?

— Non, dit l'hôtesse avec résolution. Elle est déjà occupée.

— Qui donc vit là ? J'espère que votre locataire est une personne calme et qu'il ne m'empêchera pas travailler.

— Ne vous en faites pas pour ça. En ce moment, notre locataire est absent. Mais s'il revient un jour, cela ne vous empêchera pas de faire quoi que ce soit durant la journée, puisque la pièce adjacente est sa chambre à coucher.

— Le bureau de mon voisin a donc des fenêtres qui donnent sur la rue ?

— Oui, oui…

— Peut-être que ce monsieur partira bientôt, et que je pourrais alors occuper son logement ?

— Je ne sais pas, vraiment. En tout cas je me suis engagée à attendre jusqu'au premier du mois suivant.

— Bien. En attendant que nous nous arrangions au sujet de cette pièce, pouvez-vous héberger mon serviteur quelque part ?

— Il y a aussi une place pour lui.

— Vous avez beaucoup de locataires ?

— Je n'ai plus d'autres locataires, en dehors de celui qui est absent. Vous êtes le seul.

— Tant mieux. L'appartement sera alors parfaitement calme. Mon serviteur apportera ma valise seulement demain matin.

— Je vais préparer votre chambre maintenant. J'ai envoyé une domestique juste pour une minute. »

Et donc, pensa Sherlock Holmes, *vous m'avez déjà reconnu comme nouveau locataire – la chance me favorise, évidemment. La chambre de Shungi, le prince disparu, ne pourra être réoccupée avant le premier jour du mois, donc pas avant deux semaines. Heureusement qu'il y avait une autre chambre meublée ! Et directement mitoyenne de celle du prince, où je pourrai pénétrer sans aucune difficulté.*

La pièce fut bientôt mise en ordre.

« Si vous voulez, je ferai placer une armoire devant la porte de la pièce voisine, proposa la propriétaire.

— Ne vous inquiétez pas pour cela, Madame. Après tout, si personne ne vit à côté de moi, personne ne me dérangera. »

Cela m'aurait bien cassé les pieds, murmura le détective quand l'hôtesse s'éloigna après avoir reçu son argent et son passeport. *L'armoire m'aurait empêché de réaliser mes plans.*

Le crépuscule s'épaississait. La nuit sombre approchait. Tout était calme dans la maison.

À l'aide d'une lampe électrique, Sherlock Holmes éclaira le trou de serrure de la porte qui reliait sa chambre à celle du prince Shungi.

C'est trois fois rien, pensa-t-il. *Une clé peut avancer tout à fait librement.*

Le détective introduisit dans la serrure des pinces étroites à trois pans, saisit la clé avec elle, poussa vers le bas l'anneau d'acier avec l'outil ainsi transformé comme un prolongement de la clé. Puis il commença à faire tourner la pince.

Reste à espérer que la porte n'est pas aussi fermée au verrou, de l'intérieur.

Il pressa légèrement sur la poignée de la porte, qui s'ouvrit sans aucun bruit.

Rien à dire, j'ai de la chance. Vu comment cela commence, il est difficile de douter que je ne puisse résoudre cette affaire avec succès.

Levant sa main qui tenait la lampe électrique, il entra dans la chambre. Sherlock Holmes n'accorda aucune attention aux détails de cet environnement luxueux, appartenant sans aucun doute au prince lui-même. Il sortit à la hâte les tiroirs de la commode et de la table de nuit et soumit leur contenu à un examen minutieux.

Aucune trace, s'inquiéta le détective. *Pas le moindre bout de papier. La propriétaire allemande a probablement soigneusement rangé cette pièce. Je n'ai plus qu'à entrer dans le bureau du prince, de l'autre côté du couloir. Même si la propriétaire risque de me considérer comme un voleur.*

Sherlock Holmes passa en silence de la chambre au bureau, qui n'était pas verrouillé. Puis il essaya de tirer sur l'un des tiroirs de la table de travail. Il était fermé à clé. Des passe-partout étonnamment fins aidèrent le détective à accomplir sa tâche.

Si le prince Shungi avait fui, il avait dû prendre cette décision totalement à l'improviste : Sherlock Holmes trouva dans le tiroir fermé des bagues et des épingles à cravates parsemées de diamants et de rubis d'une valeur inestimable. Dans un autre recoin du bureau se trouvait un sac à main en chagrin vert garni de pièces d'or russes et anglaises ; tout près il y avait un portefeuille rempli de billets de banque. Cela représentait probablement beaucoup d'argent, quelques dizaines de milliers.

Mais ce que Sherlock Holmes cherchait en priorité restait introuvable. Il ne vit aucun indice d'une communication entre le prince et des personnes à qui il aurait pu confier des documents importants. Rien non plus sur les raisons qui les auraient amenés à les voler. Pas de notes écrites, pas de carte de visite. On aurait pu croire que le prince disparu avait détruit avec diligence tout morceau de papier.

Sherlock Holmes referma les tiroirs. Il entreprit d'achever ses recherches en examinant la corbeille, dans laquelle se trouvaient des papiers blancs.

Il la renversa et en examina le contenu à la lumière de sa lampe électrique.

Il y trouva quelques enveloppes vides, apparemment des publicités, une annonce pour une voyante découpée dans un journal, et, enfin, une carte de visite. On pouvait y lire : « Marquise Anna-Maria Senza di Borgo ».

Enfin quelque chose de bien, se réjouit Sherlock Holmes en cachant la carte. *Il est étonnant qu'une maîtresse de maison aussi attentive n'ait pas brûlé dans le poêle tout ce qui se trouvait dans la corbeille à papiers ! Demain matin, je m'informerai auprès de Lord Spencer, notre ambassadeur, au sujet de cette marquise Senza di Borgo. Après tant d'années de fréquentation de la société aristocratique européenne, il saura me dire s'il faut attacher une quelconque importance à cette carte de visite.*

Sherlock Holmes était sur le point de quitter la pièce quand il retourna près du bureau et saisit l'annonce de la voyante.

Qui sait si cette adresse pourrait être utile ? Avec des bases aussi insignifiantes, je ne dois négliger aucun indice.

Jetant un dernier coup d'œil sur les bijoux parsemés de pierres étincelantes, le détective admira avec un plaisir particulier une coûteuse épingle à cravate, portant une inscription cursive indienne qu'il déchiffra : « Sahib ».

Sherlock Holmes vérifia que les tiroirs étaient bien refermés, puis il quitta le bureau du prince. Passant tranquillement à travers la chambre à coucher du prince, il verrouilla la porte qui menait à la pièce voisine puis s'allongea pour se reposer. En dépit de son inquiétude, il tomba rapidement dans un profond sommeil.

Il ne dormit pas plus d'une heure ou deux. Un bruit suspect l'avait subitement réveillé. Il s'assit sur le lit et écouta.

De fait, il ne se trompait pas : tout près, dans la chambre du prince, on pouvait entendre des pas légers mais sûrs. Même s'ils étaient étouffés par le tapis, l'oreille sensible de Sherlock Holmes en avait perçu le son. Ces pas se dirigeaient visiblement vers le balcon. Avec prudence, tâchant de ne pas produire le moindre bruit, le détective se glissa sur son propre balcon, qui n'était séparé de celui du prince que par une cloison de planche. Il en avait laissé la porte ouverte pour avoir de l'air frais durant la nuit.

À genoux, il regarda vers le haut et eut bien du mal à retenir une exclamation de surprise. À seulement une archine et demie de lui se tenait une jeune personne, les mains appuyées sur la balustrade du balcon, regardant dans le jardin. À la lueur de la lune, Sherlock Holmes remarqua que le visage de l'étranger affichait une expression très étrange.

Il semblait plongé dans ses pensées, ou bien il semblait dormir les yeux ouverts. *C'est un Hindou. Oui, sans aucun doute. Comment est-il arrivé à Pétersbourg ?*

Pour mieux voir l'étranger, le détective se rapprocha de la cloison. Soudain, un tintement de verre brisé se fit entendre. Sherlock Holmes avait touché la table posée sur le balcon et en avait fait tomber un verre qui s'était brisé sur le plancher d'acier.

Saisi d'horreur, il attendit de voir ce qui allait se passer ensuite. Maintenant, l'étranger ne pouvait plus ne pas le remarquer. Encore un instant, et l'espoir de résoudre cette affaire extraordinaire s'évaporerait.

Le détective regarda avec crainte vers le haut. Le jeune homme était toujours debout, la tête ailleurs, près de la balustrade grillagée du balcon. Soudain, un léger sifflement survint du jardin. L'étranger se pencha par-dessus la balustrade, avec une dextérité incroyable, puis il disparut.

Qu'était venu faire cet homme dans la chambre du prince ? Évidemment, il s'agissait d'un voleur. Son apparence tout entière militait en faveur de cette hypothèse. Il ne portait pas de col ni de cravate. Une casquette claire de jockey tirée jusqu'à l'arrière de la tête formait comme un fond sur lequel le teint basané de sa peau ressortait clairement.

Bientôt Sherlock Holmes se retrouva dans la chambre du jeune diplomate. Tout y était intact. Il se précipita vers le bureau, mais même là, il n'y avait pas la moindre trace de la présence récente de l'étranger.

Pourquoi donc cet étrange personnage était-il venu ici ?

Le détective essaya d'ouvrir les différents tiroirs. Tous étaient toujours soigneusement fermés. Les serrures se distinguant par leur facture et leur complexité, un simple voleur n'aurait pu en venir à bout.

Seuls les outils sensibles d'Holmes avaient pu le faire immédiatement.

Je vais les regarder tous, une fois de plus, au cas où, se dit le détective.

Il ouvrit d'abord le tiroir dans lequel se trouvait une boîte avec des bagues en diamant.

Sherlock Holmes poussa un cri de surprise. Cette boîte avait disparu. Tremblant d'excitation, il ouvrit les autres, dans lesquels il y avait encore récemment le portefeuille plein de billets de banque et la bourse de pièces d'or. Tout s'était envolé ! Tout avait été volé alors que lui, un détective célèbre dans le monde entier, ne se trouvait qu'à quelques pas de la scène du crime, et s'était même retrouvé tout près du voleur !

Pris de regrets, Sherlock Holmes referma les tiroirs. De toute évidence, ce vol était étroitement lié à la disparition du prince Shungi.

Peut-être que les tiroirs ont été ouverts avec les propres clés du prince. Le détective en vint à penser qu'il ne lui aurait fallu qu'attraper fermement par le collet le jeune homme insouciant sur le balcon pour que cette extraordinaire énigme soit immédiatement résolue.

C'est incroyable, tout de même. Comment cet Hindou est-il arrivé à Pétersbourg ? Sherlock Holmes réfléchissait en retournant dans sa chambre. *D'ordinaire, on ne croise d'Indiens qu'à Londres. Pourtant, je ne me suis pas trompé, je connais ces traits, ce visage basané, la douce expression mélancolique de ces yeux noirs... Le prince a-t-il gardé un serviteur indien ? Mais alors ce serviteur aurait disparu et on ne m'en a rien dit. Il ne reste qu'une chose à faire : parler à Lord Spencer. Lui seul peut m'expliquer ce qui m'est incompréhensible.*

Il n'y avait plus de raison d'aller se coucher. À l'Est, l'horizon se teintait de rose. Ce serait bientôt l'aube... Sherlock Holmes acheva sa toilette et sortit sur le balcon pour prendre l'air.

Soudain, ses yeux se braquèrent sur le sol.

Là, sous un arbre qui avait aidé le voleur à se dérober, gisait un objet brillant. De toute évidence, le fugitif l'avait laissé échapper.

Le détective se précipita comme une flèche vers la porte du couloir et l'ouvrit sans bruit. Puis il descendit l'escalier de service qui menait à la cour de la maison. Quelques secondes plus tard, il était déjà dans le jardin, dont le portail n'était pas fermé à clé.

Un poignard, chuchota Sherlock Holmes en levant l'arme. *Et d'une facture assurément indienne. Ce poignard a-t-il été volé dans l'appartement de Shungi ? Ou le voleur l'a-t-il apporté avec lui ? Dans quelques heures, je le saurai.*

Chapitre III
Qui est le criminel ?

« Voilà », dit Lord Spencer, ambassadeur britannique à Saint-Pétersbourg à Sherlock Holmes qui s'était présenté comme étant l'attaché Burton. « Maintenant vous savez tout de l'histoire extraordinaire qui est arrivée au prince Shungi.

— J'ai déjà entendu tout cela du secrétaire d'État adjoint, Lord Primrose. J'espérais obtenir des informations plus détaillées sur les causes de la disparition du prince. Savez-vous, par exemple, que Shungi connaissait une dame ?

— Non, Mister Burton, je n'ai rien entendu de semblable. Et même, en général, je doute que le prince ait eu des relations au sein des dames de Pétersbourg.

— Pourtant, c'est le cas. Connaissez-vous le nom de la marquise Senza di Borgo ? »

L'ambassadeur réfléchit un instant puis secoua négativement la tête.

« Non, ce nom ne me dit rien.

— C'est très étrange. La marquise semble orbiter dans les cercles du grand monde de Pétersbourg. »

Lord Spencer s'approcha d'une armoire remplie de livres et tira d'un rayon un petit mais épais volume.

Il commença à en feuilleter les pages, puis il tendit l'ouvrage au détective.

« Si vous le souhaitez, vous pouvez vérifier par vous-même. Dans la liste des familles titrées donnée par l'almanach Gotha, il n'existe pas de marquise Senza di Borgo au sein de la noblesse de France, d'Angleterre, d'Autriche, d'Allemagne, d'Italie ou d'Espagne. Peut-être vous êtes-vous trompé ?

Un étrange sourire fila sur les fines lèvres de Sherlock Holmes.

« Pourtant, My Lord, je vais vous présenter la preuve que je ne me suis pas trompé. Le nom de la marquise Senza di Borgo devrait être bien connu, ici, à l'ambassade. »

La figure un peu arrogante de Lord Spencer se figea un peu plus.

« C'est impossible, s'écria-t-il, je suis obligé de vous le répéter, Mister Burton : vous vous êtes trompé ! »

Le détective prit les deux cartes de visite dans son portefeuille et tendit l'une d'elles au Lord.

« Marquise Anna Maria Senza di Borgo », lut le Lord à voix haute. Une vive surprise se reflétait sur son visage inquiet.

« Vous serez surpris, My Lord, quand je vous dirai où j'ai trouvé cette carte de visite.

— Soyez bien aimable de me le dire, Sir Edward.

— My Lord, j'ai trouvé cette carte il y a un quart d'heure dans le plat à cartes de visite qui se trouve dans votre salle d'attente. Pouvez-vous m'expliquer ce fait ? »

L'ambassadeur regarda avec étonnement l'énigmatique carte.

« Je ne comprends pas comment c'est arrivé là, dit-il, excité. Je vous assure que le nom de cette dame est totalement inconnu, non seulement de moi, mais aussi des membres de ma famille et des employés de l'ambassade.

— Permettez-moi d'en douter, My Lord. »

Lord Spencer jeta un regard irrité sur le faux attaché.

« Il me semble que vous persistez trop dans vos suppositions préconçues », dit-il d'un ton mécontent.

Le détective lui tendit calmement la seconde carte.

« Une autre carte de cette marquise autoproclamée, s'exclama l'ambassadeur. Vous l'avez aussi trouvée dans ma salle d'attente ?

— Non, My Lord. Je l'ai trouvé hier soir dans la corbeille à papier du prince Shungi, dans son appartement rue Furstadt. »

Sans le vouloir, Lord Spencer s'éloigna d'un pas du détective. Son visage était livide. La main qui tenait la carte tremblait nerveusement.

« Si Lord Primrose ne vous avait pas fermement recommandé, et si je ne savais pas que vous êtes mondialement connu comme excellent détective, j'aurais pensé que votre imagination est trop débordante. Vous me parlez d'une marquise inexistante, et d'une découverte faite la nuit dernière dans l'appartement du prince Shungi... Mais comment vous y êtes-vous rendu ?

— C'est très simple, My Lord. Pour faciliter mes recherches, j'ai loué la chambre mitoyenne. Et comme vous le voyez, ce n'était pas inopportun.

— Vous êtes excellent, dit Lord Spencer en se calmant. Mais j'avoue qu'après cela, l'affaire me paraît encore plus dangereuse. Apparemment, le prince a été victime d'un crime dans lequel cette mystérieuse marquise est impliquée. Il est inutile de vous rappeler que ma situation deviendra ici insupportable si je ne récupère pas dans les plus brefs délais les importants documents qui ont été volés. Et ce n'est pas suffisant, je dois m'assurer que dans l'intervalle ces papiers n'ont pas été vus par des personnes qui pourraient faire du tort à la Grande-Bretagne en prenant connaissance de nos négociations secrètes. Un grand danger nous menace : la guerre peut être déclarée en une semaine.

— My Lord, je ferai tout mon possible afin d'éviter cette catastrophe. Mais il me reste encore des découvertes à vous communiquer.

— Racontez, racontez, dit aimablement l'ambassadeur. Vous pouvez être sûr qu'à l'avenir je ne montrerai plus la moindre méfiance envers vos propos. »
Sherlock Holmes baissa avec recueillement les yeux. Puis il dit :
« Savez-vous, My Lord, qu'en plus du prince Shungi il y a à Saint-Pétersbourg d'autres Hindous ?

— Des Hindous ? Non, je suis sûr qu'en dehors du prince, il n'y en a pas d'autres ici. Je l'aurais su, car en tant que sujets britanniques, les Hindous auraient certainement été déclarés auprès de l'ambassade afin, si nécessaire, de bénéficier de mon soutien.

— Peut-être que Shungi a conservé un serviteur auprès de lui.

— Non, il n'a jamais eu de tel domestique.

— Pourtant, hier, j'ai rencontré quelqu'un qui était indubitablement hindou.

— C'est vraiment étrange, dit Lord Spencer en fixant le détective. Dans quelles conditions cette rencontre a-t-elle eu lieu ?

— Cette nuit, peu de temps après que j'ai secrètement visité l'appartement du prince.

— J'avais raison de supposer qu'une cabale diabolique a été menée contre cet infortuné. Peut-être a-t-il été capturé afin qu'il soit plus facile de cambrioler son logement en son absence.

— Votre hypothèse, My Lord, me paraît raisonnable. J'ai vérifié que ce voleur a emporté tous les bijoux et l'importante somme d'argent que j'ai vu peu avant.

— Donc tout espoir de retrouver les documents s'est envolé, gémit l'ambassadeur. J'avais toujours l'espoir que le prince Shungi revienne... Mais maintenant, on ne peut que penser qu'il a été tué.

— Je ne peux pas dire que ce soit impossible, My Lord. Mais après tout, l'avenir ne me semble pas si sombre.

— Vous vouliez me parler du voleur, Mister Hol... Burton, se corrigea le Lord.

— Oui, My Lord. J'ai couru en chemise jusqu'au balcon, et j'ai vu le criminel debout, à une archine et demie de moi. Il était sur le balcon adjacent, celui de l'appartement du prince. Vous savez, My Lord, que j'ai vécu plusieurs années en Inde, et que j'ai étudié les types des indigènes de là-bas... »
L'ambassadeur interrompit Sherlock Holmes avec étonnement :

— Ce n'est pas possible. Vous vous trompez, il n'y a pas d'autre Hindou que le prince à Pétersbourg.

— Dans le cas présent, je ne peux pas me tromper. L'Hindou se sentait apparemment comme chez lui dans l'appartement du prince. Il a pu ouvrir et refermer toutes les serrures, pourtant complexes, comme s'il possédait les clés du propriétaire. Il n'a pas touché ni déplacé une seule chaise, alors qu'il n'a pas allumé la lumière. Le voleur était vêtu de la façon la plus misérable : il portait une casquette de jockey, une vieille veste, un pantalon déchiré. Vous voyez, My Lord, que je l'ai très soigneusement observé. De plus, j'ai réussi à me procurer un indice très inhabituel. Le voleur a appuyé ses mains contre la balustrade du balcon, de sorte qu'elles étaient bien éclairées par la lune. Sa main gauche était près de moi, et j'y ai vu une grande cicatrice, bien délimitée... Qu'est-ce qui vous fait peur, My Lord ?

— Une cicatrice... une cicatrice. En forme de triangle pointant vers le bas ?

— Oui, exactement comme cela. C'est probablement la marque d'une terrible blessure, que l'Hindou a reçue dans des circonstances exceptionnelles.

— C'est la trace d'une morsure de tigre, expliqua Lord Spencer.

— Vous connaissez donc cet Hindou ? »

C'était au tour de Sherlock Holmes d'être étonné.

« Oui. L'homme que vous avez pris pour un voleur n'est autre que le prince Shungi lui-même. »

Le détective aurait voulu objecter quelque chose, mais il resta confus et plongé dans ses réflexions.

« Trouvez-vous une explication à ce fait étrange ? demanda le Lord.

— Juste un instant, My Lord. Cet homme est un voleur, cela ne fait aucun doute. Il a emporté tout ce qui avait de la valeur. Il est entré secrètement dans l'appartement. Il avait d'ailleurs un complice que j'ai entendu siffler en bas, dans le jardin. Après ce signal, le voleur a disparu en sautant du balcon. Si vous pensez qu'il s'agit du prince Shungi, pourquoi s'est-il volé lui-même ? N'aurait-il pas été plus facile, et surtout plus sûr, de revenir en plein jour à l'appartement pour prendre tout ce dont il avait besoin ?

— Tout ce que vous dites est absolument vrai. Il est difficile d'imaginer que ce voleur était Shungi lui-même. Mais cette cicatrice hors normes sur sa main en est la preuve irréfutable.

— J'ai trouvé quelque chose dans le jardin, que vous connaissez peut-être aussi, My Lord. »

Sherlock Holmes montra à l'ambassadeur le poignard indien.

31

« Il appartient au prince, je le reconnais parfaitement, répondit Lord Spencer. Le prince portait toujours cette arme sur lui. Cela confirme bien que le prétendu voleur, c'est lui. »

Sherlock Holmes était abasourdi. Il ne voyait plus l'ambassadeur, son regard se perdait dans le vide et sa respiration était à peine perceptible.

« Oui, My Lord, ces faits contradictoires semblent n'avoir qu'une seule explication. Je vous prie, dans l'intérêt de la résolution de cette affaire, de ne pas me questionner plus à ce sujet. Je crois que la situation est loin d'être aussi désespérée que je ne le craignais au début. Pourriez-vous me dire, My Lord, ce qu'il m'est possible de proposer à des tiers pour la restitution des documents volés ?

— Autant qu'il sera nécessaire, une fortune, même, Mister Burton ! s'exclama vivement l'ambassadeur.

— Eh bien, partons sur une récompense d'au moins dix mille, suggéra Sherlock Holmes en souriant.

— Vous êtes autorisé à promettre en mon nom la somme qui s'avérera nécessaire. Quand je me souviens de votre récit des événements de la nuit passée, il me semble que tout cela est arrivé dans un rêve. Quel dommage que je ne fasse pas comme le malheureux prince Shungi en avait l'habitude lorsqu'il lui arrivait quelque chose de spécial : il rendait visite à une voyante pour en savoir plus sur son avenir. Vous savez que les Hindous ont dans le sang la croyance en ce qui est surnaturel. »

Après un moment de réflexion, le détective déclara posément :

« En tout cas, je pense que tout s'arrangera comme je le soupçonne. »

Il voulait déjà remettre son chapeau et prendre congé, quand soudainement une porte adjacente s'ouvrit. Une dame entra dans le bureau, frappant le détective par sa majestueuse beauté. Sans doute avait-elle déjà atteint la quarantaine, mais le temps semblait avoir hésité devant le charme de cette femme.

« Chère Margot, lui dit l'ambassadeur, permettez-moi de vous présenter mon nouvel attaché, Sir Edward Burton, envoyé à ma demande de Londres, suite à l'incident avec le prince Shungi. Sir Edward, voici ma femme. »

Sherlock Holmes s'inclina avec respect puis reprit son chapeau.

« Un moment, ajouta l'ambassadeur. Ma chère Margot, connaissez-vous par hasard la marquise Senza di Borgo ? »

Le détective se trompait-il ? Un nuage avait-il passé devant le soleil ? Il lui sembla que Lady Spencer avait pâli lorsque son mari avait prononcé ce nom.

« Non », répondit la dame d'une voix à peine audible. « Je… je ne la connais pas. Pourquoi me demandez-vous cela ?

— Je vous ai posé cette question car la carte de visite de cette marquise s'est retrouvée sur la table de notre salle d'attente. Mais cela n'a d'ailleurs pas d'importance. Au revoir, Mister Burton. À bientôt ! »

Sherlock Holmes quitta l'ambassade et se dirigea vers le Jardin d'Été. Il poussa un soupir et pensa :

C'est là un travail qui s'annonce difficile. Une seule personne pourrait le faciliter : Lady Spencer.

Chapitre IV
La voyante

« Alors, mon cher Harry, dit le détective, allumant sa pipe confortablement assis dans un fauteuil. Dites-moi ce que vous avez appris dans l'enceinte de l'ambassade durant ces deux derniers jours. Avez-vous réussi à vous faire des amis parmi les employés ?

— Oui. Je n'ai pas caché que j'étais le serviteur du nouvel attaché, Mister Edward Burton, et que j'avais l'intention de voir des compatriotes.

— Très bien, Harry. Ils vous ont bien traité ?

— Très bien, surtout la femme de chambre de Lady Spencer, répondit Harry Tucson en riant.

— Vous êtes sur la bonne voie, approuva Sherlock Holmes. Mais continuez.

— Milady est totalement inaccessible, il n'y a pas l'ombre d'une intrigue autour d'elle, elle n'est intime avec aucun homme. Pourtant ils ne ménagent pas leurs efforts, mais personne n'a encore réussi à se vanter d'avoir obtenu le moindre signe de préférence.

— C'est bien dommage, plaisanta Sherlock Holmes, il aurait été tellement plus aisé d'aboutir à des conclusions claires si elle avait été en communication secrète avec un envoyé étranger ou un membre de l'ambassade. Celui-ci aurait pu prendre connaissance des documents et les voler avec l'aide de sa maîtresse, chez le malheureux prince. Mais depuis le début je suis persuadé que nous ne pouvons pas compter sur l'aide de Milady : ce serait trop simple. Qu'as-tu appris ?

— Je ne peux me vanter de l'abondance d'informations obtenues, Mister Holmes. Les serviteurs n'entrent jamais dans le secrétariat de l'ambassade : ils ne peuvent donc pas être liés au vol des documents. En outre, le prince Shungi avait l'habitude de garder chez lui des papiers importants. Lord et Lady Spencer n'ont que deux enfants – un fils et une fille. Cette dernière n'a que dix-sept ans, elle n'est apparue à la lumière que récemment et elle ne peut être prise en considération. Le fils, Lord Robert, a dix-neuf ans. En général, il ne s'intéresse pas du tout aux affaires de l'ambassade et il n'est à Saint-Pétersbourg que pour quelques mois. Son père, qui n'est pas avare, lui donne de l'argent. Lord Robert occupe une place prépondérante au sein des festivités de la riche jeunesse. On dit que c'est un remarquable bel homme, adoré de tous les serviteurs, surtout du sexe féminin. Il sort beaucoup et mène une vie dissipée.

— As-tu pu savoir si Lord Robert était ami avec le prince Shungi ?

— Je n'ai rien pu apprendre de précis sur ce sujet. Ils n'ont jamais été vus ensemble.

— Je ne supposerai donc pas que les documents aient été volés par Lord Robert, dit Sherlock Holmes en riant. Mais le fils de l'ambassadeur a pu jouer un rôle différent dans cette affaire. As-tu fait des recherches sur la marquise Senza di Borgo ?

— Personne ne sait qui elle est, pas même le valet de chambre, qui pourtant connaît toute la noblesse de Pétersbourg.

— C'est impressionnant, dit Sherlock Holmes d'un air pensif. J'ai trouvé deux cartes de visite de cette marquise, l'une d'elles dans la salle d'attente même de Lord Spencer, et cependant personne ne la connaît. Mais bon sang, elle doit bien exister quelque part ! Qu'as-tu recueilli d'autre ?

— J'ai aussi entendu dire que le prince Shungi était très superstitieux, et qu'il se rendait souvent chez une vieille diseuse de bonne aventure qui habite sur la ligne 7 de l'île Vassilievski. Il est difficile d'imaginer quels secrets elle a pu découvrir chez le prince. Elle lui a tout raconté sur son passé, elle lui a ouvert le futur : en somme, elle a totalement capté l'imagination du prince, qui croyait aveuglément en ses prédictions.

— De qui tenez-vous ces intéressantes informations, mon garçon ?

— De la caMériste de la jeune Lady. La fille de l'ambassadeur le lui a raconté, qui elle-même l'a appris de son frère, le jeune Lord Robert, qui à son tour a reçu ces informations de la source originale, c'est-à-dire du prince Shungi lui-même.

— Chaque échelon franchi augmente l'auréole de mystère en ajoutant ses propres bizarreries, remarqua le détective avec un sourire.

— Mister Holmes, objecta le jeune homme d'un ton sérieux, cette fois vous avez tort. J'ai récemment visité de nombreux bars, restaurants et tavernes, qui abondent dans ce secteur de l'île Vassilievski. J'ai écouté comment même les étudiants parlent de cette voyante. Tout le monde s'étonne de sa perspicacité et de sa clairvoyance. Elle dispose certainement de nombreuses informations sur les personnes qui lui rendent visite. Voici une de ses cartes, qui sont distribuées à ses clients. »

Le détective y jeta un coup d'œil.

« Je connais déjà cette publicité. J'ai trouvé la même carte dans la corbeille à papier sous le bureau du prince. Quand accepte-t-elle les visiteurs ?

— De deux heures à six heures de l'après-midi.

— Excellent. C'est le moment idéal pour lui rendre visite, déclara Sherlock Holmes. Tu peux m'accompagner. Pendant que je vérifierai l'omniscience de cette diseuse de bonne aventure, que je révélerai ses tours dans sa salle de réception, tâche de te rendre dans les autres pièces. Regarde s'il n'y a pas de cartes photographiques du prince ou des objets lui appartenant. Voici un portrait que m'a donné l'ambassadeur pour faciliter les recherches.

Harry Tucson, le visage inquiet, regarda la photographie.

« Tu n'aimes pas l'apparence du prince ?

— Non, je ne peux rien dire de cette image…

— Tu es troublé par mes instructions ? demanda le détective.

— Ce ne sera pas facile à accomplir, en effet. Je peux me retrouver coincé dans l'appartement de la voyante.

— Celui qui pense trop aux obstacles n'atteint jamais son but. Ces instructions doivent être exécutées à tout prix ! Il est extrêmement important de découvrir les secrets de cette vieille. Mais assez de paroles, passons aux choses sérieuses ! »

J'aimerais revoir Londres, un jour, pensa Harry Tucson d'un air sombre en suivant son patron dans l'escalier. *J'ai le mauvais pressentiment qu'on ne s'en sortira pas avec succès aujourd'hui.*

Lorsque les deux Anglais furent rendus sur le pont Nikolaevski, Sherlock Holmes remit à son assistant un trousseau fabuleux de passe-partout.

« C'est la meilleure chose qui puisse aider dans de telles situations. Je prends toujours ces outils avec moi quand je me lance dans ce genre de travail », déclara le détective.

La fortune le favorisait. Quand la femme de chambre l'introduisit dans la salle de réception, il n'y avait personne. Sherlock Holmes pouvait espérer que la voyante le recevrait bientôt.

Il dut cependant attendre environ un quart d'heure.

Et en même temps, il se sentait surveillé.

Le détective commença à inspecter les quatre murs de la salle, essayant d'y trouver une fenêtre secrète ou un trou d'observation. Mais cela n'aboutit à rien.

Afin d'abréger l'ennui de l'attente, Sherlock Holmes entreprit de feuilleter son carnet. Il regarda le portrait photographique du prince.

Finalement, la porte de la pièce voisine s'ouvrit. La femme de chambre l'invita d'un geste de la main.

Le détective plongea dans une obscurité presque complète. La pièce était juste faiblement éclairée par une lampe éternelle rouge sombre. Aussi loin que le regard portait, les murs étaient couverts d'un papier peint presque noir.

L'endroit était orné d'oiseaux empaillés, de squelettes de reptiles, d'icônes des saints martyrs. Une grande chouette était posée sur le dossier d'une chaise. Deux grands chats gris erraient, marchant avec légèreté sur leurs pattes souples.

Il vit contre le mur opposé une table couverte de velours noir. Quand l'œil de Sherlock Holmes se fut habitué à l'obscurité qui régnait là, il discerna une vieille femme attablée.

Celle-ci semblait très âgée. Son visage entier était couvert d'innombrables rides. Sa tête grise tremblait de sénilité. Un nez finement dessiné et de petites oreilles témoignaient de l'ancienne beauté de la voyante.

Elle offrit à Sherlock Holmes de s'asseoir. L'unique chaise était placée à côté de la porte d'entrée par laquelle le détective était entré ; la vieille se trouvait à l'autre bout de la pièce.

« En quoi puis-je vous être utile, demanda la diseuse de bonne aventure d'une voix faible.

— J'ai entendu dire que vous connaissez le passé, le présent et l'avenir de vos visiteurs. Afin que je puisse croire en vos paroles, tâchez de deviner ce que je veux. »

Un léger sourire glissa sur le visage de la vieille femme.

« Je ne suis pas omnisciente, dit-elle de la même voix calme et fatiguée. Je crois que vous ne vous attendiez pas à ça de ma part. »

C'est une femme intelligente. Je n'aurais pas à être témoin des absurdités que je craignais.

« Cependant, peut-être savez-vous quelque chose sur moi », prononça-t-il à voix haute, se souvenant de l'histoire de Harry Tucson.

« Je vais essayer de satisfaire votre désir, répondit la voyante.

Elle saisit un paquet de cartes et commença à les mélanger avec une habileté incroyable. Ayant disposé trois piles, elle plaça le reste du jeu en forme d'éventail. Elle tira ensuite trois cartes d'en bas et dit d'une voix confiante.

« Vous êtes anglais !

— Eh bien, cela ne nécessite aucune sorcellerie pour le savoir : vous avez appris ma nationalité grâce à mon accent, remarqua Sherlock Holmes en souriant.

— Mon ouïe n'est pas sensible à de telles différences », dit la voyante en secouant la tête.

Elle étala toutes les cartes en huit rangées puis se lança dans leur examen.

« Vous cherchez une personne qui vous est proche. »

Le détective en fut un peu surpris.

« Je cherche vraiment quelqu'un, dit-il lentement. Mais on ne peut pas dire que ce soit un proche. »

La voyante semblait examiner attentivement les cartes.

« J'ai dit qui vous est proche, non pas dans un sens de parenté, mais d'une manière officielle, ou professionnelle.

— Il y a une part de vérité là-dedans, acquiesça Sherlock Holmes. Pourriez-vous me conseiller sur la manière de retrouver cette personne disparue ? »

La vieille reprit son examen des cartes.

« Cette personne est loin, le chemin qui mène à elle est long. Vous devrez être patient.

— Pouvez-vous me dire le sexe de la personne que je recherche ?

— Sans aucun doute, un homme.

— Jeune ou vieux ?

— Encore jeune, apparemment.

— À quelle classe appartient-il ? continua le détective, étonné.

— C'est quelqu'un qui occupe un poste élevé, un notable. Peut-être même un prince. »

Sherlock Holmes, de surprise, sauta de sa chaise.

« Et ce sont les cartes qui vous disent cela ? s'exclama-t-il, faisant semblant de vouloir s'approcher de la table.

— Restez assis, insista la vieille femme. Vous allez brouiller mes cartes. »

Le détective se rassit malgré lui, se soumettant au cri impérieux.

La diseuse de bonne aventure mélangea à nouveau les cartes, les battit puis les étala.

« Les cartes prédisent que vous n'êtes pas près de retrouver le disparu. Il est même douteux, en général, que vous le revoyiez un jour.

— On dit que vous pouvez aussi invoquer les esprits. Pourriez-vous en invoquer un que j'aimerais voir ? »

La voyante mit de côté les cartes et hocha la tête.

« Les esprits ne reçoivent pas d'ordre, rétorqua-t-elle. Pour cette raison, je n'ai pas de pouvoir sur eux, sauf sur ceux qui se sentent attirés par moi.

— Je vous récompenserai généreusement, si je vois celui auquel je pense. »

Elle secoua la tête, comme si elle réfléchissait à ce qu'elle pourrait faire.

« Vous devez me dire franchement à qui vous pensez.

— Bien. Je pense à un disparu qui, comme je le crois, a déjà réglé ses comptes avec ce monde.

— Cela me fatiguera beaucoup, dit la vieille femme dans un soupir. Vous me trouvez âgée, mais je le suis encore plus que je ne parais. »

En guise de réponse, Sherlock Holmes tira un billet de cent roubles de son portefeuille.

Tandis qu'il s'approchait lentement de la table de la voyante, la pièce s'assombrit. Lorsqu'il fut tout près d'elle, il ne pouvait plus en distinguer les contours qu'avec peine.

Le détective posa le billet sur la table et revint à sa place.

La pièce redevint aussi claire qu'elle l'avait été.

« Cela vous satisfait-il ? demanda-t-il en entendant le bruissement du papier froissé.

— Je ferai tout ce que je pourrai. Je vous demanderai simplement de garder le silence, quelle que soit votre surprise, quoi que vous voyiez. »

La vieille femme se leva puis recula. Au même instant, elle disparut.

Il sembla au détective qu'elle s'était dissimulée derrière un rideau noir. Il voulut profiter de son absence pour vérifier s'il ne se cachait pas dans la table un mécanisme lui permettant de communiquer avec des proches. Mais la chouette perchée sur le dossier du fauteuil de sa maîtresse lui lança un tel regard qu'il préféra revenir à sa place.

À peine assis sur sa chaise, il vit de nouveau derrière la table les contours vagues de la silhouette d'une vieille femme.

« Je vais tenter de réaliser votre souhait, dit celle-ci d'une voix faible. Vous ne devrez pas vous fâcher si j'échoue. Je vous demande de vous concentrer sur l'image de la personne que nous recherchons, sans quoi ce phénomène de l'esprit n'aura pas lieu, si bien sûr cette personne est déjà morte. »

Évidemment, elle s'est trouvé la meilleure excuse possible en cas d'échec de l'expérience. Si l'esprit ne vient pas, c'est que la personne recherchée n'est pas morte.

« Quoi qu'il arrive, prévint la voyante, ne bougez pas de votre place, ne faites aucun bruit. »

La pièce plongea dans un silence imperturbable. Sherlock Holmes avait l'impression que les yeux de la vieille regardaient fixement les siens, alors même qu'il ne pouvait les voir.

Malgré cela, il sentit qu'une force irrésistible l'obligeait à scruter le visage de la voyante.

Il lui sembla que des volutes nuageuses commençaient à s'élever du plancher, troublant l'espace entre lui et la mystérieuse vieille. Le rideau enfumé se fit plus épais, de sorte que la diseuse de bonne aventure n'était presque plus visible. Une musique calme et mélancolique se fit entendre au loin, semblable aux sons d'une montre ou d'une boîte musicale.

Les vapeurs brumeuses emplissaient l'air d'un parfum étrange.

Soudain, une partie du mur s'illumina au-dessus de la tête de la vieille. À cet endroit le papier peint semblait s'être décollé sur une longueur d'environ une demi-archine. La zone lumineuse était voilée comme le soleil par temps nuageux.

Sherlock Holmes crut qu'un visage brillait dans cet éclat, mais un instant plus tard, la vision avait disparu. Puis ce phénomène commença à se répéter, de plus en plus souvent. L'apparition surgissait puis disparaissait. La vue du détective se fatigua ; il agita fâcheusement la main et feignit de se lever de sa chaise.

Les nuages blancs commencèrent à tournoyer en s'épaississant. La musique se fit plus forte, se transformant en un air choral solennel. Il y eut un cri calme de la chouette. L'éclat de la tache claire sur le mur opposé augmenta : l'image d'un visage humain s'y inscrivit définitivement...

« Le prince Shungi ! » s'exclama Sherlock Holmes, ne parvenant plus à maintenir son excitation.

Au même instant, il entendit la voyante gémir bruyamment. La tache lumineuse, avec la forme humaine, disparut. La pièce se remplit de ténèbres.

La chouette tournait, criait et battait des ailes. Le détective se dirigea vers la sortie.

La main douce de quelqu'un attrapa son doigt. Il sentit qu'on le guidait. La porte s'ouvrit, et l'instant d'après il se retrouva sur le palier près de l'escalier.

Pour être honnête, pensa-t-il en marchant en direction du marché Andreevski, rien de semblable ne s'est jamais produit en Angleterre ou en Inde, même si les fakirs de là-bas m'ont étonné par leurs tours.

J'ai vu le visage du prince Shungi, cela ne fait aucun doute, mais comment cette vieille sorcière, qui ne pouvait savoir qui j'étais et ce que je voulais, a pu choisir de me le montrer ?

Sherlock Holmes, inquiet, avançait en se heurtant sans cesse aux passants.

Elle ne me connaît pas. En tout cas, elle ne connaît pas ma véritable profession. Sinon, elle m'aurait appelé par mon nom, pour m'impressionner par son omniscience. Elle sait cependant que je cherche le prince Shungi. Ce tour avec l'apparition de l'esprit est une absurdité totale. Une telle chose peut être accomplie sans la moindre difficulté à l'aide d'une simple lanterne magique. Une seule reste vraiment mystérieuse à mes yeux : comment a-t-elle pu deviner mes intentions alors que je n'ai décidé de lui rendre visite qu'il y a deux heures à peine ?

Chapitre V
Au café « le Fantasia »

Sherlock Holmes attendait en vain son jeune ami, Harry Tucson. Le jeune homme n'était pas réapparu de toute la nuit, ni même le lendemain.

« Ce jeune collègue est déjà en âge de se passer de toute aide, se calma le détective. Ne nous cassons pas la tête sur cette énigme ! Il est préférable de penser à ce que je pourrais faire maintenant sans perdre un temps précieux.

Soudain une sonnette retentit dans le couloir. La domestique s'en alla ouvrir la porte. Elle revint quelques instants plus tard, apportant au locataire une lettre ouverte.

Sherlock Holmes la lut : « Malgré la ferme volonté de vous revoir, je ne peux venir. Soyez tranquille. Harry. »

Le détective examina avec attention la carte. Elle avait un aspect très piteux, non présentable. Le papier avait été chiffonné et marqué par des doigts sales. Aux yeux du détective, elle avait l'odeur fétide familière des bouges suspects et des asiles de nuit.

Vers minuit, le détective quitta son appartement après s'être habillé avec soin. *Tâchons de nouer des connaissances utiles au café « Fantasia »*, se dit-il en arrivant en fiacre près de l'entrée de l'établissement à la mode.

Ses salles étaient déjà bondées d'un public très divers. Aux tables étaient assises de nombreuses dames aux vives toilettes dernier cri. Autour de chacune d'elles se regroupaient des admirateurs dont beaucoup étaient déjà saouls.

De partout éclataient des rires bruyants.

Sherlock Holmes, aveuglé par la brillante lumière reflétée par la multitude de miroirs et par la blancheur des murs entre les fresques pittoresques, hésita avant de franchir le seuil de la seconde pièce.

« Vous semblez être à la recherche d'une place libre », demanda sans ménagement une femme blonde replète assise à table à côté de lui. « Asseyez-vous ici. Avec moi, vous ne vous ennuierez pas. »

Cette invitation provoqua aux tables voisines une explosion de rire bienveillant.

Afin de détourner l'attention générale, le détective choisit d'accepter l'offre de cette blonde qui lui semblait d'ailleurs plutôt jolie.

« S'il te plaît, ne te fâche pas si je te tutoie tout de suite, dit-elle gaiement en approchant d'elle une tasse de café viennois. Ici, nous sommes toujours comme ça. Mais si ça te gêne, je peux dire 'vous', à votre guise.

— Parlez-moi comme vous le faites d'habitude, répondit le détective en riant. Je n'ai rien contre les coutumes locales.

— Tu es un étranger ? Un Allemand ? Un Anglais ?

— Anglais. Cela se remarque à mon accent ?

— Il y a ici trop peu d'Anglais pour qu'on puisse apprendre à distinguer de telles subtilités. Mais j'aurais dû reconnaître en toi un compatriote : je m'appelle Arabella, remarqua la blonde en riant.

— Arabella ? fit Sherlock Holmes, surpris.

— N'est-ce pas un nom très chic ? D'ailleurs, je parle un peu anglais !

— Que savez-vous dire ?

— Mister, Lady, steak, waterproof, cake-walk.

— Et c'est tout ?

— C'est tout. N'est-ce pas assez pour s'appeler Arabella ?

— Oh, absolument, approuva poliment le détective.

— En fait, nous avons toute un autre nom, expliqua la joyeuse blonde. Mais la majeure partie de mes amies est connue sous de tels surnoms. Là, assise près de la table, c'est Lelya le Pinson. Mais en vérité elle s'appelle Pelagia Chtutchkina.

Près de la fenêtre, attifée d'un boa en plumes, c'est Matilda. Elle prétend être Allemande, mais en fait c'est une simple Finnoise de Parkola et elle a travaillé avant comme cuisinière. »

La soi-disant Arabella appela un serveur d'un clin d'œil. Sherlock Holmes proposa à sa nouvelle connaissance de commander ce qu'elle désirait.

Se tournant vers son interlocuteur, elle continua à lui décrire les secrets des coutumes locales.

« Il y a ici de vrais étrangers, et même des Allemandes de Tallinn ou de Riga. Ce sont en majorité des choristes à qui leur cachet ne suffit pas.

— Depuis combien de temps fréquentez-vous ce café ?

— Depuis l'ouverture.

— Du coup, vous connaissez tous les visiteurs et toutes les visiteuses habituels ?

— Oui, tous les habitués. Les jeunes femmes que tu vois sont là depuis longtemps. Mais les hommes changent souvent, et ma mémoire des visages est très bonne : je retiens n'importe qui, même s'il n'est venu ici qu'une fois ou deux.

Sherlock Holmes tira de son portefeuille le portrait du prince Shungi.

« Reconnaissez-vous ce monsieur ?

— Bien sûr ! C'est un Hindou qui a de gros diamants en guise de boutons de manchette. Il est souvent venu ici. On disait qu'il travaillait à l'ambassade britannique.

— Peut-être vous souviendrez-vous des personnes avec qui il a lié connaissance ?

— Attends une minute, répondit la fausse Arabella. Il y a quelques semaines, il était là, puis il est parti avec une femme. Mais elle n'était pas des nôtres : on aurait dit qu'elle était venue pour un rendez-vous. Elle est restée à l'écart des autres filles, elle ne voulait surtout pas se faire remarquer.

— Est-ce que ce type de visiteuses vient ici aussi ? demanda le détective, intéressé.

— Oui, bien sûr. En général, elles doivent chercher à se cacher. Regardez : moi et mes amies, nous nous connaissons toutes, nous savons comment nous vivons, quelles sont nos relations, nos aventures, nos amants. Nous nous faisons toutes des confidences, nous n'avons pas de secret entre compagnes. À vrai dire, nous sommes des diablesses mais débonnaires. Les femmes qui se soucient de nettoyer leurs traces dans l'eau sont beaucoup plus dangereuses.

— Vous vouliez me dire quelque chose de plus sur cette femme avec laquelle l'Hindou est parti d'ici », l'interrompit Sherlock Holmes, se réjouissant de la franchise de sa bavarde interlocutrice.

« Je t'ai dit que je me souvenais bien d'elle, mais je ne sais pas qui elle est. Elle avait de magnifiques cheveux roux. Et elle était très élégamment habillée. Et j'ai remarqué le diamant qu'elle portait en bague, gros comme un œuf. Elle l'avait à l'auriculaire de la main gauche ; le diamant couvrait l'articulation entière. » Elle se tourna brusquement vers son voisin, assis à la table de marbre.

« Dis, Manya, tu ne saurais pas où est allée Nina la Frivole, aujourd'hui ?

— Elle ne viendra pas. Elle est allée au bal masqué, au Club allemand, près du pont Bleu.

— Ah oui, confirma l'amie de Sherlock Holmes. Aujourd'hui, c'est samedi, et le samedi, Nina danse toujours au Club allemand.

— Pourquoi pensez-vous à elle ? demanda le détective en riant.

— Voyez-vous, quand je vous ai dit que l'Hindou est parti avec une femme, je me suis souvenue que Nina la Frivole a été très malheureuse. J'ai compris à ses mots qu'elle l'avait connu, auparavant. »

Sherlock Holmes se mit à réfléchir. Il tenait enfin une piste importante. Évidemment, il faudrait la suivre jusqu'au bout, par tous les moyens.

« Vous savez quoi ? Venez au Club avec moi, suggéra-t-il à Arabella.

— Avec plaisir. Par contre, vous payez, et aussi pour moi ! »

Quelques minutes plus tard, le détective et sa jolie compagne sortirent bras dessus, bras dessous du café, accompagnés de vœux moqueurs de succès.

Une foule hétéroclite bruissait et bourdonnait dans la longue salle de spectacle du Club allemand, et dans nombre de pièces immenses occupant tout l'étage supérieur d'un grand immeuble au pont Bleu, jusqu'à la salle des cartes où des « mousquetaires », selon l'expression technique, des deux sexes, « coupaient » à la volée, et où les membres du Club et les visiteurs réguliers jouaient à « Macao ». Il était difficile de qui dire qui des hommes ou des femmes prédominait. Bien des femmes portaient des robes fantaisistes brillantes qui n'étaient plus de la toute première fraîcheur. Les pêcheuses napolitaines, les Colombines, les bergères et les marquises respiraient le véritable plaisir. Ici, au Club, il ne s'agissait pas seulement de « travailler », mais aussi de soulager son cœur en dansant jusqu'à n'en plus pouvoir. À côté des professionnelles, comme par devoir de service public visant à transformer la nuit en jour et le jour en nuit, les vrais travailleuses, bruyantes et joyeuses, couturières et modistes dont la vie pleine de difficultés n'avait pas encore tué leurs aspirations, s'amusaient et faisaient du bruit.

« D'ici, il est possible de voir facilement tous les danseurs », déclara Arabella à Sherlock Holmes en lui désignant un endroit près d'une colonne de la salle de danse.

Les yeux du détective brillèrent. Des dizaines, des centaines de couples tournoyaient sur le parquet au rythme de la valse, soulevant des nuages de poussière. On pouvait sentir toutes sortes de parfums et de cosmétiques échauffés par les corps. Il lui semblait impossible de distinguer qui que ce soit dans ce tourbillon humain. Cependant, sa compagne à l'œil exercé découvrit vite l'amie recherchée.

« Nina ! Nina la Frivole ! » cria-t-elle tout à coup bruyamment à une brune aux yeux bleus passant dans la spirale de paires virevoltantes.

La jeune femme tourna la tête vers la colonne, et, comme le remarqua Sherlock Holmes, fit un signe à Arabella.

« Elle va nous rejoindre, maintenant », dit triomphalement celle-ci à son compagnon. « Allons au buffet. Si vous voulez soutirer quelque chose à Nina la Frivole, commandez une bouteille de champagne. Elle vendrait les secrets de sa propre mère contre une telle gourmandise ! »

Le serveur avait à peine apporté une bouteille de Roederer glacé que Nina s'était déjà assise près de son amie.

À l'aide d'une coupe de champagne, la relation avec Sherlock Holmes s'engagea très vite.

« Dis-moi, Nina, tu te souviens de l'Hindou qui venait au café 'Fantasia' ? demanda Arabella, en venant directement à l'affaire.

— Bien sûr que je m'en souviens. Que lui est-il arrivé ?

— Ce monsieur aimerait connaître son adresse. »

Nina la Frivole éclata de rire.

« Oui, j'aimerais bien la connaître aussi ! Peut-être qu'il m'aurait donné la paire de diamants qu'il arborait sur ses boutons de manchette et ses bagues. »

Le détective leva sa main gauche en direction d'un candélabre et montra le jeu d'un brillant sur son anneau.

« Je vous donnerai volontiers cette bague, et j'en apporterai une autre à votre amie Arabella, si vous m'aidez à retrouver la femme avec qui l'Hindou a quitté le café 'Fantasia'. »

Nina la Frivole fronça ses épais sourcils noirs, essayant de se souvenir des conditions dans lesquelles elle avait vu l'Hindou pour la dernière fois.

« Tu te souviens, l'aida Arabella, c'était une belle aux cheveux blond roux, dont tu étais proche, avant. Tu l'engueulais encore, fâchée, parce qu'elle se donnait des grands airs, comme si elle ne reconnaissait pas sa vieille amie.

— Oh, oui ! Je la connais bien. Il y a quelques années, j'ai été mêlée une histoire qui s'est achevée en affaire criminelle. L'affaire a été jugée au tribunal de district. Il s'agissait d'une jeune femme qui volait des gens riches en se faisant passer pour une baronne ou une comtesse. Elle a été reconnue coupable d'escroquerie.

— C'est cette même jeune femme qui est partie avec l'Hindou ? demanda Sherlock Holmes, surpris.

— Oui, c'est elle. Je l'ai reconnue tout de suite. Après, je ne sais pas si elle a fait de la prison ou non, seulement il me semble qu'elle a été poule de luxe chez un riche.

— Connaissez-vous son vrai nom ? »

Nina la Frivole haussa les épaules.

« Je l'ai oublié il y a longtemps. Si vous tenez absolument à le savoir, allez à l'agence de détectives : on dit qu'ils ont un album de criminels.

— Son procès s'est tenu il y a combien de temps, demanda Sherlock Holmes en sortant son carnet.

— Il y a cinq ou six ans, il me semble. Mais regardez ! » s'exclama subitement Nina. « Là, dans l'allée, il y a un jeune homme que j'ai vu plusieurs fois dans un fiacre avec la jeune femme rousse qui est parti avec l'Hindou ! »

Sherlock Holmes regarda dans la direction indiquée et sauta de sa chaise d'étonnement.

C'est le jeune Lord Robert Spencer, il n'y a aucun doute là-dessus. Les choses deviennent plus confuses que je ne le pensais.

Chapitre VI
Le couple criminel

Nous allons suivre Sherlock Holmes à la recherche de Shungi, le prince hindou disparu, mais nous devons revenir à Harry Tucson, qui a dû travailler plus d'une journée sans l'aide de son célèbre professeur et patron.

Il s'était séparé du détective après le pont Nikolaevski.

Harry Tucson avait marché lentement le long de la septième ligne de l'île Vassilievski, jusqu'à la maison dans laquelle vivait la diseuse de bonne aventure.

Il avait estimé que la vieille femme ne recevrait pas immédiatement Sherlock Holmes. Il laissa passer une demi-heure puis s'engagea à exécuter les consignes de son maître.

Le jeune homme ouvrit en silence la porte qui menait au couloir de la mystérieuse femme.

Il reprit haleine, dans ce corridor sombre ; une odeur de café l'informa qu'il se trouvait dans le voisinage de la cuisine. Ayant jeté un coup d'œil par l'entrebâillement de la porte, il vit la servante qui, peu de temps avant, avait fait entrer Sherlock Holmes dans l'appartement de la voyante.

On pouvait entendre des voix qui venaient de la pièce de l'autre côté du couloir.

Il y a apparemment par-là la salle de réception et le bureau de la voyante, réalisa Harry Tucson, reconnaissant la voix de son patron.

Il y avait une autre porte, que franchit le jeune assistant de Sherlock Holmes. Là, il entendit soudain, derrière elle, le bruit de pas lourds. Il se précipita derrière un rideau qui séparait un placard sombre du couloir.

Harry retint son souffle, n'osant plus bouger, puis il tendit l'oreille. Mais ses craintes étaient vaines : personne ne franchit la porte. Se sentant sur le coup en sécurité, le jeune agent inspecta soigneusement le local, dans lequel son destin et l'intraitable énergie de Sherlock Holmes l'avaient abandonné. Le placard n'était pas aussi sombre qu'il le croyait. Ses yeux, habitués à la semi-obscurité, distinguèrent nettement quelques objets : un coffre, diverses robes de femme, un petit lavabo, des ustensiles ménagers. Il y avait en haut une petite fenêtre. En se rapprochant d'elle, Harry se rendit compte qu'il pouvait voir en toute liberté dans la pièce adjacente.

Elle était assez confortablement meublée.

Mais quoi donc ? Il n'était pas le seul à s'être faufilé ici ?

Un homme se trouvait au milieu de la pièce et y examinait le mobilier. Il avait manifestement les pires intentions, puisqu'il s'efforçait de produire le moins de bruit possible. Après être resté un temps debout, l'inconnu entreprit de vérifier si les tiroirs des meubles et le coffre étaient fermés à clé.

Harry Tucson entendit clairement cet homme étrange se murmurer à lui-même :

« Elle en a de la chance, bon sang, grognait-il. Son coffre est plein de lettres de créance anglaises. Elle s'est à nouveau bien débrouillée dans une belle affaire. » L'homme s'approcha de la porte qui devait mener à la salle de réception de la voyante. Après avoir écouté un peu, il dit à voix basse :
« Elle est encore en train de jeter de la poudre aux yeux de cet idiot. J'ai encore le temps de fouiller plus attentivement ! »
Il sortit doucement de sa poche un trousseau de passe-partout et commença à les tester sur différentes serrures. Un tiroir ouvert, l'homme regarda avec avidité.
« Il n'y a pas un kopeck. » Il avait repris son monologue, farfouillant dans les coins du tiroir. « Mais là, en bas, il y a deux boîtes plates. Et si j'y jetais un coup d'œil ? »
Il s'approcha de la fenêtre et ouvrit un coffret en cuir brun.
« Voilà qui est fabuleux ! s'exclama-t-il à voix haute. En voilà un monceau de diamants et de rubis ! Mais quel genre de broche est-ce ? Il y a une inscription dessus, peut-être en allemand… Un nom ou une quelconque bêtise amoureuse. Eh bien, tant pis, il n'y a rien à faire. Faute de mieux, il faut se contenter de ce qui vous tombe sous la main ! »
Sur ce, il fourra la précieuse broche dans sa poche.
Il n'eut pas le temps de refermer le tiroir : dans la pièce voisine, surgit un bruit de chaises.
Il s'assit rapidement sur un siège près de la fenêtre et se lança si profondément dans l'examen des passants dans la rue, qu'il ne remarqua pas l'entrée de la vieille voyante.
« Comment es-tu arrivé ici ? demanda celle-ci avec étonnement.
— Par la porte », répondit le voleur sans se déranger, son visage exhibant une innocence sereine.
La voyante examina soigneusement la pièce. Quelque chose l'avait probablement mise tout à coup en colère. En un clin d'œil, elle se retrouva devant le tiroir de la commode dans laquelle l'étranger avait récemment fouillé. Elle remarqua aussi la disparition de la broche.
« Scélérat ! Maudit voyou ! » Sa voix tonnait d'une force qu'on n'aurait pas crue possible venant d'un corps aussi chétif. Tu m'as encore volée !
— Allons, ma chérie, ne t'énerve pas ! Entre mari et femme, ce n'est que bons comptes ! Comment pourrais-je te voler quelque chose ?

— Ah, si j'avais le courage de divorcer ! s'écria la vieille femme. Je briserais enfin cette chaîne maudite qui me tire vers le marais dont je me suis extraite au prix de tant d'efforts surhumains ! Mais maintenant, il faut en finir coûte que coûte avec cette ordure », déclara-t-elle catégoriquement en arrivant près de son mari. « Tu entends ? Je veux que tout cela cesse ! Basta ! »

Le voleur sourit largement d'un air moqueur.

« Quand je t'entends parler, Dounka, je n'arrive pas à croire que tu lavais des verres dans un salon de thé. Ma foi, tu parles comme une vraie dame ! Quand je te vois dans un élégant landau, te prélassant à côté d'un dandy endimanché, alors je me dis involontairement : c'est vraiment ta Dounka qui roule sur la 'Flèche' ? Cette Dounka dont tu as fait connaissance, et dont tu es tombé amoureux dans la partie sombre du 'Venise', une taverne après l'avant-poste de Narva ? Non, ce doit être une quelconque baronne, qui...

— La ferme ! cria la voyante, hors d'elle. Ne dis pas un mot de plus ou j'appelle un policier qui t'emmènera au poste. Je sais que tu n'aimes pas rencontrer la police ! »

Le voleur ne semblait pas vouloir pousser son épouse enragée aux extrêmes. Il se hâta de lui céder.

« Eh bien, si tu ne veux pas, je ne dirai rien... Mais vraiment je n'arrive pas à comprendre pourquoi tu t'acharnes à jouer les devineresses. Avec tes connaissances et tes revenues, c'est injustifié. Une telle occupation, ça me conviendrait peut-être mieux, à moi, un pauvre hère...

— Pourquoi fais-tu semblant d'être un pauvre ? Pourquoi est-ce que tu pleurniches ? objecta la diseuse de bonne aventure. Je te donne cinquante roubles par mois ! Où vas-tu les perdre ? Tu les gaspilles dans des tavernes, avec d'autres ivrognes comme toi.

— Allons, Dounetchka, ne te mets pas en colère. Je suis né comme ça : imprévoyant, malchanceux... C'est si vite fait de dépenser cent roubles. Un mois, c'est long. Par contre, si tu étais plus généreuse et me donnais un billet de banque de cent roubles... »

La vieille rit négligemment et se détourna de son mari.

« Et qui c'est, ce monsieur important avec lequel tu te promenais hier en voiture ? »

La voyante, visiblement agitée, se retourna vers lui.

« Où m'as-tu vue ? » demanda-t-elle à son tour, les yeux clignotant de colère.

« C'est sans intérêt. Je voulais seulement dire qu'avec un riche amant, on pourrait aider le mari à se remettre sur pied !

— Tu connais notre accord, dit la voyante avec rudesse. Chacun de nous suit son chemin. Et j'espère que tu ne m'espionnes pas. Si tu t'es avisé d'oser quelque chose de semblable, ton carnaval connaîtra une fin rapide, mon cher !

— On dirait bien. Mais j'espère, Dounetchka, que tu reprendras rapidement tes sens. Après tout, je peux flairer où se trouve ton deuxième appartement, celui dans lequel tu vis en réalité. Car ici, ce n'est qu'un simple piège. Je peux alors rapidement te faire obstacle. Toute ta ruse ne t'aidera pas ! »

La voyante se rapprocha de très près de son mari, et le regardant intensément dans les yeux, dit :

« Et que se passera-t-il si toi, animal grossier, tu m'obliges, et bien sûr pas toute seule, à quitter Pétersbourg pour l'étranger ? Je peux disparaître d'ici pour toujours. »

Le voleur sauta de sa chaise. Ces mots avaient été prononcés d'un ton si sérieux, si posé, qu'on ne pouvait suspecter une plaisanterie. De toute façon, une telle apostrophe ne plaidait pas en faveur d'une telle hypothèse.

« Non, à coup sûr, tu ne me traiteras pas aussi cruellement, dit-il plaintivement. Tu sais que je t'ai toujours aimée et que j'ai fermé les yeux sur tout.

— Oh, oui, tu m'as pardonnée volontiers quand j'ai acheté ton indulgence contre de l'argent. Je te jure par tout ce qu'il me reste de sacré au monde que je mettrai ma menace à exécution, si tu oses te placer en travers de mon chemin, ou si tu fais savoir que je te connais. J'en ai fini avec mon passé. Je veux être là où j'ai réussi à me faufiler, comme celle que je ne faisais que semblant d'être jusqu'à maintenant. »

Le mari de la voyante était apparemment embarrassé, réalisant qu'il était allé trop loin.

« Mais je ne ferai rien qui puisse te blesser, dit-il avec soumission. Que tu sois une comtesse, ou même une baronne, cela ne me regarde pas du tout. »

La diseuse de bonne aventure regarda attentivement son mari. Elle était convaincue d'être sortie victorieuse de la lutte. Elle avait frappé cet homme flasque en touchant un point sensible, en lui faisant reconnaître qu'il n'existait que par sa grâce.

« Puisqu'il vient juste d'être dit que je vais peut-être quitter Saint-Pétersbourg, continua-t-elle, il faut tout de même éclaircir un point : sous quelles conditions accepteras-tu le divorce ?

— Dix mille, dit le voyou, après avoir réfléchi.

— Tu pourrais demander cinquante mille avec le même succès, objecta la voyante en souriant. Tu t'imagines vraiment que je suis devenue millionnaire ? Rappelle-toi tout l'argent que je t'ai donné toutes ces dernières années !

— Tu n'en as pas autant ? Eh bien ton amant paiera !

— Si tu es tellement stupide et têtu, tant pis pour toi. Maintenant, au revoir ! Tu peux garder la broche que tu m'as volée. Fais attention de ne pas tomber dans une sale histoire à cause d'elle ! »

Le voleur ne bougea pas, son visage prit une expression sombre.

« Combien me donneras-tu, si j'accepte le divorce ? »

Il remarqua soudain le visage de quelqu'un qui regardait à travers la fenêtre du placard. Un cambrioleur ? Ou encore un amoureux qui voulait lui enlever sa femme et son gagne-pain ?

Non, c'était le visage d'un très jeune homme, un adolescent aux cheveux plein d'épis. Que faire ?

Faire des vagues et attirer l'attention de sa femme sur lui ?

« Pourquoi restes-tu debout à piétiner comme ça ? demanda la voyante avec surprise. »

À ce moment, le voleur entendit que le jeune homme s'était glissé dans le couloir, hors du placard.

« Eh bien au revoir, dit-il avec précipitation. Si tu as besoin de moi, tu connais mon adresse. »

Il se précipita en direction de la porte de sortie, près de laquelle il rattrapa Harry Tucson.

« Attends, mon garçon », murmura-t-il, attrapant fermement le jeune homme par la main. « Ce n'est pas convenable de s'enfuir comme ça ! »

Ils rejoignirent ensemble le palier.

Le voleur regarda par précaution autour de lui pour voir si quelqu'un descendait les escaliers. Il n'y eut aucun bruit de pas. Il commença alors à considérer son prisonnier. D'une main adroite, il extirpa de la poche de Harry Tucson le trousseau de passe-partout que Sherlock Holmes avait remis au jeune agent une heure auparavant.

« Toi, mon frère, tu es un type à la coule, tu sais à quoi ces jouets sont utiles. Tu n'as pas fait provision de pied-de-biche ? Non, tu n'as rien de pareil ? D'accord. Mais c'est étrange : je connais tous les voleurs, et je ne t'ai jamais rencontré.

— Vous vous trompez, objecta Tucson, qui souhaitait se débarrasser au plus vite du mari de la voyante. Je n'ai jamais voulu voler la vieille.

— Vraiment ? Qu'est-ce que tu voulais ? Lui apporter ta carte de visite ? Lui souhaiter la nouvelle année ?

— Je voulais découvrir le secret de cette femme, rétorqua Harry Tucson. Maintenant que vous savez tout de l'affaire, laissez-moi partir. »

Le voleur siffla doucement, donna à son visage l'expression la plus sournoise possible, se gratta derrière l'oreille, comme si tout à coup il pensait à quelque chose de particulièrement amusant.

« Peut-être dis-tu la vérité, acquiesça-t-il à voix basse. Mais en tout cas, une telle idée n'aurait pu passer comme ça par ta tête de mouton. Tu travailles pour quelqu'un d'autre ?

— C'est vrai, avoua le jeune agent.

— Et quel est son nom ? demanda le voleur.

— Je ne le sais pas moi-même », mentit Harry Tucson, estimant inutile de mettre le mari de la voyante dans la confidence.

« Peut-être. C'est possible. Ton maître, apparemment, n'est pas un imbécile. Eh bien, qu'as-tu appris sur cette vieille femme ? Qui est-elle ? »

Harry se demanda s'il devait montrer qu'il avait entendu toute la conversation, ou s'il devait cacher ce fait.

« Elle semble jouer un double rôle, déclara-t-il d'une façon évasive. Il me semble qu'il faudrait la suivre secrètement, pour découvrir la vraie piste. »

Le voleur regarda soudainement le jeune homme avec des yeux luisants et lugubres.

« Écoute, commença-t-il dans un murmure sinistre, ne serait-il pas mieux pour nous de travailler ensemble ? Franchement, j'allais moi-même la filer... Et moi, crois-moi, j'en sais déjà plus que toi ! »

Harry Tucson espérait au départ s'éloigner au plus vite du mari de la voyante. Mais après ces mots, ses intentions changèrent. Si cette personne disait la vérité, son assistance pouvait se révéler précieuse pour révéler les contacts secrets de la diseuse de bonne aventure, qui apparemment menait bien une double existence.

« Allons-y, camarade, suggéra Harry à sa nouvelle connaissance. Il n'y a pas à se presser, elle ne quittera pas tout de suite l'appartement. »

Il sortit dans la rue, tourna à gauche dans une allée étroite et pénétra avec son compagnon dans une auberge sale, située au coin de la ligne suivante.

Chapitre VII
Dans un bouge

Harry Tucson s'immergea dans l'atmosphère viciée et étouffante, saturée d'odeur de tord-boyaux et exhalaisons humaines. La petite salle de la taverne, alors qu'il n'était pas encore tard, était presque pleine. Des gens de tous âges y étaient attablés, marqués par une double stigmatisation : le dénuement et le crime. On y mangeait peu, ici, on buvait plus de la bière et de la vodka. À deux tables étaient aussi assises des femmes.

« D'où nous ramènes-tu ce poulet emplumé ? dit une personne à la mine débonnaire et stupide en interpellant le mari de la voyante.

— N'aboie pas comme ça, Souslik, répondit le voleur. Si c'est un poulet emplumé, toi tu es une grenouille crevée !

— V'là qu'il s'est fâché, rit Souslik. Il vaut mieux que tu paies un pot, Piskar. Deux bières !

— Et avec quel pognon je vais t'offrir ça ? Allez, pas de bière, tu t'en passeras. »

Ainsi nommé « Piskar », le mari de la voyante se commanda des œufs et une bouteille de vodka. Puis il s'assit avec Harry dans un coin où ils pourraient parler en toute discrétion.

« As-tu d'autres vêtements ? demanda Piskar.

— Bien sûr.

— Et, j'imagine, quelque chose d'élégant ? interrogea le voleur.

— Cela va sans dire.

— Parfait ! Et peut-être que tu piges aussi un peu le français ?

— Pas seulement le français, mais aussi l'anglais et l'allemand. J'ai travaillé à Cronstadt, où sans langues étrangères, il est impossible de faire des affaires.

— Eh bien si c'est le cas, c'est dans la poche. Maintenant, écoute attentivement. La vieille diseuse de bonne aventure que tu as vue par la fenêtre dans le placard est en fait une belle jeune femme qui n'a pas encore trente ans. Elle maquille et façonne si adroitement son visage que personne ne peut la reconnaître.

— Pourquoi fait-elle ça ?

— Voilà pourquoi. Beaucoup d'hommes et de femmes viennent à elle pour découvrir leur avenir. Elle le devine grâce aux cartes, et elle découvre elle-même un tas de secrets importants. En outre, elle s'est trouvé un sacré matou, un oiseau de grande envergure. Il lui a fait perdre la tête, et, comme je l'ai entendu aujourd'hui, il ne verrait pas d'inconvénient à l'épouser. C'est tout ce que j'ai réussi à saisir pour l'instant.

Une fois, je l'ai suivie et je l'ai retrouvée au café 'Fantasia'. Ils s'y retrouvent sans faute, après son travail de cartomancienne. Son amant attend toujours à une table. C'est un grand homme aux cheveux noirs et avec une moustache. Son visage ressemble à celui d'un Gitan ou d'un Italien. Il a appris à ma femme à babiller en français, et maintenant, c'est toujours dans cette langue qu'ils jasent dans ce café. Je l'ai encore vue il y a quelques semaines avec cette espèce d'Hindou. Mais ça fait longtemps maintenant que je ne l'ai plus vu au 'Fantasia'.

— Dans ce cas, déclara Harry Tucson à son compagnon, je pars tout de suite pour me retrouver à temps au café.

— Bien. Je t'attendrai au 'Passage'. »

Harry héla un fiacre et rentra chez lui pour se changer. Afin de ne pas perdre un temps précieux, il n'informa pas Sherlock Holmes de son retour. Une heure plus tard, il pénétrait dans le café.

Se fiant à la description de Piskar, il trouva facilement le brun qui attendait la diseuse de bonne aventure. Il y avait une table libre près de ce dernier. Le jeune détective commanda un café puis, se dissimulant derrière un journal, fit semblant de lire.

Une dame élégante arriva quelques minutes plus tard. Tout dans son apparence était conforme à la description faite par Piskar. Une riche robe noire à fourreau de dentelles reposait pompeusement sur une jupe vert pâle émettant un bruit de soie. Ses cheveux blond roux s'étalaient sous un coquet chapeau, un modèle parisien. Sa silhouette mince et les traits délicats de son beau visage produisaient une forte impression.

Souriant joyeusement, elle s'approcha du brun, qui se leva alors de la table et fit plusieurs pas pour la rejoindre.

Une fois attablée, elle regarda attentivement tout autour d'elle pour s'assurer qu'il n'y avait dans la salle personne de sa connaissance. Ce bref examen la rassura complètement.

Le brun salua la dame en français, et toute la conversation fut menée dans cette même langue.

« Comment s'est passé ton rendez-vous d'aujourd'hui, demanda-t-il en souriant.

— Tout s'est déroulé comme je m'y attendais, répondit la diseuse de bonne aventure d'un ton sérieux.

— Alors il est vraiment venu, ce M... j'ai oublié son nom.

— Sir Edward Burton, attaché auprès de l'ambassade britannique, lançant la fausse voyante.

— Je ne connais pas ce nom. Il est arrivé récemment ?

— Tout à fait. Lord Robert Spencer m'a dit qu'il avait été en mission dans le cadre de l'affaire du prince Shungi.

Ne ris pas, René, poursuivit la voyante. J'avais la prémonition qu'il viendrait me voir pour savoir si je ne suis pas impliquée dans cette disparition. Je l'ai examiné attentivement avant d'aller dans la salle de réception. Il a regardé avec méfiance toute la pièce, comme si le prince disparu était derrière un de mes tableaux.

— Allons, la rassura René, tu t'inquiètes à cause de ce stupide Anglais, mais il n'est pas surprenant qu'il veuille savoir où est allé le prince. Qu'a dit d'autre le jeune Spencer, après notre dernière rencontre ?

— Rien de significatif. Tous ses messages concernaient le nouvel attaché, qui a eu une longue conversation secrète avec l'ambassadeur, le père de Robert.

— Sapristi, est-ce possible que quelqu'un se cache derrière cet attaché ? Mais comment vit donc ce quelqu'un ?

— Si tu prends en compte le contexte, plutôt pas mal. Je suis obligée de temps en temps de répéter l'expérience.

— As-tu enfin obtenu les papiers nécessaires ? demanda René après avoir réfléchi un peu. Tu as dû avoir assez de temps pour ça.

— Tu parles des documents concernant les négociations entre l'Angleterre et la puissance X ?

— Évidemment, ma chère. Tu sais que je brûle d'avoir ces documents entre mes mains. Je les paierais cher ! Une brillante carrière s'ouvrira à moi, si je suis capable de livrer des documents aussi importants à notre envoyé.

— Les papiers sont en ma possession, dit calmement la jeune beauté.

— Cela se peut-il ? Et tu ne m'as pas parlé d'un événement aussi extraordinaire ? s'exclama vivement René.

— Il y a des choses dont on ne peut parler que face à face. Et je ne t'ai pas vu depuis plusieurs jours.

— Tu as raison. Mais que veux-tu me dire à propos de ces documents ?

— Est-ce que tu m'aimes, René ?

— Est-ce que tu en doutes ? T'ai-je donné une raison de soupçonner que je t'aimerais moins ? Mes caresses ne t'ont-elles pas convaincue de ma flamme ?

— Non, je ne doute pas. C'est pourquoi il me faut te poser une question qui m'est particulièrement importante : acceptes-tu de ne jamais me quitter ?

— Si cela était possible, j'en serais le plus heureux des mortels !

— Dans ce cas, épouse-moi. Tu me connais assez pour savoir que tu n'auras jamais à rougir par ma faute. Comme dans mon salon tout le monde me prend pour la marquise Senza di Borgo, chez toi, dans ta patrie, personne ne doutera de mon origine aristocratique.

— Je comprends. Les documents importants qui ont disparu avec le prince Shungi…

— … seront ma dot, mon cher René, l'interrompit la fausse marquise d'un ton déterminé.

— C'est raisonnable, dit René, un peu embarrassé. Mais qui me garantira qu'un jour ton passé ne ressurgira pas ? Cela me compromettrait tellement que ma position dans la société en deviendrait complètement insupportable.

— Vous me connaissez depuis longtemps, et pourtant tu n'as jamais rencontré une seule personne qui m'aurait reconnue. Qui pourrait penser que l'élégante marquise de Senza di Borgo est une « fille du peuple » ? Est-ce que cela te posera des difficultés d'être muté à un autre poste, à l'étranger ?

— Nous devons y réfléchir. En tout cas, je suis d'accord, j'accepte tes conditions. Je t'épouserai, mais pas ici, pas à Pétersbourg. Dès que je recevrai les documents, je demanderai de me transférer à Paris ou à Madrid. »

Le cœur de la belle jeune femme nageait dans un océan de joie infinie.

« Veux-tu m'accompagner ? demanda-t-elle.

— Oui, je dois aussi suivre la rue Mokhovaya. »

Tucson, bien sûr, les suit. Une demi-heure plus tard, il savait déjà où la fausse voyante vivait, et il se dépêcha de revenir au Passage, où Piskar, le miteux mari de cette belle, éblouissante, femme, l'attendait avec impatience.

Il avait sérieusement réfléchi à savoir s'il devait le revoir. Il en était arrivé à la conclusion qu'il devait justifier la confiance que le mari de la voyante lui avait accordée. Harry fit le choix de raconter à Piskar tout ce qu'il voulait savoir sur sa femme. Peut-être que l'aide de cet individu lui serait toujours utile.

Chapitre VIII
À l'abri au refuge de nuit

« Eh bien, qu'as-tu découvert ? » demanda Piskar au jeune détective.

Harry Tucson lui parla de la conversation avec le diplomate. Le voleur buvait littéralement ses mots.

« Elle vit à Mokhovaya, marmonna-t-il. C'est une rue chic. Eh bien, puisse-t-elle aller loin. Mais cela veut dire qu'elle va me mettre sur la paille. Bon, nous verrons qui lui mettra la main dessus. Que vas-tu faire, maintenant ? demanda-t-il à Harry.

— Je vais rentrer chez moi.

— Écoute, tu pourrais me rendre un autre service ? J'ai trouvé un truc dans l'appartement de ma vieille sur l'île Vassilievski, que je voudrais écouler. »

Piskar sortit son étui de sa poche, l'ouvrit et montra à Harry comment les pierres jouaient sur la broche qui s'y trouvait.

Le jeune agent en fut aveuglé. Il n'avait jamais vu une telle splendeur. Les diamants et les rubis brillaient comme s'ils étaient vivants. Soudain, une étrange supposition le frappa.

C'était sans doute la même broche qui avait été volée dans l'appartement du prince Shungi, la première nuit du séjour de Sherlock Holmes à Pétersbourg.

Il ne pouvait y avoir de doutes : le détective avait décrit la précieuse broche avec précision.

Mais qui l'avait volée ? Évidemment pas Piskar, puisque Harry Tucson avait vu de ses yeux comment ce gredin avait trouvé la broche dans la commode de sa femme.

La voyante elle-même n'aurait pas osé, et n'aurait pas réussi à accomplir un tel vol. De plus, son amant, le jeune diplomate, n'aurait pas accepté qu'elle coure de tels risques. Harry Tucson ne savait pas que Lord Spencer avait reconnu le prince Shungi lui-même comme étant le cambrioleur.

Il était bien sûr impatient de démasquer le coupable. Il ne faisait aucun doute que cette même personne avait joué un rôle important dans la disparition du prince hindou. Piskar lui cachait-il encore des secrets ?

« Très bien, dit Harry. Je vais mettre en gage cette broche. Mais où ? Il est tard, maintenant, et les maisons de prêt doivent être toutes fermées.

— C'est vrai. Nous ferions mieux de passer la nuit ensemble, et demain, nous nous occuperons de cette affaire. À propos, tu feras la connaissance d'un de mes meilleurs amis, qui nous sera utile pour vaincre ma femme. »

Harry devait rester coûte que coûte avec ce coquin pour savoir quels plans il avait l'intention de mettre en œuvre avec l'aide de son ami.

« Je suis d'accord. Mais où allons-nous pour la nuit ? »

Piskar réfléchit un moment.

« Il n'y a plus rien à faire, aujourd'hui, se décida-t-il finalement. Et d'ailleurs je dois absolument voir mon ami. Pour ça, il faut aller au refuge de nuit près du pont Oboukhovski.

Harry Tucson était partant pour se frotter à cet établissement et à ses visiteurs appartenant aux couches les plus basses du « Pétersbourg errant ».

Lorsqu'ils arrivèrent au refuge, celui-ci était déjà surpeuplé. Cependant Piskar trouva un moyen de s'y introduire et d'y faire passer son compagnon.

Beaucoup de locataires réparaient leurs hardes avant de dormir. Près de l'un d'eux, Harry remarqua une enveloppe froissée vide et inutilisée. Le jeune agent s'empressa d'acheter une carte postale et y écrivit plusieurs lignes à destination de Sherlock Holmes. Un gardien passant devant lui accepta d'aller déposer le tout dans une boîte aux lettres.

Quelques minutes plus tard, Piskar présenta Harry à son « copain » Senka le Tonnelier. Senka s'avérait être un homme d'une cinquantaine d'années, ne ressemblant pas le moins du monde à un tonnelier, mais plutôt à un boucher. Son cou rouge et épais reposait sur de larges épaules, que n'importe quel athlète participant aux championnats de lutte envierait.

Piskar et son ami s'installèrent sur deux lits adjacents, tandis qu'Harry Tucson se plaçait au-dessus d'eux pour ne rien perdre de leurs négociations.

Quand les deux compères se rendirent compte au bruit de ses ronflements qu'Harry était profondément endormi, ils commencèrent à se confier en murmurant.

Harry réussit à entendre qu'ils avaient l'intention de guetter l'arrivée de la voyante dans son appartement de l'île Vassilievski. Piskar s'y rendrait sous prétexte de recevoir les cinq mille roubles promis en guise de compensation. Mais le jeune détective ne put entendre ce qu'ils voulaient faire à la fausse marquise.

Chapitre IX
À la police criminelle

Il était déjà une heure du matin quand Skalkine, officier de service de la police criminelle, fut informé qu'un gentleman accompagné d'une femme voulait le voir de toute urgence.

« Que veulent-ils à une heure aussi tardive de la nuit ?

— Une espèce de coquine a trompé ce monsieur.

— Oh, Seigneur ! Ils auraient quand même pu attendre jusqu'à demain matin. Bon, rien à faire. Puisqu'ils sont là, laissez-les entrer. »

Sherlock Holmes et sa compagne apparurent.

« Eh ! Nina la Frivole ! » s'exclama Skalkine quand la lumière de l'ampoule tomba sur le visage de la jeune femme.

« Vous me reconnaissez ? » Elle était surprise.

« Bien sûr, rétorqua le fonctionnaire, non sans complaisance. « Il y a cinq ans, je vous ai interrogée à plusieurs reprises dans l'affaire Trynkina. Vous avez été placée en détention sur la base de soupçons de complicité, puis vous avez été ensuite libérée…

— Trynkina ! fit brusquement Nina. Oui, c'est son nom de famille. C'est à cause de cela que nous sommes venus vous voir.

— Excusez-nous de vous déranger si tard dans la nuit, dit à son tour Sherlock Holmes, interrompant le bavardage de sa compagne, mais cette affaire ne tolère aucun retard.

— Il semble que cette belle escroque a repris son ancien métier, dit Skalkine en riant. Je suis sûr que, sous l'apparence d'une comtesse ou d'une baronne, elle a de nouveau pris une victime naïve dans ses filets.

— Tout ce que je demande est que vous nous permettiez, à cette jeune femme et à moi, d'examiner ensemble l'album dans lequel on rassemble les photographies des criminels. Cette fille croit qu'un de mes amis a rencontré Trynkina au café le 'Fantasia' et qu'il est parti avec cette criminelle. Après cela, il a disparu sans laisser de traces. Afin d'éliminer toute possibilité d'erreur, ma compagne aimerait revoir la photo de l'escroque prise par le département de la sûreté.

— Vous voulez l'impossible, rétorqua le fonctionnaire. Nos albums sont secrets. »

Sherlock Holmes sourit et prit dans son portefeuille la carte de visite du gouverneur de la ville, qui, à la demande de l'ambassadeur, avait offert d'aider l'attaché Burton. Le fonctionnaire, reconnaissant l'écriture du général, redevint aimable.

« C'est bon. Suivez-moi, je vous prie. »

Il tourna un interrupteur électrique. Sherlock Holmes vit devant lui, sur les étagères de la pièce voisine, un certain nombre d'albums dans lesquels on recueillait les « archives humaines » de la criminalité dans la capitale. Skalkine prit sur un rayon un des albums et le posa sur la table devant les visiteurs. Puis il commença à en feuilleter les pages. Sherlock Holmes et Nina la Frivole examinèrent attentivement chaque photo.

Soudain, la jeune femme, prise d'une excitation joyeuse, s'exclama :

« La voici ! Il ne peut pas y avoir d'erreur, elle avait la même apparence le soir où elle a emmené l'Hindou du 'Fantasia'.

— Comme vous le voyez, je ne me suis pas trompé », remarqua le fonctionnaire avec un sourire, extrayant la photographie de l'album et lisant les inscriptions sur son dos. « Voici Evdokia Ivanovna Trynkina. Peu de temps après son passage en prison, elle a épousé un voleur, Andreï Piskarev. »

Sherlock Holmes regarda attentivement l'image.

Le fonctionnaire la replaça dans l'album et demanda à son visiteur :

« Si je vous comprends bien, il s'agit d'un étranger, originaire d'Inde, qui a été pris par Evdokia Piskareva ?

— Vous avez raison, il s'agit bien de l'attaché auprès de l'ambassade britannique, le prince Shungi.

— Je ne suis pas sur cette affaire, dit Skalkine, mais j'en ai entendu parler par hasard. Si je ne me trompe pas, vous êtes vous-même anglais ?

— Vous ne vous trompez pas, confirma en riant Sherlock Holmes. Je suis en effet anglais.

— Dans ce cas, je vous demanderai à mon tour de m'accorder une grande faveur.

— Je suis à votre entière disposition, dit le détective avec amabilité.

— Un jeune homme, d'environ dix-huit ans, a été retenu par un prêteur sur gages d'État alors qu'il lui présentait une précieuse broche, incrustée de diamants et de rubis. Je peux vous montrer cet objet, je l'ai tout juste avec moi. »

Sur ces paroles, le fonctionnaire fouilla dans sa poche et montra la broche à Sherlock Holmes.

« C'est une épingle à cravate, qui a été volée à Shungi, le prince disparu ! s'exclama le détective. Je l'ai reconnue à son inscription : 'Sahib'.

— Eh bien voilà, se réjouit le fonctionnaire. Il me semblait bien que cette épingle n'était pas nette. Maintenant, nous parlerons d'une autre manière à ce garçon. Il cessera de s'en référer à un inconnu inexistant. »

Sherlock Holmes écoutait attentivement les propos de Skalkine.

« Comment puis-je encore vous aider dans cette affaire ? demanda-t-il.

— Le détenu est un jeune Anglais. Même s'il a été arrêté en possession d'excellents passe-partout, de minces scies en acier et d'une torche électrique, qui sont la marque d'un voleur professionnel, il déclare obstinément qu'il a reçu l'épingle d'un inconnu. Seriez-vous assez aimable pour discuter un peu avec votre compatriote ? Peut-être pourrez-vous l'exhorter et le convaincre qu'il ne fait qu'aggraver sa position en cachant la vérité.

— Je vous en prie, ordonnez d'amener cette personne. »

Le fonctionnaire et le détective revinrent dans la pièce de service.

Une porte s'ouvrit et le détenu fut introduit.

« Harry…

— Sherlock Holmes ! »

Tous deux étaient bouche bée d'étonnement. Le fonctionnaire brisa le silence qui s'était installé.

« Ai-je bien entendu ? Il a crié 'Sherlock Holmes' ? Le célèbre détective anglais ? J'ai tant rêvé de vous rencontrer en personne !

— Je vous prie de m'excuser de ne pas m'être présenté à vous. Je suis en effet le détective Sherlock Holmes. Et voici mon adjoint Harry Tucson, un homme aussi honnête que vous et moi.

— Et donc ce mystérieux inconnu, ce 'Piskar', n'est pas du tout un personnage inventé ? s'étonna le fonctionnaire.

— Il n'est pas plus inventé que son collègue Senka le Tonnelier.

— Senka le Tonnelier ? redemanda vivement Skalkine. Apportez-moi le classeur avec l'affaire Semion Ivanov Prokhorov, ordonna-t-il à son adjoint.

— Maintenant, nous allons découvrir qui est ce 'Piskar'.

— C'est comme si tout avait été fait exprès, déclara Skalkine en examinant le dossier. Ce 'Piskar' n'est autre qu'Andreï Stepanov Piskarev, l'heureux époux de la célèbre beauté Evdokia Trynkina…

— Laquelle, en tant que diseuse de bonne aventure, vit sur la septième ligne de l'île Vassilievski, lui déclara Harry Tucson. Elle possède en outre un deuxième appartement rue Mokhovaya, où elle prétend être marquise.

— La marquise Senza di Borgo ! s'exclama Sherlock Holmes, stupéfait. Maintenant, je comprends tout. Par conséquent, elle savait, hier soir, quand je suis venu chez elle, qui elle recevait. » Il se tourna vers l'officier. « Cela ne vous dérange pas si j'emmène mon jeune ami avec moi ? Le cas de cette épingle est, il me semble, éclairci. »

De retour chez eux, Harry Tucson raconta toutes ses aventures à Sherlock Holmes.

« Oui, tout s'explique aussi simplement que possible, dit le détective après avoir écouté. Penses-tu, demanda-t-il à Harry Tucson après avoir marqué une pause, que le prince Shungi est toujours en vie ?

— J'en suis assez sûr. Il me semble qu'il se trouve dans l'appartement de la fausse marquise Senza di Borgo. Ce que je n'arrive pas à comprendre, c'est pourquoi cette personne ne se montre nulle part. »

Sherlock Holmes rit d'un air énigmatique.

« Il ne le peut pas, expliqua-t-il. Mais il ne le souhaite apparemment pas non plus.

— Je ne comprends pas ça. Vous m'avez dit que le prince Shungi s'est volé lui-même, cette nuit-là, quand vous avez presque capturé un cambrioleur sur le balcon d'à côté. Vous croyez maintenant qu'il a volé l'épingle grâce à laquelle j'ai pu faire la connaissance de la police de Saint-Pétersbourg ?

— Cher Harry, reprit Sherlock Holmes en se frottant les mains d'un air suffisant, nous nous débrouillons maintenant avec ce cas est tout à fait original. Toutes les personnes impliquées dans l'affaire ont un rôle remarquable à leur manière. Le rôle principal est joué, bien sûr, par la marquise Senza di Borgo. Si nous commettons la moindre erreur, le prince Shungi et les importants documents nous échapperont toutefois à la dernière minute. La belle criminelle n'hésitera pas à les supprimer, si elle se voit découverte.

— J'en suis aussi certain. Avez-vous déjà élaboré un plan pour neutraliser cette femme ?

— Bien sûr. Je vais l'affronter avec ses propres armes. Je vous le répète, c'est un cas exceptionnellement intéressant, unique dans ma longue expérience. Et maintenant, cher Harry, prend un fiacre et rentre chez toi. Tu as l'air si fatigué que je ne veux plus te déranger aujourd'hui. »

Chapitre X
Révélation

Le salon de la marquise Senza di Borgo, rue Mokhovaya, était empli d'une lueur languissante et rêveuse. Des abat-jour couleur lilas argenté cachaient la lumière trop vive des lampes électriques.

Lord Robert, qui avait accepté de présenter « Sir Edward Burton » à la « charmante marquise » ne s'était pas trompé : le fils de l'ambassadeur et Sherlock Holmes trouvèrent la maîtresse de lieux seule.

« Vous vous intéressez beaucoup au prince Shungi, qui a disparu ? demanda la fausse marquise au détective.

— En effet, répondit le détective en souriant. Je me suis fixé pour but de sauver le disparu.

— Il me semble que vous vous inquiétez en pure perte, déclara négligemment la belle. Ce malheureux n'est probablement plus en vie.

— Cela m'est égal, répondit Sherlock Holmes. Je trouverai les indices qui me permettront de savoir de quoi il est mort. Il n'a pas disparu de la surface de la terre. Et je pense qu'aucun malheur ne lui est arrivé, sinon son cadavre aurait été retrouvé. Sur la base de mes recherches j'en suis arrivé à la conclusion que le prince est toujours vivant.

— Qu'avez-vous découvert qui vous permet de penser ainsi, demanda la marquise.

— Malheureusement, je ne peux encore rien communiquer de précis. En outre cela me fera plaisir de vous surprendre agréablement, vous qui connaissiez le prince disparu. Je peux vous dire seulement une chose : j'ai été mis sur sa piste par une vieille diseuse de bonne aventure. »

La marquise autoproclamée frissonna.

« Une vieille diseuse de bonne aventure ? répéta-t-elle d'une voix agitée. Peut-être celle que le prince Shungi visitait constamment ? Lord Robert m'a raconté cela, expliqua-t-elle.

— Celle-là même. Elle vit sur l'île Vassilievski et est bien connue de la haute société.

— Qu'est-ce qui a pu faire que le prince indien se cache si soudainement ? demanda la fausse marquise.

— Ce n'est pas du tout volontairement qu'il a disparu, dit le détective d'une voix aigre. On l'a forcé de disparaître, pour ainsi dire, après s'être retiré de la circulation.

— Est-ce possible ? Vous pensez vraiment qu'il soit concevable d'enlever un jeune homme fort ? Votre hypothèse est fantaisiste. »

Sherlock Holmes rit étrangement.

« Imaginez que le prince ait été emporté par une belle femme au charme irrésistible. Je pourrais facilement me mettre à sa place. La beauté féminine produit sur moi aussi une forte impression. À vous, marquise, je peux avouer cette faiblesse, car que je suis assuré que vous n'abuserez pas de ma franchise. Autant je suis ferme et décidé face aux hommes, autant je suis faible et docile avec les représentantes du beau sexe. Si j'en juge par moi-même, je crois que le prince Shungi est tombé sous l'influence d'une femme belle et énergique.

La fausse marquise sembla réfléchir aux paroles de Sherlock Holmes. Une décision encore floue se préparait dans son esprit. Sa poitrine serrée par l'émotion se soulevait difficilement et avec nervosité.

« Si cela est bien vrai, dit-elle en fixant finalement son regard dans les yeux du détective, je serais tentée de vérifier si vous êtes vraiment réceptif. »

Sherlock Holmes leva les mains comme s'il s'en défendait.

« Je vous demande grâce, s'exclama-t-il en riant. Ayez pitié, belle marquise, je vous implore de ne pas me soumettre à un tel test. Si vous vous en avisiez, vous me transformeriez en esclave, qui accomplirait vos ordres sans rien objecter. Je dois avouer maintenant que vos yeux m'enchaînent comme avec une force magique. »

Sherlock Holmes semblait essayer vainement de se débarrasser du charme du regard ardent de la marquise.

« Comme c'est étrange, s'exclama Lord Robert qui avait jusqu'ici écouté la conversation animée en silence. Notre marquise semble littéralement vous magnétiser ! »

Sherlock Holmes s'éveilla à ces mots. Il avait clairement perdu conscience de la réalité, quand les regards de la fausse marquise s'étaient immergés dans ses yeux ravis.

La belle se leva de sa place et se passa la main sur le front, comme si elle se rappelait quelque chose.

« Ah, s'exclama-t-elle, j'ai complètement oublié que le comte René d'Avricourt attend dans son appartement ma réponse pour une affaire. » Elle s'adressa au jeune Lord. « Cher Robert, pouvez-vous me rendre un grand service en lui adressant cette note ? Je vous prie de me pardonner pour cet embarras, mais je ne peux confier cela à un commis. Et je ne peux pas non plus envoyer mon unique servante : elle me sera nécessaire. »

Le jeune homme, pris d'un mécontentement extrême, regarda l'élégante enveloppe.

« Mais le comte, si je ne me trompe pas, vit près du pont Égyptien. J'aurais à peine le temps de revenir vers vous aujourd'hui.

— Quel est le problème, mon cher ? Pour vous récompenser, je vous recevrai demain soir en tête à tête, et je vous promets d'écouter toutes vos plaintes et vos confessions.

— Ah, marquise ! soupira le jeune Lord avec l'intention de se dérober. Si vraiment vous m'écoutiez enfin ! J'ai bien peur que le comte ne m'ait déjà vaincu.

— Ne soyez pas jaloux, mon ami, sourit la belle femme. Vous savez que je ne donne la préférence à aucun de mes admirateurs. »

Quand le jeune Lord s'en alla, la fausse marquise quitta Sherlock Holmes qui se retrouva quelques minutes seul dans le salon.

« Je reviens tout de suite, s'était-elle excusée auprès de son visiteur. Je dois donner quelques ordres. »

Le détective la suivit de son regard pensif.

Je mettrais ma main à couper qu'elle tombera dans mon piège. Si elle m'avait regardé calmement, elle aurait tout de suite eu des soupçons. Mais la crainte que je suive les traces de l'Hindou et que je la prive de l'amour de son René adoré l'a aveuglée. Elle a fait son deuil de toutes les précautions.

La jeune beauté revint bientôt. Elle avait eu le temps de passer à sa toilette luxueuse du soir, qui soulignait de manière séduisante ses formes merveilleuses. Tout son être respirait la féminité assurée : tout homme sans la retenue ni la fermeté de Sherlock Holmes serait inévitablement tombé sous le charme de cette tentatrice experte.

« Maintenant, dit-elle en s'asseyant face au détective, nous sommes seuls. J'ai renvoyé ma bonne, et donc personne ne nous dérangera.

— Belle marquise, objecta Sherlock Holmes, vous ne devriez pas m'exposer, moi, un faible mortel, à cette tentation. Pas un instant je n'ai contesté que votre beauté est irrésistible.

— Je vous inspire vraiment un sentiment de sympathie ? demanda la jeune femme à voix basse. Si oui, alors regardez attentivement dans mes yeux et essayez de ne pas bouger. »

Sherlock Holmes regarda longtemps dans les yeux sombres de la belle, se faisant immobile. Toute sa volonté était mise à l'épreuve pour ne pas tomber d'épuisement. Plus il regardait les pupilles brillantes, plus le visage de la jeune femme se voilait devant lui. Mais le déclin de sa puissance ne dura que quelques secondes.

« Regardez-moi aussi, chuchota-t-il, pensez à moi comme à un ami fidèle qui vous aime sincèrement. Essayez de regarder dans les profondeurs de son âme. Voilà ! Bien. Oh, comme votre doux regard est enivrant et tendre ! Quel agréable délice se répand dans votre corps ! Une onde de chaleur monte et vous berce. Votre âme demande l'oubli, se noie dans la béatitude sans fin de la paix… Vous êtes fatiguée, vous devez vous endormir ! Vous devez dormir longtemps, à poing fermé, et ainsi vous vous sentirez de plus en plus fatiguée. Vos yeux se ferment. Dormez ! Renversez-vous plus confortablement contre le dossier du fauteuil. Dormez ! Dormez ! Plus encore ! Ici, à vos côtés, se trouve René ! »

La voix du détective s'estompait progressivement, et ses yeux gris à la teinte d'acier, ne cillant presque pas, creusaient avec une force irrésistible dans les pupilles de la fausse marquise. En même temps, dans tout son être, se mettait en place une extraordinaire transformation.

Ses yeux, comme gelés, se faisaient de plus en plus ternes.

Il continuait à émettre ses suggestions d'une voix insinuante et monotone. Puis il leva les mains et commença à dessiner des passes magnétiques devant son visage. Toute l'énergie de la mystérieuse femme disparut.

Elle est en mon pouvoir. Je l'ai vaincue avec ses propres armes, celles-là même avec lesquelles elle a transformé le malheureux prince Shungi en jouet de sa mauvaise volonté. Il reste maintenant à finir le travail.

« Ma bien aimée, dit-il doucement. M'entends-tu ? Je suis ton René !

— Oui, dit-elle avec difficulté, les lèvres engourdies. Je t'entends mon chéri.

— Où as-tu caché les documents secrets que tu as pris au prince Shungi ?

— Je les ai cachés dans ma chambre à coucher.

— Tu dois me conduire là-bas et me rendre ces papiers. Tu sais que notre bonheur dépend de cela.

— Oui, je vais te les transmettre. »

Sherlock Holmes prit délicatement l'endormie par la main. Sans ouvrir les yeux, elle se leva de son fauteuil et marcha avec confiance à travers la pièce.

Sans hésiter un instant, la fausse marquise ouvrit une des portes dans le couloir. Derrière celle-ci se trouvait une chambre luxueuse au goût raffiné.

La beauté endormie, n'ouvrant toujours pas les yeux, se rapprocha de son lit, écarta le chevet du mur et appuya sur un ressort dissimulé sous le papier peint. Un léger craquement se fit entendre, et la toute petite porte, à peine un pied carré, d'un tiroir secret apparut. La fausse marquise en tira un long paquet qu'elle tendit docilement au détective.

Malgré son contrôle de soi, le cœur de Sherlock Holmes se mit à battre la chamade lorsqu'il reçut dans ses mains les documents qui menaçaient l'ambassadeur et l'Angleterre d'un si grand danger. Tremblant d'excitation, il cacha les précieux papiers en son sein.

Dieu merci, le plus difficile est accompli ! Mais je dois encore tester mon pouvoir sur elle, décida Sherlock Holmes. Lâchant la main de la jeune femme, il répéta les passes magnétiques sur son visage.

« Me vois-tu ? demanda-t-il soudainement. Je suis ton René !

— Je te vois, mon René ! chuchota-t-elle doucement.

— Emmène-moi dans la pièce où tu as caché le prince Shungi. »

Sans hésitation, elle quitta la chambre et revint dans le couloir, à l'autre extrémité duquel elle s'arrêta, devant une autre porte.

Un bruit faible, comme si on travaillait avec des outils en fer, parvint aux oreilles de Sherlock Holmes.

Toujours plongée dans son sommeil hypnotique, l'aventurière sortit une clé du capitonnage de la porte et fit jouer la serrure.

Il sembla au détective que la porte s'ouvrait sur un atelier de serrurerie. Au milieu d'une petite pièce, il y avait une table à laquelle des étaux étaient fixés grâce à des vis. Une personne travaillait auprès d'eux, sans faire attention à ceux qui étaient entrés.

Son visage sombre et basané était recouvert d'une barbe noire et épaisse.

C'est sans doute le prince Shungi, pensa Sherlock Holmes avec bonheur. *La scélérate s'est évidemment servie de son pouvoir magnétique pour lui faire croire qu'il est un criminel.*

« Dis-lui de nous suivre, ordonna-t-il à sa compagne.

— Viens avec moi, dit-elle à l'Indien, qui les rejoignit aussitôt. »

Sherlock Holmes saisit à nouveau la main de la jeune femme et la conduisit dans le salon. Là, il fit s'asseoir et la fausse marquise, et l'Hindou.

« Evdokia Piskareva, s'exclama le détective en faisant un mouvement de la main de bas en haut, réveille-toi ! »

La jeune beauté ouvrit immédiatement les yeux et regarda Sherlock Holmes avec indifférence.

« De quoi parlions-nous, Mister Burton ? demanda-t-elle calmement.

— Nous parlions du prince Shungi, que vous avez criminellement embarqué dans un rêve hypnotique et forcé à servir vos ambitieux plans.

— Quoi ? Comment osez-vous…

— Evdokia Ivanovna Piskareva, épouse du voleur Andreï Piskarev, née Trynkina, votre jeu s'achève ici. Regardez par ici ! »

L'aventurière, ébahie, regarda involontairement dans la direction indiquée. Elle voulut se lever pour parler à l'Hindou, mais Sherlock Holmes la força à se rasseoir dans son fauteuil.

« Pas un mot, ou j'appelle la police, dit-il d'une voix menaçante. Vous n'avez probablement pas oublié que votre portrait orne un album de criminels de la Sûreté.

— C'est fini, gémit la jeune femme. Je suis fichue !

— Les documents que vous avez dérobés au prince sont entre mes mains ! Je vais vous poser quelques questions, et selon vos réponses, je verrai si je dois transmettre votre cas à la discrétion des autorités judiciaires, ou…

— Oh non, ne faites pas ça ! Tout ce que vous voulez, mais pas ça !

— Très bien, écoutez-moi. Avez-vous persuadé le prince qu'il est un criminel ?

— Oui, avoua la trompeuse.

— D'où tenait-il ces documents secrets ?

— Sous l'influence de ma suggestion, il s'est faufilé dans son propre appartement et les y a volés.

— C'est par le jeune Lord Robert que vous avez entendu parler de négociations diplomatiques secrètes ?

— Oui, mais il ne se doutait pas que je pouvais abuser de sa confiance. Je vous en supplie, épargnez-le !

— Avez-vous ensuite envoyé le prince voler des lettres de crédit et des choses précieuses ?

— Oui, j'avais terriblement besoin d'argent, car mon mari m'en extorque constamment.

— C'est tout ce que je voulais savoir de vous. Je vous promets que l'ambassadeur anglais placera cette affaire sous silence et ne portera pas plainte contre vous, mais pour cela, vous devez encore libérer le prince Shungi de l'hypnose. »

La jeune femme s'approcha à pas hésitant de l'Hindou, qui commença à la regarder droit dans les yeux comme un chien bien dressé.

« Prince Shungi, réveillez-vous ! » dit-elle en faisant avec ses mains les mêmes gestes qui avaient permis au détective de la réveiller elle.

« Où suis-je ? Que m'est-il arrivé ? dit l'Hindou comme s'il se réveillait d'un long sommeil.

— Calmez-vous, l'encouragea Sherlock Holmes. Je vais vous ramener auprès de votre ambassadeur, Lord Spencer.

— Je ne comprends toujours pas… balbutia le prince Shungi.

— Adieu », dit soudain la belle jeune femme, maintenant parfaitement réveillée de son hypnose. Et elle se dirigea d'un pas décidé vers une autre partie de la pièce.

« Que comptez-vous faire ? lui demanda Sherlock Holmes. Maintenant que mon devoir est accompli, je serai heureux de vous aider.

— Maintenant, vous me proposez de l'aide ? Vous m'avez ruinée, vous m'avez enlevé la personne que j'aime à la folie, vous avez détruit le fruit de tous mes efforts, alors que j'essayai d'acquérir une place dans les cercles de la société par laquelle je suis irrésistiblement attirée. Je dois à nouveau plonger dans la boue, d'où je m'étais extraite au prix d'efforts inhumains, vendre une nouvelle fois mon corps à ce voyou qui se dit mon mari. Non ! Plutôt mourir ! »

Sherlock Holmes poussa un cri d'étonnement et se précipita vers son adversaire. Trop tard… La jeune femme avait sauté sur une chaise, et de là sur le rebord de la fenêtre. Celle-ci, malheureusement, n'était pas fermée… Il y eut un bruit de chute. Tout était fini : la fausse marquise Senza di Borgo n'était plus.

Le prince Shungi démissionna quelques semaines plus tard. Le jeune Lord Robert revint en Angleterre, il acheva sa formation à l'université d'Oxford et se prépara à une carrière de diplomate.

Sherlock Holmes refusa la décoration qui lui fut proposée en récompense de son action à Saint-Pétersbourg. Il ne garda que l'épingle offerte par le prince Shungi, à cause de laquelle Harry Tucson avait fait connaissance avec les services de police de la ville.

Traduit du russe par Viktoriya et Patrice Lajoye

P. Orlovets

Un vol pendant l'office mortuaire de l'évêque

- 1909 -

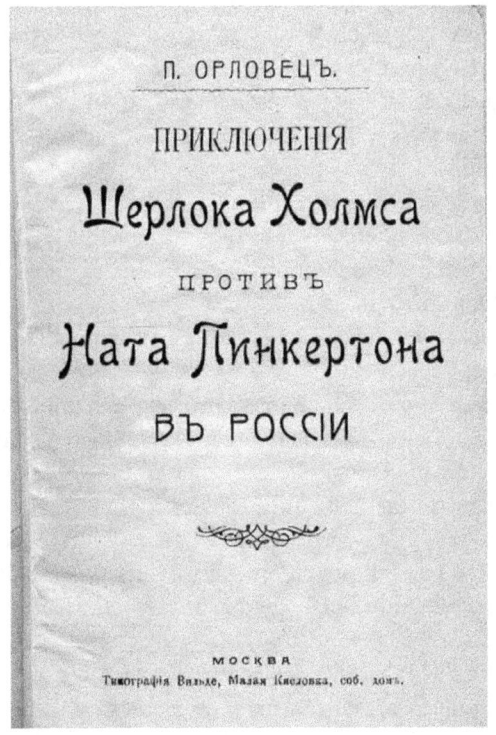

П. ОРЛОВЕЦЪ.

ПРИКЛЮЧЕНІЯ

Шерлока Холмса

ПРОТИВЪ

Ната Пинкертона

ВЪ РОССІИ

МОСКВА
Типографія Вильде, Малая Кисловка, соб. домъ.

I.

« Le voudriez-vous ? » dit Sherlock Holmes en me tendant le journal. « Je pense, mon cher Watson, que l'insolence de certains messieurs est si grande qu'il est presque impensable de trouver le coupable.

— Mais quelle est donc cette affaire ? demandai-je en prenant des mains de Holmes les pages du journal.

— Lisez cette note : 'Disparition des bijoux du marchand N. A. Miourev'. »

Je trouvai facilement cette note dans la chronique locale et la lus.

« Un vol particulièrement hardi. Hier, le 29 juin, le marchand de la première guilde Nikolaï Alexandrovitch Miourev a invité dans son appartement l'évêque Makari et deux prêtres pour célébrer l'office des morts en l'honneur de sa bien-aimée fille unique, décédée il y a exactement un an. Son Éminence et ses acolytes se sont rassemblés à l'heure convenue.

Les chantres sont aussi arrivés.

Lorsque l'ensemble des invités furent réunis, l'office des morts fut donné, puis les prêtres et les visiteurs furent invités à passer à table.

Nikolaï Alexandrovitch Miourev et son épouse Anna Egorovna, endeuillés, ont assisté au service commémoratif.

Après l'office des morts, Madame Mioureva s'est changée, et a retiré sa broche et ses autres bijoux.

Aux dires de Miourev, elle avait ce jour-là sur elle des bijoux d'une valeur de soixante-huit mille roubles, dont quarante mille pour la seule broche.

Cette broche est très ancienne, elle est ornée d'une étoile avec un diamant d'eau noire d'une valeur de trente mille roubles.

Une fois changée, puis étant partie rejoindre ses visiteurs, Madame Mioureva s'est souvenue qu'elle n'avait pas enfermé ces objets, et à la minute même elle est retournée dans sa chambre à coucher, mais… oh, horreur !

Les objets avaient disparu.

Madame Mioureva s'était habillée seule, sans domestiques, et après avoir quitté la chambre, personne n'était entré dans cette pièce. Oui, personne n'aurait pu passer inaperçu, puisqu'il n'y a qu'une seule porte à cette chambre.

Elle conduit au boudoir, qui lui-même possède deux portes, l'une donne sur le couloir, l'autre sur la salle à manger.

La porte du couloir était fermée à clé, et personne n'a pu entrer dans la chambre par l'autre porte sans être vu de la maîtresse des lieux ou des visiteurs. Ayant constaté la disparition des bijoux, Madame Mioureva a donné l'alerte. Il y a eu alors un terrible tumulte et on a appelé la police.

Madame Mioureva a déclaré que personne ne pouvait passer de la salle à manger à la chambre à son insu et qu'aucun des invités ne pouvait être accusé. Sur cette base, les domestiques ont été arrêtés.

Mais le repas était gâché et les invités sont partis.

On a procédé à une soigneuse perquisition chez tous ceux qui servaient dans l'appartement des Miourev.

Mais nulle part on n'a retrouvé les objets.

Il est particulièrement intéressant de noter que les Miourev ont invité pour mener ces recherches le célèbre détective Nat Pinkerton, qui était ce jour-là de passage à Moscou.

Ce dernier a exprimé son consentement à travailler sur cette affaire, dans laquelle il s'est lancé avec un zèle typiquement américain.

Il ne fait nul doute que le voleur sera bientôt repéré.

Notre correspondant a déjà fait connaissance avec M. Nat Pinkerton, et il a promis de nous donner des informations sur les progrès de l'affaire.

C'est pourquoi toutes les informations concernant ce vol particulièrement hardi ne pourront être trouvées sous leur forme la plus complète que chez nous. »

Ayant lu l'article, j'ai rendu le journal à Holmes.

« Eh bien, m'a-t-il demandé.

— Une affaire extrêmement curieuse ! ai-je répondu.

— Et que pensez-vous de l'intervention de Nat Pinkerton ?

— Je ne peux rien dire à ce sujet. »

Sherlock Holmes m'a regardé en souriant.

« Vous savez, mon cher Watson, que j'aime beaucoup le sport.

— Je sais. Pourquoi me dites-vous cela ?

— Parce que j'ai trouvé une occasion de mettre en action cette passion.

— Et comment ?

— Je m'engage, incognito, dans cette affaire. Je veux juste tester mes capacités et voir lequel de nous deux, de Pinkerton ou de moi-même, découvrira la vérité. »

J'ai involontairement souri.

« J'espère que nous travaillerons ensemble. »

J'ai haussé les épaules : « Bien sûr ! »

Holmes a sorti un cigare de son étui, l'a allumé avec légèreté et a dit :

« Nat Pinkerton dispose d'un immense avantage : il a pris connaissance de ce crime un jour avant moi, et c'est comme devoir rattraper une course sur cent sagènes. Eh bien voyons. Si je suis vaincu, je n'en serai pas humilié. N'est-ce pas, cher Watson ?

— Cela va de soi ! ai-je répondu.

— Mais nous ne devons pas perdre une minute, si nous ne voulons pas être distancés. Mettez votre manteau, cher Watson. Nous devons nous dépêcher. »

Sans y réfléchir à deux fois, je me suis habillé.

Holmes en fit de même et, sortant dans la rue, nous nous sommes dirigés vers la maison des Miourev.

II.

Cependant, nous n'étions pas destinés à conserver notre incognito.

Dès que nous nous sommes approchés de la demeure des Miourev, un grand monsieur maigre d'une quarantaine d'années, moustache et barbe taillées, est sorti sur le perron et s'est rapidement dirigé vers nous.

« Nat Pinkerton », m'a calmement dit Holmes en désignant l'homme.

Ce dernier nous a remarqués à son tour.

Il a jeté un coup d'œil sur Holmes, et quand il s'est approché de nous, il a soudain enlevé son chapeau en déclarant :

« Bien le bonjour, Mister Sherlock Holmes !

— De tout cœur, une bonne journée à vous aussi, Mister Nat Pinkerton. »

Les deux détectives se sont arrêtés et se sont serré la main.

Ils semblaient lire dans les pensées l'un de l'autre.

Je n'ai donc pas été surpris si toute leur conversation s'est limitée à quelques mots.

« Ensemble, donc ? a demandé Nat Pinkerton.

— Oui. Y a-t-il des indices ?

— Bien sûr. Si vous voulez, nous y reviendrons.

— C'est très courtois de votre part. »

Ils ne se sont rien dits d'autre.

Les deux détectives se passaient de mots pour se comprendre, ils jugeaient superflu l'emploi de trop de paroles dans une conversation.

Nous sommes tous les trois entrés chez les Miourev.

Le découragement régnait dans la maison.

Il est inutile de dire que l'arrivée de Sherlock Holmes a terriblement plu à Miourev et à sa femme.

Pour eux, maintenant, il ne faisait plus aucun doute que les objets seraient retrouvés.

Sans se perdre en vaines paroles, Nat Pinkerton a entraîné Holmes dans toute la maison, il lui a montré la disposition des pièces et lui a raconté en quelques mots tous les détails du crime.

« Il semble que l'affaire ne soit pas si confuse. J'espère que bientôt le voleur sera retrouvé, a-t-il dit. J'ai déjà trouvé un indice, et il ne me reste qu'à effectuer un petit contrôle.

— Ah oui ? » a demandé Holmes.

Il y avait dans sa voix une légère déception.

« Que voulez-vous ! » Pinkerton haussa les épaules.

« Il n'y a rien de pire que d'arriver trop tard, a déclaré Holmes. Qui soupçonnez-vous ?

— Oh, il ne peut y avoir de secret dans nos affaires ! s'est exclamé Pinkerton. Les biens ont été volés par l'un des domestiques, le cocher Nikita Pankratov.

— Puis-je vous demander comment vous en êtes arrivé à croire cela ?

— Avec plaisir. Voulez-vous visiter la chambre ? Depuis la découverte du crime, personne d'autre que moi ne s'y est rendu, et elle est toujours fermée.

— C'est une bonne mesure que vous avez prise », a acquiescé Holmes.

À la suite de Nat Pinkerton, nous sommes entrés dans la chambre à coucher, que le détective a ouverte avec une clé. S'étant arrêté sur le seuil, il a commencé à parler :

« Les bijoux retirés ont été laissés ici. J'ai d'abord pensé que le voleur était venu ici par la salle à manger ou par la porte menant du boudoir au couloir, mais une inspection minutieuse m'en a dissuadé. Voudriez-vous vous rapprocher de la fenêtre ? »

Passant le long du mur, nous nous sommes approchés de la première ouverture, une fenêtre si grande qu'un homme de taille moyenne pouvait aisément pénétrer dans la pièce.

Pointant sa main vers le rebord extérieur, Nat Pinkerton a dit en s'adressant à Holmes :

« Vous voyez bien sûr l'empreinte sur le rebord poussiéreux. C'est la trace d'une botte grossière, avec un fer au talon. On distingue à côté une autre trace, ronde, plus appuyée au centre et se répandant sur les bords.

— C'est tout à fait juste. C'est l'empreinte d'un genou, a ajouté Sherlock Holmes.

— Voici ce que j'ai pensé. Les hôtes n'ont pas vu que la fenêtre n'était pas verrouillée et le voleur en a profité. Selon toute probabilité, il a agi avec l'aide d'une autre personne, qui faisait le guet. Il pouvait se tenir sur le toit de la remise et voir quand la maîtresse des lieux, ayant retiré ses bijoux, a accueilli ses invités. À son signal, le voleur a instantanément grimpé à la fenêtre, il a pris les bijoux et, en ressortant, il a pris appui sur le rebord, d'abord avec le pied, puis, en se tenant d'une main à la poignée du cadre, il a posé un genou et il est descendu.

— Y avait-il quelque chose à l'extérieur ? a demandé Holmes.

— Oui. Dans la cour, près de la fenêtre, j'ai trouvé une échelle couchée sur le sol, et à côté, la même trace de pied avec le talon ferré.

— C'est tout ce que vous avez trouvé dans cette pièce ?

— Oui. » Nat Pinkerton nous a ensuite invités : « Et maintenant je vous demanderai de venir dans la cour.

— Un moment, je vous prie ! » a dit Holmes.

Sur ces mots, il a sorti une grande loupe de sa poche et, en s'agenouillant, il a commencé à regarder quelque chose sur le sol, rampant d'un endroit à l'autre.

Ayant terminé l'examen du plancher, il a fait de même avec l'appui intérieur de la fenêtre. Quelque chose avait probablement attiré son attention, car son visage était soudainement devenu sérieux et concentré.

Sortant un mètre de sa poche, il a pris une mesure.

Nat Pinkerton le regardait travailler en souriant.

Finalement, il ne lui a plus été possible de le supporter.

« Vous travaillez comme si vous aviez trouvé des indices totalement nouveaux. Mais je peux vous assurer que c'est complètement superflu. Tout comme vous, j'ai trouvé des marques à peine perceptibles sur le rebord de la fenêtre, mais je n'y attache pas d'importance. D'abord parce qu'on vient constamment s'appuyer sur ce rebord, pour essuyer les carreaux, ou pour l'ouvrir. Mais surtout parce que les traces vont plus loin.

— C'est très probable ! a répondu Holmes d'une manière mystérieuse.

— Vous pourrez vous en assurer dans un instant », a prononcé Pinkerton en sortant de la pièce avant de la refermer à clé.

Nous sommes sortis dans la cour et nous nous sommes rendus sous les fenêtres de la pièce. La place était enclose dans un petit carré couvert d'une natte fixée sur des pieux, de façon à ce qu'elle ne touche pas le sol.

L'ayant soulevée prudemment, Pinkerton a montré la trace se détachant clairement dans le sable.

J'ai reconnu au premier coup d'œil qu'il s'agissait de la même empreinte que sur le rebord de fenêtre, avec le talon ferré.

« Une seule trace ? a demandé Holmes.

— Une seule, a répondu Pinkerton. La piste mène à l'écurie. Dès que je l'ai remarqué, je m'y suis immédiatement précipité et j'ai fouillé partout dans la paille.

— Et vous avez probablement trouvé quelque chose ?

— Oui.

— Le domestique a déjà été arrêté ?

— Oui.

— Il y a longtemps ?

— Environ trois heures avant que je ne commence mes recherches dans l'écurie.

— Et qu'y avez-vous donc trouvé ? »

Nat Pinkerton a sorti une bague de femme, avec une turquoise encadrée de roses.

« Voici l'objet.

— Où était-ce ?

— Dans le râtelier. À cet endroit, il y a tout juste une marche sur le fenil. Le voleur, ayant saisi les bijoux, s'est précipité vers l'écurie et de là, probablement, vers le fenil, où en chemin il a perdu une des bagatelles volées. On peut supposer que son complice, qui s'était installé sur le toit de l'écurie pour faire le guet, a sauté sur le fenil, où le premier voleur lui a donné ses prises pour qu'il se cache avec. Le voleur, lui, est revenu dans la cour.

— Pourquoi en concluez-vous qu'il s'agissait du cocher Nikita Pankratov, et non de quelqu'un d'autre ? » a demandé Holmes, qui avait attentivement écouté les explications de Nat Pinkerton.

Ce dernier a souri.

« C'est très simple. J'ai arrêté tous les employés, je leur ai pris toutes leurs affaires et je leur ai fait enlever leurs chaussures, avant de les comparer avec les empreintes retrouvées.

— Et ?

— Et j'ai trouvé celui que je recherchais. Au moment de son arrestation, Nikita portait des bottes dont la taille s'approchait de celle des empreintes, mais pas tout à fait : dans le détail, elles n'y ressemblaient pas. Par contre, sous son lit, j'ai trouvé une botte, une vieille botte lui appartenant, pas du bon pied cependant, mais qui correspondait aux empreintes, non seulement par sa taille : aussi dans ses détails.

— Vous dites que c'est la botte de l'autre pied ? a demandé Holmes avec curiosité.

— Oui. Le pied droit. Alors que sur le rebord de la fenêtre et en dessous d'elle, vous pouvez voir l'empreinte du gauche.

— Où donc a disparu la botte gauche du cocher ?

— Il dit que les deux bottes se sont toujours trouvées chez lui sous son lit.

— Et la gauche ?

— Sur cela, son témoignage est confus. Il dit qu'il ne sait pas où et quand sa botte a disparu. En général, il semble confus…

— Mais il est vraiment possible que quelqu'un ait volé la botte.

— Une seule ? a demandé Pinkerton en souriant.

— Oui, même une seule. Une accusation sérieuse demande des preuves plus sérieuses.

— Il y en a.

— Mais encore ?

— Le cocher avait, dans la poche de son armiak[24], un petit rubis, sans doute tombé d'un bijou et qui, à cause de sa petite taille, est resté invisible au fond de cette poche.

— Oui… ces informations orientent clairement vers la culpabilité, a prononcé Holmes d'un air pensif. Où se trouve-t-il ?

— Il est provisoirement à la Sûreté.

— Peut-il être vu ?

— Sans aucun doute. Dans une heure il sera amené ici.

— Mais que dit-il à propos des autres bijoux ?

---

24 Manteau de paysan russe – NdT.

— Il s'est enfermé dans le mutisme. Il est d'un naturel très renfermé. Il assure qu'au moment du vol, il dormait, fatigué après le voyage de ces messieurs. Certaines personnes de la domesticité le confirment, même s'ils étaient tous à hue et à dia et qu'ils regardaient rarement en direction du dormeur.

— Venez ici, Watson, m'a dit Holmes en cessant de poser des questions et en revenant à l'endroit où se trouvait l'empreinte. Tenez-moi l'échelle. »

Il a placé l'échelle à côté de la fenêtre et est monté en haut. Sa voix nous est parvenue :

« Il ne fait aucun doute que l'échelle était tenue et redressée. La trace en est clairement visible. »

Il est redescendu et a dit pensivement :

« Étrange… C'est très étrange…

— Quoi, exactement ? a demandé Nat Pinkerton.

— La seule chose qui soit visible est l'empreinte du seul pied gauche. »

Pinkerton a souri d'une façon sarcastique.

« On dirait qu'en dépit des preuves incontestables, vous ne croyez pas en la culpabilité du cocher Nikita Pankratov. »

Son ton était moqueur.

Holmes a haussé les épaules.

« Tout le monde peut avoir sa propre opinion, a-t-il dit.

— Surtout quand les gens cherchent parfois consciemment des miracles et des tours là où les choses sont claires et simples.

— Vous parlez de moi ?

— Dans le cas présent, oui ! a dit Pinkerton en n'essayant même pas de dissimuler son sourire méprisant.

— L'avenir montrera lequel de nous deux a raison », a répliqué Sherlock Holmes.

III.

Nikita Pankratov était un grand et fort moujik, avec une solide barbe en éventail et un visage typiquement russe. Quand on l'a amené dans la maison, accompagné de deux gardes, il avait l'air complètement perdu et abattu.

Il n'y avait à ce moment-là dans la salle, en dehors de Nat Pinkerton, Sherlock Holmes et moi-même, que notre hôte Nikolaï Alexandrovitch Miourev.

À la seule vue de son maître, Nikita est subitement tombé sur les genoux.

« Petit père ! Maître, père du foyer ! Aie pitié de moi ! a-t-il crié frénétiquement. Pendant cinq ans je vous ai servi fidèlement et avec sincérité !... Oui, sûrement, j'aurais sauté le pas !... »

Les sanglots ont interrompu ses propos.

Le chagrin de cet homme était si naturel, si fort, que le visage du maître s'en contracta.

« Moi, mon frère, eh bien... Je n'ai rien... C'est vrai que j'étais content de toi... » a-t-il marmonné, confus.

Mais sur Nat Pinkerton, cette effusion n'a semblé produire aucun effet.

Son visage sec restait encore totalement impassible et ses yeux avaient l'air sévères et froids, comme s'ils essayaient de pénétrer au plus profond de l'âme d'une victime.

« Je considère votre présence comme superflue, a-t-il enfin dit, en s'adressant à son hôte.

— Je ne suis rien... je peux partir... » a marmonné ce dernier.

Sur ces mots, il s'est levé de sa chaise et s'est retiré lentement dans une autre pièce.

« Levez-vous ! a dit Nat Pinkerton en se tournant vers le cocher. Vos demandes et vos supplices sont sans effet sur nous, et vous le savez parfaitement. Toutes les preuves sont contre vous.

— Petit père, très cher père ! Oui, je ne pouvais pas... » a gémi le cocher.

Mais Pinkerton l'a interrompu avec sévérité.

« Vous devez vous rappeler qu'un aveu allège la culpabilité. Votre punition, en cas d'aveu, sera bien plus légère... »

Le cocher a ouvert la bouche, voulant dire quelque chose, mais en lieu et place de mots, il a agité la main avec désespoir.

Pendant ce temps, Pinkerton a continué :

« Si ce n'était pas vous, le voleur, alors vous devriez avoir des soupçons concernant quelqu'un d'autre. Qui, par exemple, aurait pu voler votre botte ? Et pourquoi n'a-t-il pas volé la paire, puisque les deux bottes étaient ensemble ?

— Je ne sais pas, petit père, par Dieu je ne sais pas ! a de nouveau soufflé Nikita, sur les genoux.

— Et la veille, avez-vous vu vos bottes ?

— Ni la veille au soir, ni hier matin !

— Et la pierre qui a été trouvée dans votre poche ? a poursuivi le détective.

— Je ne sais rien de la pierre, petit père ! Je n'ai jamais eu de tels cailloux, et si j'en avais eu un, je l'aurais considéré comme du simple verre. »
Un sourire méprisant glissa sur le visage de Nat Pinkerton.
« Savez-vous que les preuves contre vous sont suffisantes pour que la cour vous condamne ? a-t-il demandé froidement.
— Je sais, petit père, je le sais, mon cher père ! s'est écrié le cocher avec colère. Ce n'est pas pour rien si tout ça a été fait. On voit que le malin s'est mêlé de cette affaire, parce qu'une personne n'agit pas ainsi !
— Qui était votre complice ?
— Quel complice ? a demandé Nikita, surpris.
— Ne faites pas semblant ! Je sais que vous aviez un complice, et nous savons même où il était installé. Ce complice a déjà été arrêté et il a tout avoué. Je vous questionne exprès sur lui pour vérifier jusqu'à quel point vous pouvez vous taire. Eh bien ? »
Sur ces mots, le visage de Nikita semblait totalement perdu.
« Il a avoué ? Mon complice ? a-t-il marmonné. Seigneur ! Mais qui est-ce ?
— Tu ne sais pas ? a demandé Pinkerton avec sévérité, en passant au tutoiement.
— Je ne sais pas, Monsieur.
— Eh bien d'accord ! Tu le découvriras au procès ! Alors tu nies absolument tout ?
— Oui. Qu'est-ce que je pourrais avouer ? s'est écrié Nikita avec tristesse.
— C'est ton affaire, a dit froidement Pinkerton. Mon devoir est de t'avertir que toutes les preuves sont contre toi. Personne ne croira en ton innocence, et donc la réduction de ta peine dépendra de la sincérité de ta confession. »
Voyant que le cocher ne répondait pas, Pinkerton a ajouté :
« Crois-moi, tu ne pourras jamais utiliser l'un des bijoux volés. Même quand tu iras purger ta peine. Car tu seras suivi de la façon la plus scrupuleuse…
Mais alors son discours a été interrompu net.
Le visage du cocher était soudain devenu rouge, ses yeux s'étaient emplis de sang, et, se redressant de toute sa taille, il a brusquement crié :
« Je n'ai jamais été un voleur, et c'est tout ! Jugez-moi, et même pendez-moi, mais je sais que je ne vous connais pas. Allez au diable, je ne vous répondrai pas ! Vous pourrez m'ouvrir les veines, tyrans, cela m'est égal !
— Dans ce cas, je n'ai rien à te dire », a déclaré froidement Pinkerton. Et, se tournant vers les gardes, il a ordonné :

« Vous pouvez le ramener. »

Nikita a quitté la pièce sans un mot, accompagné des policiers.

« Vous voyez, ce gars sait bien se taire ! a dit Pinkerton en ricanant. Mais… je ne vous ai pas encore demandé votre avis au sujet du cocher, cher collègue. »

Sherlock Holmes n'a pas répondu un mot.

Il a marché silencieusement dans la pièce pendant plusieurs minutes en baissant la tête.

Enfin il s'est redressé et, jetant un coup d'œil pensif à Pinkerton, il a prononcé :

« Nikita Pankratov n'est coupable de rien.

— Quoi ? s'est exclamé Pinkerton avec étonnement. Vous dites qu'il n'est pas coupable ?

— Oui, a fermement répété Holmes.

— Malgré les preuves directes ?

— Oui.

— Mais qui, selon vous, est le voleur ?

— Je ne sais pas, mais le futur nous le montrera. Je peux seulement dire que j'en sais beaucoup sur l'âme humaine, et une voix telle que celle du cocher, venue des entrailles et respirant une telle vérité, ne peut mentir ! »

Pinkerton a souri.

« Vous croyez ? a-t-il demandé avec mépris, légèrement offensé par les mots de Holmes.

— Je le répète, j'en suis sûr, a déclaré Holmes avec sérieux.

— Dans ce cas, laissez-moi vous souhaiter le succès dans votre recherche du coupable. Quant à moi, je l'ai déjà trouvé, et il ne me reste plus qu'à retrouver son complice et les objets volés. »

Il s'est légèrement incliné devant nous et a ajouté :

« En attendant, je vous souhaite tout le meilleur ! »

Sur ce, il s'est retourné et il a quitté la pièce.

IV.

Je suis resté seul avec Holmes.

Mon ami est resté obstinément silencieux pendant plusieurs minutes, regardant pensivement quelque part dans l'air. Puis il s'est approché de moi, a posé sa main sur mon épaule, et a dit :

« Non, non, mon cher Watson, ce pressentiment ne me trompe pas. Cette personne ne peut pas être le coupable ! Les circonstances sont en sa défaveur… tout est contre lui, mais je tâcherai d'élucider ce crime extraordinairement embrouillé et d'empêcher les juges de commettre un impair.

— Je n'arrive pas non plus à croire que le cocher soit coupable, ai-je répondu. Sa voix est trop sincère.

— C'est justement le point ! Nat Pinkerton suit une fausse piste, qui a été tracée par un autre voleur, intelligent, et son estime de soi ne lui permet pas de l'admettre. »

Et soudain, en souriant, il a ajouté :

« Si on regarde cela d'un point de vue sportif, alors je devrais être heureux que mon adversaire soit sur cette fausse piste. Allons maintenant voir le maître des lieux. Je dois l'interroger sur quelque chose. »

Nous avons retrouvé Miourev dans le salon. Ayant entendu que Sherlock Holmes voulait lui poser quelques questions, à lui et à sa femme, il a exprimé son plein consentement.

À son appel, Anna Egorovna est entrée dans la pièce et Holmes est allé droit au but.

« Qui était présent, au moment où vous avez mis vos bijoux ?

— La femme de ménage.

— Et quand vous les avez retirés ?

— Personne.

— N'avez-vous pas vu quelqu'un entrer par la porte, une fois que vous avez fini de vous changer et que vous êtes sortie ?

— Personne, je suis catégorique.

— Les fenêtres de votre chambre étaient-elles voilées, pendant que vous vous changiez ?

— Non. Je me souviens bien de ça. J'étais si pressée que je n'ai pas eu le temps de baisser les rideaux.

— Et pendant ce temps, avez-vous regardé dans la cour ? Peut-être avez-vous remarqué quelqu'un de chez vous, ou de l'extérieur, qui regardait trop fixement vos fenêtres ?

— Non, a répondu Mioureva. Il me semble qu'il n'y avait absolument personne dans la cour. Enfin, à vrai dire, je n'ai rien remarqué.

— C'est regrettable. Mais… n'avez-vous pas vu quelqu'un sur un des toits ? »

Anna Egorovna réfléchissait.

« Non, a-t-elle enfin prononcé d'un air pensif. Je n'ai vu personne sur nos toits.

— Et sur celui des voisins ?

— Attendez… Oui, oui, maintenant je me souviens ! Sur le toit d'après, j'ai vu un ouvrier. Il semblait réparer quelque chose.

— Haha ! Et y a-t-il une possibilité de passer de ce toit à ceux de votre cour ? a demandé Holmes avec animation.

— Non ! a répondu Mioureva.

— Vous en êtes sûre ?

— Absolument. Ce toit est séparé de chez nous par une grande cour.

— Avez-vous remarqué quelque chose de suspect dans le comportement de certains ?

— Non, certainement pas !

— Je vous remercie. » Sherlock Holmes s'est incliné. « À votre tour, maintenant, Nikolaï Alexandrovitch. Comment Nikita vous sert-il ? »

Miourev s'est contenté d'écarter les bras.

« Je ne pourrais jamais me plaindre de lui ! C'était un homme honnête, vertueux, sobre…

— Combien de fois s'est-il absenté ?

— Presque jamais. Durant ses cinq années de service, il est allé deux fois en visite au village. Il vit modestement et économise de l'argent. Une fois il a donné trente roubles à ses grands-parents, et une autre fois trente-quatre.

— Croyez-vous en sa culpabilité ?

— Je n'y aurais pas cru s'il n'y avait pas de telles preuves.

— Qui d'autre vous sert ?

— Il y a une cuisinière, une femme de chambre et un concierge.

— Soupçonnez-vous l'un d'eux ? Est-ce qu'il y en a un qui se distingue par un mauvais comportement ?

— N-non… La cuisinière a déjà soixante ans, elle a vieilli chez nous… C'est sa petite-fille qui est notre femme de chambre, tout le monde reconnaît en elle une fille sérieuse et honnête. Le concierge, lui aussi, est avec nous depuis huit ans et il n'est jamais entré dans la maison ! Comment pourrait-il savoir quoi, où et comment ?

— Avez-vous remarqué des suspects parmi les invités ?

— Et qui les entendra ? Il y avait les chantres…

— Où sont-ils allés, et où se sont-ils changés ?

— Ils se sont déshabillés dans le hall, mais ils sont restés dans le couloir.

— Avez-vous remarqué si l'un d'entre eux est sorti quelque part pendant le service ou avant ?

— Hum… Un des chantres sortait souvent. Ce devait être la diarrhée.

— Comment est-il ? a rapidement demandé Holmes.

— Il a les cheveux noirs, il est très maigre.

— Décrivez-moi précisément son visage.

— Il se tenait en marge du chœur, alors je l'ai observé. Il est de votre taille, habillé décemment d'un manteau noir, les yeux noirs, les cheveux noirs, plutôt longs, une moustache épaisse, en bataille.

— N'avez-vous pas prêté attention à quelqu'un d'autre ?

— Non, seulement ce diacre, qui a la voix la plus riche !

— Eh bien, c'est quelque chose qui m'intéresse assez peu, a souri Sherlock Holmes.

— Et j'avoue que personne n'a rien remarqué », a dit Miourev.

Holmes le salua tout en le remerciant, et nous sommes partis.

V.

« Eh bien, mon cher Watson, maintenant, allons-y ! S'il n'est pas trop tard, nous atteindrons notre objectif ! m'a dit Holmes lorsque nous sommes sortis dans la rue. Il me semble avoir découvert une nouvelle piste que Nat Pinkerton n'a pas remarquée. »

Sur ces mots, il a appelé un cocher, nous avons pris place dans la calèche, et Holmes a donné ordre de nous rendre à la résidence de l'évêque Makari, après en avoir indiqué l'adresse.

À peine une demi-heure plus tard, nous étions déjà sur place.

« Dites-moi, s'il vous plaît, où loge le maître de chœur ? a demandé Holmes au portier.

— Ici ! » a répondu ce dernier en désignant une des ailes.

Sur ses instructions, nous sommes montés au deuxième étage et nous avons sonné.

Heureusement, le maître était chez lui. Il a rayonné de la joie d'avoir Sherlock Holmes en face de lui, en entendant nos noms. Il nous a vivement invités à passer dans son salon.

« En quoi puis-je vous être utile ? a-t-il demandé en nous faisant signe de nous asseoir.

Et sans attendre une réponse, il s'est brusquement tourné vers la porte et a crié :

« Macha ! Viens ici ! Regarde les célèbres invités que Dieu nous a amenés ! »

La femme du maître est sortie de la pièce voisine, une jolie femme potelée d'environ vingt-cinq ans.

« Pense donc ! Sherlock Holmes en personne !

— Ah, petit père ! s'exclama la dame. Voici pour tout de suite une collation et je vais préparer le samovar... »

Puis elle a disparu à nouveau de la pièce.

Cela a été une bonne chose pour nous.

Nous n'avions rien mangé depuis le matin et nous étions affamés comme des loups.

Cependant, Holmes est passé directement à l'interrogatoire, sans attendre la collation.

Après quelques questions introductives, il a commencé à se renseigner sur les chantres.

« Pourriez-vous me dire le nom de l'un d'eux, grand, brun, avec des cheveux assez longs et des moustaches noires en bataille ? »

Le visage du maître affichait sa surprise.

« Un brun avec des moustaches noires en bataille ? Comment ça ?

— Il était maigre, a expliqué Holmes. Il était vêtu d'un manteau noir et se tenait près du chœur, lors de l'office commémoratif chez les Miourev.

— Hum... en noir, dites-vous, avec un manteau ?

— Oui. Et très bon, avec cela.

— Je n'y comprends rien, a dit le maître, perplexe. J'en ai bien un à la voix basse, brun, seulement ses moustaches ne sont pas en bataille, et il boit beaucoup, il n'a pas non plus de bon manteau.

— Alors, vous n'avez pas de chantre qui corresponde à cette description ?

— Certainement pas.

— Mais peut-être avez-vous remarqué...

— Un instant, attendez ! l'interrompit le maître. Oui, il y en avait bien un comme ça à l'office commémoratif chez les Miourev. Oui, oui, je me rappelle... Un monsieur tel que vous le décrivez. Cependant, ce n'est pas du tout un chantre. Il a dû seulement rejoindre le chœur. Il y en a qui aiment ça. Il se trouvait près des basses et chantait avec.

— Voilà. Voilà ! s'est exclamé Holmes. Parlons donc de lui. Vous ne savez donc pas qui est ce monsieur ?

— Non, je ne le connais pas. Mais pourquoi vous intéressez-vous à lui ?

— Parce que je vois un lien entre cette personne et le vol des bijoux de Madame Mioureva, a affirmé Holmes avec sérieux.

— Ainsi donc ! » s'est exclamé le maître.

Sa femme est à ce moment-là revenue dans la pièce et nous a invités à prendre la collation.

Pendant que nous mangions, la conversation a principalement tourné autour du crime.

« Est-ce que vous avez remarqué si l'homme que je vous ai décrit est reparti avec vous ou non ? » a demandé Holmes entre autres choses.

Le maître a réfléchi.

« Il semble qu'il est venu avec nous, a-t-il finalement dit. Mais où il est allé ensuite, je ne sais pas.

— Qui est parti le plus tôt : l'évêque ou vous ?

— Nous sommes partis après lui, mais nous sommes montés dans la même voiture.

— Vraiment ?

— Oh, oui !

— Et qui l'a aidé à monter à bord ?

— Le diacre et le père Blagovechtchenski.

— Où vit ce diacre ?

— Dans cette même cour, mais dans l'autre aile.

— Quel est son nom ?

— C'est le père Petr. »

Holmes a bu un verre de vodka, a mangé des sardines, puis a repris ses questions :

« L'agitation dans la maison des Miourev est-elle venue jusqu'à vous ?

— Et comment !

— Avez-vous remarqué combien de temps s'est écoulé entre le moment où Madame Mioureva est venue inviter tout le monde à passer à table, et celui où l'alarme a été donnée ?

— Comment pourrais-je dire… Six ou sept minutes.

— Pas moins ? Madame Mioureva a déclaré qu'il ne s'était écoulé pas plus de deux minutes. »

Le maître a souri.

« Eh bien non ! J'ai bonne mémoire grâce à mon estomac. Je me souviens que nous avions terminé l'office, notre hôtesse était allée se changer et nous attendions en nous demandant quand on nous laisserait manger ! J'ai regardé l'horloge, et j'ai vu qu'elle était partie depuis cinq minutes. Et une ou deux minutes plus tard, elle est réapparue, pâle, alarmée ! Et il y a eu une sacrée confusion. Nous, les choristes, nous n'avons bien sûr pas été fouillés, car l'ensemble de la chorale s'est tout le temps tenu dans le couloir.

— Alors, a dit Holmes d'un ton pensif, il ne s'est pas écoulé deux minutes.

— Sûrement non, pas deux ! Cela a juste semblé ainsi à notre hôtesse, dans sa hâte.

— Voilà qui est très important pour moi. Et donc à cause de cela, le repas a été gâché ?

— Oui. Nous avons compris que nos hôtes ne voulaient plus de nous. L'évêque a commencé à partir, et tous l'ont suivi.

— Un grand merci pour ces informations ! a dit Sherlock Holmes en quittant la table. Vous comprenez, bien sûr, que mon travail exige la célérité : je ne peux donc rester avec vous une minute de plus ! Encore une fois, merci à vous et à votre épouse ! »

Nous avons serré les mains du maître et de sa femme, et nous nous sommes rendus chez le diacre.

Il vivait dans la même cour, mais dans le bâtiment d'en face. Il n'était pas là, lorsque nous sommes entrés dans son appartement.

Cependant, sa femme l'a immédiatement fait chercher chez le prêtre, et quelques minutes après, il était déjà devant nous.

VI.

Tout comme le maître de chœur, il a été heureux d'apprendre que Sherlock Holmes se tenait devant lui.

Et tout comme au maître de chœur, le détective lui a décrit le brun inconnu.

« L'avez-vous remarqué ?

— Bien sûr ! Comment ne pas le remarquer ? Au début, je l'avoue, je ne l'ai pas vu, mais quand Son Éminence a pris place…

— Qu'est-il arrivé, alors ? a demandé rapidement Holmes.

— Ah, il nous aidait avec un tel zèle !

— Eh bien, racontez-moi tout dans l'ordre, a demandé Holmes.

— Voyez-vous, cela s'est passé ainsi. Lorsque Son Éminence est sortie, la voiture a été avancée, et je suis monté avec le père Blagovechtchensi pour y installer Son Éminence.

— Alors ?

— Eh bien voilà, nous venions seulement de commencer à l'aider à monter, que soudain ce monsieur surgit en demandant une bénédiction. Son Éminence l'a béni. Et voilà qu'il dit : 'Permettez-moi d'aider Son Éminence à monter !' Et nous, rien ! Il s'est précipité pour l'aider. Il s'est mis aux pieds de l'évêque pour que ce soit plus facile...

— À ses pieds, dites-vous ?

— Oui, a répondu le diacre. Il s'est mis aux pieds de Son Éminence, il a tiré la soutane à lui, puis, après avoir reçu une nouvelle bénédiction, il s'est éloigné.

— Avez-vous remarqué s'il est resté longtemps assis avec l'évêque ?

— Hum... Comment vous dire... Certes, ce n'est pas ordinaire avec une personne étrangère. Nous, après tout, nous nous tenons debout, et donc nous faisons tout plus vite.

— Voilà ! Et avez-vous remarqué où il est allé ensuite ?

— Vraiment, je n'ai rien remarqué.

— Ne l'avez-vous pas revu ?

— Si.

— Où et quand ?

— Il y a environ trois heures.

— Où ?

— Ici.

— Dans la cour de l'évêque ?

— Oui. Il a demandé le cocher principal.

— Alors, alors...

— Mais il n'était pas chez lui.

— Que lui a-t-on dit ?

— On lui a dit de revenir plus tard.

— Qu'a-t-il répondu ?

— Qu'il reviendra.

— Savez-vous s'il l'a fait ?

— Je ne sais pas. Mais il est possible de le savoir.

— Je vous en prie. »

Le diacre a hoché la tête et a quitté la pièce.

Il est revenu un peu plus tard, annonçant que l'étranger n'était pas repassé une seconde fois.

Alors Holmes a demandé qu'on appelle le cocher principal.

Pendant que quelqu'un allait le chercher, Sherlock Holmes interrogea le diacre à son sujet.

À en juger par ses paroles, ce cocher, âgé de quarante-huit ans, était un homme d'une extrême religiosité, d'une grande honnêteté et d'une grande charité, au point qu'il a distribué presque tout son salaire aux pauvres durant ses vingt années de service, ne gardant que le nécessaire.

En écoutant ce témoignage, Sherlock Holmes a hoché la tête, exprimant une satisfaction évidente.

Enfin, le cocher est arrivé.

On pouvait conclure au premier coup d'œil qu'il s'agissait bien d'une personne honnête.

Il est entré, s'est signé et s'est incliné devant nous.

« Écoute, Innokenti, a dit le diacre. Voilà, il y a eu un crime, et ils ont été invités sur cette affaire… donc à la résoudre. Aussi je te demande de tout dire et de tout faire pour eux.

— Je ferai tout contre des voleurs, a répondu l'ombrageux cocher.

— C'est exactement ça, mon cher ! a dit Holmes. Peut-être vous rappelez-vous : quand Son Éminence a fait l'office commémoratif chez les Miourev, après être sorti, il a été accueilli par un homme aux cheveux bruns… »

Le cocher a secoué la tête :

« Non, je ne m'en souviens pas.

— Et ce brun n'est pas venu vous voir ensuite ? Grand, maigre, avec des moustaches en bataille ?

— Je ne m'y suis pas rendu. On dit qu'aujourd'hui quelqu'un est venu, mais je ne l'ai pas vu.

— Voilà qui est bien, a dit Holmes. Alors, cher Innokenti, est-ce que vous accepterez d'effectuer tout ce que je vous demanderai ?

— Pourquoi est-ce que je ne le ferai pas, si c'est pour une bonne cause ? a répondu le cocher, d'un ton sérieux.

— Merci ! Un homme viendra aujourd'hui. Celui que je viens tout juste de vous décrire. Mais il est possible qu'il ait une autre apparence. Tout ce qu'il vous dira, vous devrez immédiatement me le transmettre.

— J'écoute.

— Ensuite, si celui-ci, ou un autre inconnu, vient à vous, ne montrez pas l'ombre d'un soupçon.

— Je comprends.

— Enfin, s'il est question de la voiture de Son Éminence, n'en faites état à personne d'autre qu'à moi.

— Je comprends, Monsieur.

— Maintenant, dites-moi, existe-il, dans le hangar de la voiture, un endroit où l'on pourrait pénétrer sans être vu ?

— Ça existe. Un orifice dans le grenier.

— Parfait. Et il est possible de se cacher dans le hangar ?

— Tout à fait.

— Voulez-vous me montrer cela ?

— À l'instant même.

— Très bien. Maintenant, j'aurais une consigne supplémentaire. Si quelqu'un veut inspecter la voiture, alors dites que cela n'est pas possible sans permission de… eh bien, au moins… de qui ?

— On peut appeler un gardien, a répondu le cocher en souriant.

— Affaire conclue ! Je serai ce gardien.

— Je comprends, Monsieur.

— Maintenant, allons voir cette voiture, et en chemin, je vous donnerai d'autres conseils. »

Holmes quitta la pièce avec le cocher, me laissant avec le diacre.

VII.

Lorsqu'il est revenu, son visage rayonnait positivement.

Ayant dit au diacre qu'il devait rester seul avec moi, il s'est excusé de devoir agir ainsi dans son appartement sans son autorisation.

« Voyons, voyons, s'est agité le diacre. Tout ce que vous voulez ! »

Et sur ces mots, il est parti.

Resté avec moi en tête à tête, Sherlock Holmes s'est assis tout près de moi et m'a dit :

« Voilà, mon cher Watson, cette affaire approche de son dénouement. J'avais raison de dire que Nat Pinkerton s'est lancé sur une fausse piste et était trop prompt à accuser un innocent…

— Plût à Dieu qu'il en soit ainsi ! ai-je déclaré.

— Vous en serez persuadé bientôt. Et si vous êtes intéressé par la marche de cette affaire, alors je suis maintenant prêt à satisfaire votre curiosité.

— Mais bien sûr ! me suis-je exclamé.

— Dans ce cas, écoutez. »

Il a allumé sans se presser un cigare, en a tiré d'épais nuages de fumée, puis il a commencé à parler.

« Bien sûr, vous vous souvenez, mon cher Watson, que Pinkerton a réagi assez indifféremment aux empreintes de pas sur le rebord de la fenêtre de la chambre à coucher.

— Je m'en souviens.

— Eh bien voilà ! Je ne les ai pas traitées de la même manière. Après avoir étudié les empreintes sur le rebord externe de cette même fenêtre, j'ai remarqué qu'il y en avait une de botte du pied gauche et une trace de genou. Nat Pinkerton n'a pas assez fait attention à cela. S'il y avait regardé de plus près, il aurait sans doute remarqué que ces deux empreintes étaient artificielles, imprimées du talon à la pointe, ce qui ne se produit jamais dans la réalité, si on met le pied non sur de l'argile, ou même sur un sol mou, mais sur un plan solide couvert seulement de poussière. La pointe de la botte est toujours soulevée, et si une personne se lève, même sur la pointe des pieds, même là, l'extrémité de la botte n'est pas marquée. Et puis il m'a sauté aux yeux ce fait que sur le rebord extérieur, il n'y avait qu'une seule empreinte. Si quelqu'un avait grimpé pour de bon afin de passer par la fenêtre, il aurait obligatoirement laissé deux empreintes et deux traces de genoux. Une paire en montant, une paire en descendant. En bas, sous la fenêtre, il n'y avait aussi qu'une seule empreinte, celle du même pied gauche. Pour cette empreinte, le talon a été fortement enfoncé dans le sol, comme pour souligner la présence d'un fer. Et la semelle a facilement laissé une marque. Ici, le caractère faux de la chose est frappant. Il est clair que l'empreinte aurait dû résulter d'un saut du dernier barreau de l'échelle, mais s'il en était ainsi, l'appui aurait dû porter sur la partie antérieure du pied. C'est seulement quand j'ai remarqué cela qu'un certain fil a mûri dans ma tête. Sur le rebord intérieur de la fenêtre, les traces étaient totalement décalées par rapport à celles de l'extérieur. Alors, en passant, j'ai examiné la porte conduisant du boudoir au couloir. Là, sur le bord du cadre en cuivre du trou de serrure, j'ai remarqué quelques éraflures fraîches. Il était clair pour moi, qu'on y avait rapidement fait jouer un passe-partout. Maintenant, j'espère que tout est clair pour vous.

— Oui, presque, ai-je répondu.

— Donc, ce scélérat inconnu a profité de la tourmente dans la maison et du sommeil du cocher Nikita. Il a pénétré dans sa cabane et son plan a mûri. Il s'est en vitesse saisi de la première botte qu'il a pu trouver, il a sauté avec elle dans la cour. Un autre coquin était installé sur le toit d'à côté, d'où tout l'intérieur de la maison était visible. Il a probablement remarqué qu'il n'y avait personne dans la chambre de la maîtresse des lieux et il en a informé son camarade. Alors celui-ci a rapidement posé l'échelle près de la fenêtre et, montant dessus, il a laissé une trace de la botte sur le rebord et a laissé avec son coude quelque chose de semblable à une marque de genou. C'est une tâche qui exigeait d'être rapide, et il était pressé. Du coup il n'a laissé qu'une seule trace au sol, et il a effacé les siennes. Tout cela s'est passé tandis que les hôtes, arrivant d'en ville, préparaient leur appartement à l'office. Alors le coquin est sorti dans la rue, et quand les chantres et les invités sont entrés dans la maison, il s'est dissimulé parmi eux et a pénétré dans l'appartement sans éveiller le moindre soupçon. Les Miourev ont probablement pensé qu'il s'agissait d'un membre du chœur, et les chantres ont pensé qu'il s'agissait d'un invité. Souvenez-vous : la pièce où a eu lieu l'office donne sur la cour. Là, il a regardé les signaux donnés du toit. Pendant l'office, il est sorti plusieurs fois aux toilettes : il s'arrêtait en fait dans le couloir pour choisir le bon passe-partout.

Après l'office, la cuisinière s'est précipitée dans la cuisine et la femme de chambre dans la salle à manger. L'emplacement de ces pièces est ordinaire : la salle où a eu lieu l'office, puis la salle à manger, puis le boudoir et la chambre à coucher. Ces pièces sont en enfilade, ayant chacune, sauf la chambre à coucher, une porte donnant sur le couloir. À la fin de l'office, la maîtresse des lieux a rapidement changé de vêtements et est ressortie dans le hall pour inviter ses visiteurs à passer à la salle à manger. Le guetteur a vu cela et a calculé que, après avoir changé de vêtements, elle n'entrerait plus dans la chambre pendant une longue période. À la réception du signal, le voleur, tandis que les visiteurs suivaient leur hôtesse dans la salle à manger, s'est rapidement glissé dans le couloir, il a ouvert la porte du boudoir, s'est faufilé dans la chambre à coucher et a saisi tout ce qui se trouvait à sa vue. En quelques secondes, il était revenu. Bien sûr, je ne dis pas qu'il comptait que son butin soit visible, mais il avait dû observer pendant longtemps Mioureva depuis le toit, pour savoir où elle cachait ses biens. Il est entré par effraction, mais il n'a pas eu à effectuer un cambriolage en règle. Retournant tranquillement dans le couloir, il s'est de nouveau mêlé au groupe des chantres, il est sorti avec eux, mais il les a dépassés dans l'escalier et n'ayant gardé qu'un seul anneau, il a caché le reste des bijoux dans la voiture tout en aidant l'évêque à monter.

— Mais comment la bague s'est-elle retrouvée dans le râtelier et la pierre dans la poche du manteau du cocher ?

— Eh bien, il a agi ici sans risque. Se rendre aux écuries et lancer l'anneau n'est pas difficile. Et la pierre pouvait être dissimulée de la même manière qu'il a pris la botte. Toute cette histoire est plus simple, n'est-ce pas ?

— Il n'y a probablement personne au monde dont les déductions et les actions puissent être aussi cohérentes que les vôtres.

VIII.

Sherlock Holmes voulait encore dire quelque chose, mais à ce moment-là, le cocher est entré dans la pièce.

« Il y a ici un monsieur qui est venu me voir. Seulement il n'est pas brun : il a la barbe et les cheveux blonds.

— Vous le connaissez ? a rapidement demandé Holmes.

— Non, c'est la première fois que je le vois. Mais il est suspect, parce qu'il a parlé de la voiture.

— Haha ! Allons, mon cher Watson, appelez Nat Pinkerton par téléphone : qu'il vienne immédiatement ici ! »

Et se tournant vers le cocher, il a demandé :

« Parlez, rapidement et plus en détail.

— Il a dit... peut-être que c'est un marchand ? Il parlait à la manière des marchands ! Il a dit : 'j'ai vu que la voiture de Son Éminence est semble... indigne de lui... Donc je veux faire un don pour Dieu. Si elle est encore bonne, je la restaurerai pour rien, et sinon, je veux lui en donner une nouvelle en cadeau. Seulement, que Son Éminence ne le sache pas. S'il faut la remettre à neuf, j'enverrai les matériaux et les artisans moi-même, à mes frais. En tout cas, si elle n'est plus bonne, je vais livrer la nouvelle maintenant et je prendrai moi-même l'ancienne'. »

Holmes a hoché la tête :

« Ainsi donc... Continuez !

— Il a demandé qu'on lui montre la voiture !

— Dites que vous la lui montrerez. Mais faites-le attendre un quart d'heure.

— D'accord ! » Le cocher s'est incliné et s'en est allé.

« Eh bien, Watson, courez téléphoner ! m'a dit Holmes. Si, quand vous reviendrez, vous ne me trouvez pas ici, rendez-vous au grenier au-dessus de la voiture. Seulement faites attention : ce sera mieux si vous y allez avec Pinkerton !

L'ayant salué de la tête, je suis sorti de la pièce presque en courant.

Convoquer Pinkerton par téléphone n'était pour moi que l'affaire d'une minute.

Mon appel a apparemment produit sur lui une forte impression, et il ne s'est pas écoulé vingt minutes qu'il était déjà dans l'appartement du diacre.

« Qu'y a-t-il, m'a-t-il demandé avec anxiété en me serrant la main.

— Il semble que Holmes vous prépare une surprise. Les diamants et le voleur de Mioureva ont été retrouvés. »

Nat Pinkerton m'a jeté un regard étonné.

En quelques mots, je lui ai raconté toute l'histoire.

« Oui, a dit Pinkerton pensivement. Je devrais être mécontent de la victoire de Holmes, mais… je m'en réjouis sincèrement. Il a sauvé un homme innocent et a ôté de lui la faute dont je le chargeais. Mais il est possible que la question prenne à la fin un tour différent.

— En attendant, allons vite au grenier ! l'ai-je invité. Notre aide sera peut-être nécessaire !

— Bien sûr, a répondu vivement l'Américain. »

À ma demande, le diacre nous a indiqué le chemin par lequel nous pouvions entrer dans le grenier de l'écurie sans être vus.

Dès que nous y sommes arrivés, nous avons rejoint l'ouverture sombre et nous nous sommes couchés sur les planches.

Le plafond était mauvais, il y avait des fissures partout, et nous, tout en nous y collant, nous avons regardé en silence ce qui se passait dans le hangar.

Il était au début totalement noir et vide.

Mais il y a eu des pas dans la cour, un clic de serrure et de verrous, puis la porte s'est ouverte et la lumière du jour a éclairé la pièce.

Il y avait là une voiture, un landau, deux calèches, et entassés dans un coin les uns contre les autres, quelques traîneaux.

Quand les portes se sont ouvertes, le cocher et un monsieur blond, assez âgé, ressemblant à un marchand, sont entrés.

« C'est celle-ci ? a-t-il dit en arrivant près des portières de la voiture.

— Celle-ci ! » a répondu le cocher.

L'étranger a commencé à examiner l'extérieur du véhicule d'un air d'expert.

« C'est une voiture solide ! a-t-il enfin prononcé. Il faut seulement la rénover. Il faudrait refaire le cuir du siège du cocher. »

Ayant achevé son inspection de l'extérieur, il a ouvert la portière et la moitié de son corps a disparu à l'intérieur.

« Eh bien, a-t-il dit de là, on peut le faire ici aussi, et en mieux. Le siège est à rénover. »

Sur ces mots, il s'est penché, et j'ai clairement vu, par au-dessus, comment sa main a vivement glissé sous le siège puis dans son sein.

Après cela, il est sorti du véhicule en disant :

« Eh bien merci ! Je vais envoyer aujourd'hui les artisans et le matériel, et vous verrez que tout sera fait correctement ! »

Il a pris un rouble et l'a tendu au cocher.

« Voici pour votre dur labeur. Et en attendant, au revoir !

— Non. Plutôt bonjour ! » a soudainement retenti la voix puissante de Sherlock Holmes, et le grand détective, sautant de derrière un traîneau, s'est précipité vers l'étranger.

Mais le voleur n'était pas un lâche.

En un instant, il s'est rendu compte qu'il était pris.

« Vous ne m'aurez pas facilement ! » a-t-il grondé en sautant de côté tout en attrapant un revolver et en levant son canon.

À la même seconde, un coup de feu a éclaté à côté de moi, et le gredin est tombé, la main transpercée.

Nat Pinkerton en était l'auteur.

L'Américain avait vu le danger qui menaçait Holmes, et il avait sauté par la trappe relevée avant de tirer vers le voleur alors qu'il visait la poitrine de Sherlock Holmes.

Sauter par la trappe n'était l'affaire que d'une seconde, et nous nous sommes retrouvés tous les trois près du blessé.

D'un mouvement de la main, Holmes lui a arraché sa perruque, sa barbe et sa moustache.

Puis il a déboutonné sa veste et sa poddevka[25], en a tiré d'une poche de côté un paquet qu'il a ouvert devant nous. Tous les bijoux volés chez les Miourev étaient là, en dehors de la bague en turquoise.

Nat Pinkerton, en les voyant, serra avec émotion la main de Holmes.

Pendant ce temps, toute la cour s'était assemblée au bruit du coup de feu.

Immédiatement la police a été envoyée, et le blessé a été emmené à l'hôpital de la prison, où le détective l'a reconnu comme étant un voyou et un célèbre voleur nommé Anton Veranguine, alias Chilo, qui avait longtemps échappé à la police.

Tous ensemble, avec les bijoux volés, nous nous sommes rendus chez les Miourev qui, déjà informés par téléphone, nous attendaient avec une table couverte.

Traduit du russe par Viktoriya et Patrice Lajoye

---

25 Vêtement long d'homme – NdT.

P. Nikitine

La Maison mystérieuse

– 1909 –

I.

« Mon cher Watson, si vous voulez faire une belle excursion, et si vos patients n'ont rien contre, il se présentera aujourd'hui ou demain une belle opportunité, dit Sherlock Holmes en s'enfonçant dans son fauteuil et en tirant sur son cigare.

— Vous vous rendez quelque part ? » demandai-je, intéressé par ce rappel inattendu de mes patients.

Connaissant bien mon ami, je comprenais bien que ce rappel signifiait une longue excursion au loin.

« Il est très possible que je doive me rendre en Russie », répondit Holmes, et son visage impassible prit une expression fatiguée est ennuyée.

J'exprimai ma surprise.

« Si vous pouvez rester installé chez moi pendant encore quarante-deux minutes, Watson, vous apprendrez tous les détails, répondit-il en regardant sa montre. J'ai reçu ce matin un mot d'un marchand russe, un certain Ivan Sidorovitch Tcherepanov, dans lequel il me demande de le recevoir à cinq heures de l'après-midi, et de l'aide à démêler une très mystérieuse affaire. »

J'acceptai volontiers de rester, d'autant plus que ce jour-là j'étais totalement libre jusqu'au soir.

« Parfait, déclara Holmes. En attendant, nous pouvons commencer à lire les journaux. »

Sur ces mots, il déplia le sien et se mit à lire.

Il était déjà cinq heures et quart quand la sonnerie retentit dans l'antichambre : une minute plus tard, un homme d'une trentaine d'années, porteur d'une petite barbe et d'une moustache brunes, roux et fort, vêtu d'un cher surtout en tricot, pénétra dans le cabinet.

Il fut un peu confus en me voyant, puis, se reprenant, il parla dans un mauvais anglais :

« Je m'appelle Tcherepanov. J'aimerais voir Mister Holmes.

— Je suis à votre service, dit Sherlock Holmes en se levant à la rencontre de son visiteur. Et voici mon ami le Docteur Watson, dont l'aide m'a souvent été utile : vous pouvez parler franchement devant lui. »

Nous nous inclinâmes l'un devant l'autre.

« Vous faites probablement le commerce de peaux et vous arrivez à l'instant de l'est de Londres, dit incidemment Holmes en examinant son invité. Vous étiez très pressé aujourd'hui, et vous n'avez pas passé la nuit chez vous.

— C'est vrai, répondit le marchand, embarrassé et surpris. Mais comment avez-vous pu découvrir tout cela ?

— Oh, ce n'est pas aussi difficile que vous le pensez, dit Sherlock Holmes en souriant. Les marchands russes ne viennent pas en Angleterre comme des touristes. L'odeur de peaux que vous portez sur vous prouve que vous étiez tout à l'heure dans un stock de cuir. Cela se remarque aussi grâce au bout des doigts de votre main droite, sur lequel je remarque des taches graisseuses sombres, qui restent généralement sur les doigts lorsque quelqu'un vérifie des peaux pendant longtemps. Quant au fait que vous étiez dans la partie est de Londres, cela ne fait aucun doute. Je vois sur vos bottes un peu d'argile blanchâtre qu'on ne trouve que dans cette partie de la ville.

— Mais d'où tirez-vous le reste ? » demanda le marchand en souriant.

Holmes haussa les épaules.

« La seconde partie constitue la plus aisée de mes observations. Vous avez des ongles fraîchement coupés et, apparemment, vous aimez en prendre soin. Cependant, malgré cela, aujourd'hui vous n'avez pas fini votre toilette. Vous avez commencé à tailler l'ongle de l'annulaire de votre main droite, mais vous ne l'avez pas terminé, sans parler du fait que tous les ongles de cette même main ne sont pas polis. Sur l'épaule de votre surtout, je remarque un cheveu de femme, de toute évidence une blonde, et le revers de votre manche droite a été sali par inadvertance avec de la poudre rose. Si vous aviez dormi chez vous, un serviteur aurait probablement nettoyé cela. Et votre embarras ne fait que confirmer mes suppositions, conclut joyeusement Holmes.

Cependant, je pense qu'il serait mieux que nous nous mettions au travail, ajouta-t-il encore. Nous vous écoutons. Voulez-vous un cigare ?

— Je vous remercie, mais je ne fume pas », répondit le marchand russe.

Il s'assit confortablement sur un fauteuil, croisa les jambes et commença :

« Nous-mêmes…

— Je vois que vous avez du mal à parler anglais, l'interrompit Holmes. Je dois vous dire qu'en raison de certaines circonstances, j'ai vécu trois ans en Russie, et que j'ai très bien étudié le russe. Je pense donc qu'il serait préférable que nous parlions votre langue maternelle. D'ailleurs, Watson, en véritable linguiste, la connaît aussi parfaitement. »

Holmes avait parlé dans le russe le plus pur.

« Tant mieux, dit le marchand stupéfait. Voyez-vous, la chose dont je veux vous entretenir n'est pas tout à fait ordinaire… Je suis de Vladimir, et mes ancêtres ont établi depuis longtemps des affaires commerciales dans cette ville. Il s'agissait essentiellement de commerce de matières premières. Mon grand-père, puis par héritage mon père, et enfin moi avons aussi eu des tanneries là-bas, et nos clients, dans la plupart des cas, sont des entreprises étrangères. Il y a six ans, mon père a décidé de vendre sa maison en pierre à un étage, dans laquelle vivait notre famille, pour en acheter une autre, plus grande. Comme mon père était déjà vieux et avare, il souhaitait trouver une maison convenable, près de l'entrepôt, afin de ne pas employer de chevaux et de ne pas dépenser d'argent en fiacre. Il y avait dans notre quartier une maison convenable. C'était un assez grand bâtiment en pierre, de deux étages, avec une grande cour et un jardin entouré d'un haut mur maçonné et de tous les bâtiments de la ferme. Cette maison était déjà depuis dix ans sans locataires et des rumeurs étrangères couraient en ville à son sujet. Il se disait qu'après la mort du vieux maître, des fantômes commençaient déjà à circuler dans la maison, ainsi que diverses diableries… »

Tcherepanov marqua une courte pause.

Sherlock Holmes, qui avait d'abord écouté l'histoire avec un air ennuyé, se ranima à la dernière phrase.

« Votre récit devient intéressant, dit-il en me regardant de côté.

— Oui, cette maison n'est pas très claire, répondit le marchand. Certains habitants passant dans cette rue à minuit, ont souvent vu aux fenêtres une lumière étrange, comme si un fin éclair tranchait en tous sens l'air dans les pièces. Parfois, au milieu de cette lumière, on a remarqué une figure, indistincte, comme un squelette enveloppé dans un linceul blanc. Et on a dit que les os du squelette luisaient… C'est un phénomène très rare, que seuls quelques-uns ont vu, et de ce fait, même si ces personnes jurent que cette histoire est vraie, la plupart des habitants de la ville n'y accordent aucun crédit.

— À qui appartient cette maison ? l'interrompit Holmes.

— À un certain Andreï Vassilievitch Molalev, répondit Tcherepanov. Il possède trois maisons en ville, la dernière ayant été achetée récemment, et une petite épicerie. Il vend aussi du bétail, et voyage souvent. Lui-même ne vit pas dans la maison abandonnée, mais dans une autre, de l'autre côté de la rue, de biais par rapport à la maison mystérieuse. La police, intriguée par les commérages, a plusieurs fois effectué des recherches nocturnes impromptues dans la maison, mais n'a rien trouvé, et celle-ci a continué à rester vide. Molalev a déclaré à plusieurs reprises qu'il voudrait vendre cette maudite maison, mais, en bon homme riche, il en a demandé un prix très élevé, ce qui, avec toutes ces histoires de fantômes, a repoussé tous les acheteurs.

— Vous dites que Molalev vend du bétail ? demanda Holmes en coupant de nouveau le narrateur.

— Oui. Cela semble être sa source principale de revenus, et, à ce qu'on dit, de très bons revenus, répondit Tcherepanov. Alors je continue... Cette maison semblait très convenable aux yeux de mon père. En outre, il n'était absolument pas superstitieux, il était toujours sceptique au sujet de ces histoires de maison mystérieuse. C'était un homme religieux, et il affirmait qu'une force impure ne pouvait résister aux prières, surtout si avant d'y emménager on bénissait une maison et qu'on plaçait une icône dans l'angle de chaque pièce. Ayant réfléchi à l'achat, il s'est rendu chez Molalev, et a manifesté le désir d'acquérir la maison. Trois jours de suite, ils ont marchandé, avant de s'arrêter sur le prix de trente mille...

— De combien a baissé le prix initial ? » demanda Holmes.

Tcherepanov réfléchit un instant.

« Si je ne me trompe pas, environ deux mille. Je me souviens que c'était peu. Cependant mon père a fait ajouter une clause : il a décidé d'essayer la maison. Il a été convenu que mon père emménagerait dans la terrible demeure et que, si au bout d'un mois, rien de spécial ne se passait, il l'achèterait. Molalev a volontiers accepté. Le lendemain, mon père a emménagé dans sa nouvelle maison, emmenant avec lui quatre ouvriers et deux employés. Tous ces gens, qui nous ont servis depuis notre enfance, sont très attachés à notre famille, et aucun d'entre nous n'a jamais remarqué quoi que ce soit de répréhensible chez eux. Par 'nous', je veux dire, la famille. Il ne nous a pas pris pour vivre avec lui, nous n'avons été présents que pour inspecter la maison. Mon père, les domestiques et moi, nous avons examiné l'ensemble du bâtiment le plus attentivement possible. Nous avons tapoté les murs, inspecté le grenier et le sous-sol, mais nous n'avons absolument rien trouvé de suspect. Tout était en ordre, et toutes les clés étaient là. Mon père a choisi pour chambre une pièce dont les deux fenêtres donnaient sur la cour, et avec une porte qui la reliait à une autre donnant sur la rue. Dans cette chambre, les montants des fenêtres étaient doublés, cloués de l'intérieur et enduits de mastic l'hiver. Une des fenêtres avait un petit vasistas que je me rappelle avoir fermé au loquet. Nous avons apporté là le lit de notre père, une table de nuit, un lavabo et quelques petites affaires et nous sommes partis en début de soirée. Selon les propos des domestiques, mon père a installé ceux-ci dans la pièce d'à côté, avant de fermer la porte à clé. Cette nuit-là, on ne sait pourquoi, nous étions très inquiets, et nous n'avons presque pas dormi, arpentant la rue jusqu'au jour. »

Le narrateur s'arrêta un instant, son visage reflétait une souffrance folle.

Nous l'avions écouté en silence, essayant de ne pas interrompre l'histoire.

Maîtrisant ses émotions qui le perturbaient, Tcherepanov reprit la parole :

« Ce que j'ai vu était vraiment incroyable. À minuit, très exactement, la chambre où dormaient nos employés a commencé tout à coup à briller du fait de minces éclairs. Mais c'était instantané, et le phénomène a disparu après quelques secondes. Sentant que mes nerfs me lâchaient, je n'ai attaché à ce moment-là aucune importance à ce phénomène, pensant qu'il s'agissait d'une hallucination. Cependant, le matin était à peine arrivé que je me suis rendu à la maison avec ma mère. À notre appel, un des domestiques a ouvert la porte, et à notre question quant à savoir si tout allait bien, il a répondu que la nuit avait été calme, que tout le monde avait dormi à poings fermés, et que mon père n'était pas encore réveillé. Après avoir attendu une heure, j'ai frappé à la porte de la chambre de mon père.

N'obtenant pas de réponse, j'ai frappé plus fort, un silence de mort régnait au-delà de la porte fermée à clé. Pressentant quelque chose de terrible, nous avons commencé à cogner contre le bois de toutes nos forces. Mais il n'y avait toujours pas de réponse. J'ai envoyé un des employés auprès de la police, et quand un policier est arrivé avec plusieurs agents, nous avons, par nos efforts conjoints, brisé la porte. »

Tcherepanov se tut à nouveau, perdu dans ses souvenirs.

Holmes l'avait écouté très attentivement, et à l'éclat soudain de ses yeux, il était clair que l'histoire du marchand l'intéressait de plus en plus.

« Voulez-vous un verre de xérès ? », demanda-t-il quand le narrateur s'arrêta.

Tcherepanov acquiesça.

Le détective s'approcha d'une petite armoire se trouvant dans un coin, y prit une bouteille et un verre, avant de les poser sur la table.

« Votre récit m'intéresse beaucoup », prononça-t-il en regardant Tcherepanov boire une gorgée de vin.

« Merci », répondit le marchand.

Il reposa le verre vide sur la table et continua :

« Quand nous sommes entrés dans la chambre de mon père, l'image était terrible ! Mon père, égorgé, était allongé sur le lit. Il y avait une mare de sang autour de lui… Ses yeux étaient grands ouverts, figés par une expression de terreur. Il n'y avait pas la moindre empreinte, pas d'instrument du crime dans la pièce. Après examen, il s'est avéré que la porte était fermée à clé de l'intérieur, et que la clé était dans la serrure. Mais le vasistas était entrouvert.

— Est-ce que ce vasistas est assez grand pour qu'une personne puisse y passer ? questionna Sherlock Holmes.

— C'est impossible, protesta vivement Tcherepanov. Même un enfant de sept ans ne pourrait y entrer ! Tout était à sa place et seul le lavabo, qui se trouvait sur le mur opposé au lit, était déplacé de deux mètres, vers le milieu de la pièce. Mon père l'avait probablement bougé pour une raison quelconque dans un nouvel examen de la pièce. Voilà tout ce qui s'est passé. »

Il s'arrêta et regarda mon ami, plongé dans ses pensées, avec espoir.

« L'enquête a-t-elle révélé d'autres indices ? demanda-t-il finalement. Le rebord de la fenêtre et le toit ont-ils été examinés ?

— Oui, répondit Tcherepanov après un moment de réflexion. Maintenant, je me rappelle qu'en examinant la fenêtre, une étrange empreinte a été retrouvée sur le rebord, l'avant d'une botte imprimé dans la couche de poussière. Mais l'étude du toit et du sol de la cour sous la fenêtre n'a rien donné.

— Molalev était-il là ? » demanda encore Holmes.

Le marchand hocha la tête.

« Dès que nous avons envoyé chercher la police, le concierge de sa maison a couru après lui, et il s'est immédiatement présenté. C'est lui, également, qui a attiré l'attention sur le fait que la porte était verrouillée de l'intérieur.

— Vous l'aviez déjà rencontré ?

— Effectivement. Environ vingt minutes avant minuit, alors que je marchais le long de la maison mystérieuse, je l'ai clairement vu assis à son bureau, dans son cabinet. Après tout, je vous ai déjà dit que sa demeure se trouve de biais, en face de la maison maudite.

— Vous souvenez-vous de ce qu'il portait ?

— Pour autant que je me souvienne, un veston duveteux gris.

— Bien, remarqua Holmes. Quelque chose a-t-il été remarqué lors de l'étude du vasistas ?

— Non.

— Ma foi, dans ce cas, c'est vraiment un crime étrange, s'est exclamé le détective, abandonnant son indifférence. Qu'en pensez-vous, Watson ?

— Le fait est que je n'y comprends rien. »

Holmes resta silencieux, il semblait perdu dans ses pensées.

« Que voulez-vous de moi ? demanda-t-il enfin en levant les yeux vers Tcherepanov.

— Voyez-vous, je ne crois pas aux diableries, déclara le marchand. Je suis intimement convaincu qu'il s'agit d'un crime.

— Je n'en doute pas un instant, affirma gravement le détective.

— Dans ce cas, je voudrais que vous vous rendiez avec moi à Vladimir. Je vous paierais volontiers quinze mille roubles.

— Ho ho ! s'exclama Sherlock Holmes. Vraiment, pour ce prix, vous ne pouviez pas trouver de bons agents en Russie ? »

Tcherepanov hésita.

« Ça n'a pas marché, reprit-il finalement. De plus, en raison de l'état d'urgence renforcé, et de la loi martiale, l'attention des agents de la Sûreté est occupée par d'autres problèmes.

— Hum… S'il en est ainsi, alors, mon cher Watson, nous devrons voyager en Russie », déclara Holmes en s'adressant à moi. Et se tournant vers le marchand, il ajouta :

« Je suis d'accord. Mais je vous préviens que si je ne trouve pas la solution, je ne toucherai que les frais de voyage pour moi et mon ami. »

— Oh ! » Tcherepanov ne savait que dire.

« Quand comptez-vous partir ? demanda le détective.

— Le plus tôt sera le mieux.

— Dans ce cas, le train le plus pratique part d'ici à onze heures dix du soir. Si vous avez le temps de faire vos valises…

— Bien sûr.

— Alors, nous nous retrouverons à la gare aujourd'hui à onze heures précises.

— Un grand, très grand merci à vous ! » cria Tcherepanov avec joie tout en se levant et serrant la main de Sherlock Holmes puis la mienne.

« Rappelez-vous seulement que mon voyage doit être gardé dans le plus complet secret », déclara Holmes en le raccompagnant à la porte.

Lorsque son hôte fut parti, il revint dans son cabinet.

« Eh bien, cher Watson, dit-il en s'arrêtant devant moi, nous n'avons pas une minute à perdre. Essayez de placer vos patients entre de bonnes mains, prenez tout ce dont vous avez besoin pour un voyage 'spécial' et... rendez-vous à exactement onze heures à la gare. »

II.

Après avoir rassemblé mes bagages et mis à jour mon passeport, j'ai appelé mon collègue, le Docteur Bergs, et je lui ai transmis les adresses et les antécédents de mes patients. Tcherepanov était déjà là.

Sherlock Holmes arriva bientôt, suivi d'un porteur avec deux sacs de voyage et un plaid.

« Je ne semble pas être en retard, dit-il en sortant sa montre. Dans quarante seconde, il sera très exactement onze heures. Nous avons assez de temps pour nous offrir un bon bifteck accompagné d'une gorgée de vin. »

Sherlock Holmes était tout à fait tranquille, et il mangea avec un grand appétit.

Après avoir pris ce repas consistant, nous nous sommes installés dans un compartiment de première classe, et le train a démarré quelques minutes plus tard.

« Au revoir, Angleterre ! Me suis-je exclamé. Nous allons au pays des neiges et des ours ! »

Holmes sourit.

« Mon cher Watson, cela aurait été plus exact si vous aviez dit : au pays de la situation d'urgence. La Russie est un des pays les plus curieux : quand elle met fin à une guerre, elle met en place un état d'urgence, suivant les dispositions de la loi martiale, avec mobilisation de la police et des armées, qui commencent à se défendre et à protéger... »

Il bafouilla, puis, ayant rencontré mon regard interrogateur, il expliqua avec hésitation :

« Probablement la protection contre les citoyens et la protection des citoyens contre... Oui, il semble bien les citoyens aussi. D'ailleurs, nos stratèges n'ont pas encore tout à fait éclairci ces méthodes. »

Je ne m'attarderai pas à décrire notre voyage, que rien de spécial ne distingua.

À la frontière russe, nous fîmes l'objet d'une fouille soignée, qui s'intéressait particulièrement aux livres impossibles à comprendre. Et on prit à Holmes un alphabet arabe, même s'il était certain que cela ne relevait pas de la catégorie des proclamations, ni de celle des signes conventionnels des anarchistes.

À l'approche de Moscou, Holmes demanda à Tcherepanov de rester en cette ville, car son arrivée à Vladimir ne pouvait que gâcher la suite de l'affaire.

Le marchand accepta, et nous ayant écrit son adresse moscovite, il nous dit bien au revoir et nous continuâmes seuls.

Arrivés à Vladimir, nous prîmes deux chambres dans l'un des meilleurs hôtels, où nous nous enregistrâmes, moi sous le nom de Vincryst, marchand, et Holmes sous celui de Bartlsten, ingénieur.

Des passeports nous avaient été délivrés à ces noms en Angleterre.

Rafraîchis par un bon bain et un thé chaud au rhum, nous nous reposâmes bien en dormant au moins douze heures.

Holmes se réveilla le premier.

J'étais encore au lit lorsqu'il vint chez moi, vêtu d'un costume ordinaire, un peu démodé et plus très frais.

« Eh bien, cher Watson, nous ne devrions pas perdre de temps, dit-il en s'approchant de mon lit. Je vais commander du thé, pendant que vous ferez votre toilette. »

Sur ces mots, il appela, et quand le laquais entra, il donna ses ordres.

En cinq minutes, j'étais prêt, et nous nous assîmes auprès du samovar.

Holmes était concentré et silencieux.

Sachant par expérience que mon ami n'aimait pas les questions inutiles, je gardais le silence aussi, attendant qu'il parle en premier.

Cependant, cette fois, je ne fus pas obligé d'attendre longtemps.

« Que pensez-vous de ce crime, Watson ? » demanda-t-il enfin.

Comme pour la première fois, je haussai les épaules.

« Eh bien, je vais vous dire que ce criminel sera tôt ou tard entre nos mains, déclara Holmes avec confiance. Mon pressentiment me trompe rarement, et cette fois encore, je ne sais pas pourquoi, j'ai confiance en notre succès. J'ai déjà élaboré quelques suppositions, bien sûr, mais comme il se peut que je me trompe, je garderai le silence. Nous ne sommes pas des dieux, mon cher Watson. »

Sur ces mots, il quitta la table et prit son manteau.

Ayant ouvert son agenda, il trouva la page où Tcherepanov avait tracé le plan de la rue sur laquelle se trouvait la mystérieuse maison, et il étudia avec soin chaque détail. Puis, enfouissant le carnet dans sa poche latérale, il déclara :

« Maintenant, je suis prêt. »

Après nous être habillés, nous quittâmes l'hôtel, et après quelques détours, nous nous retrouvâmes dans la rue que nous souhaitions rejoindre.

« Watson, faites attention à la quatrième maison sur la gauche », déclara Holmes, montrant une grande demeure à deux étages entourée d'un haut mur de pierre.

Cette maison n'avait rien de spécial. Les murs étaient blanchis à la chaux, le toit était peint en vert, les volets étaient ouverts et des rideaux blancs étaient visibles à travers les vitres.

Le portillon du portail était entrouvert, et la maison donnait l'impression d'une maison vide.

Et pourtant, je ne sais pourquoi, je ressentis quelque chose de sinistre quand je la regardai.

Holmes, quant à lui, ne faisait pas du tout attention à la demeure mystérieuse, mais je voyais bien à son air concentré qu'il observait avec attention tout ce qui se passait autour de nous.

« Ce serait très bien si nous pouvions trouver un petit appartement ici », se dit-il en examinant les annonces affichées sur des portes et des entrées.

Soudain, il stoppa presque en face de la mystérieuse maison.

« Il semble que le bonheur nous sourie ! s'exclama-t-il en lisant l'annonce collée à la porte. Deux chambres meublées, de surcroît, avec entrée indépendante. Appartement numéro 5. Entrons, Watson. »

Nous passâmes par l'entrée principale, et, ayant trouvé l'appartement, nous appelâmes.

Une femme entre deux âges, habillée sans prétention d'une robe d'indienne à la mode, nous ouvrit la porte. Apprenant que nous recherchions un appartement, elle nous demanda de la suivre.

« Ces deux chambres, à l'exception d'un passage indépendant dans le couloir, communiquent par une porte avec mes autres chambres. Jusqu'à ce qu'elles soient rendues, je garderai cette porte ouverte », déclara-t-elle en ouvrant avant de nous faire signe d'entrer.

Les deux pièces étaient lumineuses et apparemment propres. Le mobilier, cependant, n'était pas chic, mais en revanche coquet et de couleur claire. Les chambres étaient situées l'une à côté de l'autre et donnaient sur la rue.

Après avoir examiné la pièce, Sherlock Holmes hocha la tête.

« Je pense qu'elles nous conviendront, dit-il en s'adressant à l'hôtesse. Combien en voulez-vous pour un mois ? »

À la question du paiement, la physionomie de la femme afficha une expression inquiète.

« Oh, je ne sais combien vous demander… dit-elle tristement. Je vais d'abord tout vous dire. »

Elle soupira encore et secoua la tête avec contrition.

« Le fait est que tous les locataires me fuient. Vous voyez la maison presque en face ? Soit l'Impur s'est installé là-bas, ou alors il y a dedans quelque chose de terrible.

— Qu'est-ce que c'est ? » Holmes était surpris.

« Nous ne pouvons rien voir de ces fenêtres, soupira la propriétaire. C'est trop bas, ici, et on peut seulement voir un éclair parcourir parfois les pièces. Et une personne a disparu, là-bas. »

Elle commença à raconter en détail, consciencieusement, la mort du vieux Tcherepanov, confondant les faits avec la fable.

« Cependant, vous ne nous avez toujours pas dit le prix des chambres, l'interrompit enfin Holmes, montrant de forts signes d'impatience. Nous ne sommes pas des gens superstitieux, de plus, nous sommes des étrangers et nous n'avons pas peur de fantômes.

— Oui, alors ça fera trente roubles pour les deux chambres, dit timidement l'hôtesse.

— C'est un prix correct, répondit Sherlock Holmes à la plus grande joie de la femme. Et le mur séparant nos chambres des vôtres, est-il porteur ?

— Porteur, petit père, porteur !

— Parfait ! Dans ce cas, je prends ces chambres pour au moins six mois. Et je suis prêt à vous payer tout d'avance, si vous bouchez complètement la porte joignant ces pièces aux vôtres.

— Avec plaisir, mon très cher ! s'est exclamée la propriétaire, ravie. Je vais appeler aujourd'hui un maçon, et il y a de bonnes briques dans la cour là-bas. C'est que cette maison est à moi ! »

Et après avoir discuté de diverses bagatelles, nous versâmes notre caution et nous retournâmes à l'hôtel.

Ce fut une journée ennuyeuse. Holmes était pensif et peu loquace, et pour ne pas interrompre le fil de ses idées, je n'entrais presque pas dans sa chambre.

Le lendemain, avant de déménager, Sherlock Holmes disparut on ne sait où durant un certain temps et ne rentra à l'hôtel qu'à deux heures de l'après-midi.

« Mon absence vous a peut-être surpris, dit-il en entrant dans ma chambre. Mais je peux satisfaire votre curiosité, même si je sais que vous ne souffrez pas de ce vice. »

Il jeta son manteau, accrocha son chapeau à une patère et me regarda.

« J'étais chez le maître de la maison mystérieuse. »

— Mais comment vous êtes-vous retrouvé là-bas, me suis-je étonné.

— C'est très simple, répondit Holmes. J'ai trouvé à la porte de sa maison une annonce concernant la location d'un appartement dans la cour. J'y suis entré pour prendre connaissance des conditions…

— Mais pourquoi ?

— Comme ça… pour voir le propriétaire, répondit évasivement le détective.

— Vous l'avez vu ?

— Oui. Cependant, pour le moment, c'est sans importance », dit-il mystérieusement avant de changer de conversation.

Nous déménageâmes après le dîner.

La porte menant à la partie de la propriétaire de la maison était déjà recouverte de brique, et nous arrangeâmes rapidement nos affaires, donnant aux chambres une apparence confortable et chaleureuse. S'étant rendu aux magasins, Holmes revint bientôt avec des draperies opaques, qui furent immédiatement accrochées aux fenêtres. Notre travail d'installation était terminé.

III.

« Eh bien, mon cher Watson, il est temps d'éteindre les feux, déclara Sherlock Holmes en refermant les rideaux. On s'endort tôt, en province, et ce sera bien mieux si nous faisons nos observations dans le noir. Maintenant, silence complet. Que tout le monde nous croie endormis. »

Sur ces mots, il souffla les deux lampes et nous nous retrouvâmes dans une obscurité totale.

« Écartez un pan des rideaux, Watson, dit le détective à voix basse, et gardez les yeux sur les fenêtres de cette maison. »

Accrochés à deux rideaux, nous nous figeâmes, immobiles, regardant les fenêtres sombres de la mystérieuse maison.

Les minutes s'écoulèrent sans que nous ne remarquâmes rien de spécial.

La nuit était sombre, et les rares lumières ne parvenaient pas à éclairer la rue. Il n'y avait presque pas de passants, et seuls des aboiements lointains perturbaient le silence de mort de la ville endormie.

Une sonnerie de cloche retentit au loin.

« Onze heures et demie », murmura Holmes, sans se détacher du rideau.

Et ce fut à nouveau le silence de mort.

Le temps passait. Mes yeux se fatiguaient déjà à scruter l'obscurité, quand les douze coups de minuit sonnèrent.

Et soudain, je tressaillis.

La troisième fenêtre à droite, au dernier étage de la mystérieuse maison, s'était subitement éclairée d'une lueur bleuâtre à peine perceptible. Cette lueur semblait inquiétante, terrible.

J'entendis le murmure agité de Sherlock Holmes :

« Regardez ! Regardez ! »

Mais la lumière fondit lentement avant de disparaître bientôt complètement.

Et soudain, un éclair fulgurant apparut dans la pièce, derrière la fenêtre. Non, pas un éclair, mais des dizaines, peut-être des centaines, entremêlés, formant comme un ouragan, sillonnant l'obscurité à travers la vitre à l'aide de vifs zigzags aux contours fantasques. Et tout à coup, ils s'éteignirent.

Tout cela s'était passé si vite, que j'avais du mal à sortir de mon état de surprise.

Un silence complet régnait dans la rue, et la maison semblait morte. Environ une heure plus tard, nous étions toujours aux rideaux, mais il ne se passait plus rien de suspect dans la demeure.

« Ça suffit pour aujourd'hui ! murmura Holmes en s'éloignant de la fenêtre. Comment trouvez-vous ce phénomène, Watson ?

— C'est très étrange, répondis-je. En tout cas, quelqu'un projette d'une façon très originale cette illumination.

— Et je ne doute pas que ce soit un être humain qui le fasse. Notre principale tâche est de découvrir qui est cette personne.

— Je pense, mon cher ami, que nous avons choisi un mauvais poste d'observation.

— Vous avez raison, Watson. Demain, nous essayerons de choisir un endroit sur le toit de la maison voisine, et peut-être en apprendrons-nous un peu plus. En attendant, nous pouvons dormir tranquillement.

***

Nous nous levâmes assez tardivement, le lendemain matin. Après avoir bu du thé, nous sortîmes étudier les demeures voisines et, à la plus grande joie de Holmes, nous avons trouvé que le bâtiment idéal pour nos observations se trouvait dans notre cour : il s'agissait tout simplement d'une haute écurie au toit également élevé sous lequel il y avait un grenier à foin.

Flânant toute la journée dans la ville et déjeunant au restaurant, nous ne revînmes à la maison que le soir et, attendant onze heures, nous sortîmes tranquillement dans la cour, emportant avec nous une tarière.

Grimper au grenier ne fut pas difficile. La porte de l'écurie était déverrouillée, et de là, nous pûmes facilement passer au grenier à foin. Il ne restait plus qu'à rechercher une lucarne, mais malgré notre fouille attentive, nous ne pûmes en trouver une seule qui donnerait sur la rue.

« Je l'avais prévu ! murmura Holmes.

— C'est donc pour cela que vous vous êtes équipé d'une tarière ? demandai-je, m'émerveillant involontairement de sa prévoyance et de son ingéniosité.

— C'est tout à fait juste. La tarière, précisément. En effet, j'ai remarqué ce matin que le toit, ici, est en bois. »

Sur ces mots, il se dirigea vers la partie du toit qui descendait vers la rue et commença à pratiquer un trou de part en part, à hauteur de poitrine.

Après en avoir percé plusieurs, Holmes me tendit l'instrument, et à mon tour je me mis à pratiquer quelques orifices.

Je pouvais voir à travers eux toute la maison, le mur de clôture, les portes, et une partie des bâtiments voisins.

« Cela ne vous gêne pas, mon cher Watson, de vous tenir debout ? » me demanda Holmes.

Je répondis par la négative et nous prîmes chacun place. Durant notre travail, nous n'avions pas prêté attention au fait qu'onze heures et demie étaient passées, et nous n'en prîmes conscience que lorsque la cloche de la cathédrale sonna les douze coups.

Je sais que jusqu'alors, la mystérieuse maison était plongée dans l'obscurité la plus totale.

Et tout comme la veille, au dernier coup de cloche, je ressentis un léger tremblement nerveux dans tout mon corps.

Une vague lueur bleuâtre éclairait légèrement la troisième fenêtre du dernier étage. Mais maintenant je pouvais voir l'intérieur de la pièce. La lumière brumeuse semblait émaner du mur du fond et s'intensifiait à chaque instant.

Finalement, l'intérieur de la pièce devint si clair que l'on pouvait voir une grande et haute porte sur le mur opposé à la fenêtre. Ses deux battants étaient ouverts et l'on pouvait voir au-delà une partie de la pièce suivante, d'où, en fait, venait cette étrange lumière bleutée dont l'éclat s'intensifiait.

Et tout à coup… un spectacle terrible se présenta à nos yeux. Tout enveloppé d'une fumée bleuâtre, qui découlait de ses os brillant d'une couleur bleu clair unie, un squelette humain franchit lentement, doucement la porte. Un linceul blanc, négligemment jeté sur ses épaules, révélait non seulement sa tête et une partie de la poitrine, mais aussi tous ses membres. Il se déplaça lentement, solennellement, comme s'il examinait soigneusement la pièce, et ses dents nues souriaient d'un sourire grave.

Dans l'obscurité de la nuit, et au sein de cette mystérieuse maison où un homme égorgé avait été retrouvé si récemment, la vue de cet odieux squelette luisant produisit sur moi une terrible impression.

C'était comme si la mort elle-même sortait des ténèbres de l'abîme pour examiner son royaume.

Le squelette entra lentement dans la chambre, traînant derrière lui son affreux linceul, avant de s'arrêter un peu au-delà du milieu de la pièce, près d'une des deux fenêtres, répandant autour de lui une lumière bleue enfumée.

Au même moment, le cri d'un homme effrayé puis le bruit d'une course nous parvinrent à l'oreille. Un des passants avait probablement vu le fantôme et, saisi d'effroi, s'était enfui.

Après être resté un instant immobile, le spectre silencieux décrivit un demi-cercle et se retira lentement dans la pièce arrière, attirant derrière lui la lumière bleue fumante qui brillait de ses os. Et une fois le dernier éclat de cette lumière éteint, la salle fut soudainement emplie d'un mélange d'éclairs brillants et zigzagants, avant de sombrer dans l'obscurité impénétrable.

Après avoir attendu environ une heure, Sherlock Holmes quitta son poste d'observation et, s'approchant de moi, il toucha ma main.

« Avez-vous vu ? demanda-t-il dans un murmure.

— Oui, répondis-je doucement, me pinçant la main pour vérifier si je ne dormais pas.

— N'est-ce pas incroyable ?

— Ce qui me frappe vraiment, c'est le mouvement totalement libre du squelette ! répondis-je clairement, me rappelant que les affreux os bougeaient sans aucune aide extérieure. Un peu plus, et je vais commencer à croire en cette diablerie !

— J'espère que je serai capable de pénétrer ce secret avant que vous n'en arriviez à une telle absurdité, mon cher Watson », dit doucement Sherlock Holmes qui, descendu du grenier, m'attendait en bas.

Discutant tranquillement, nous nous rendîmes dans sa chambre, où les fenêtres étaient bien fermées par les rideaux, et nous commençâmes à nous déshabiller.

« Demain, il faudra prévoir une excursion dans ce domaine mystérieux, ajouta mon ami avec un sourire tout en allumant un cigare. Et, si Dieu le veut, nous pourrons clarifier certains détails.

— J'en suis très heureux pour vous, répondis-je. Vous avez sans doute déjà quelques hypothèses ?

— Bien sûr, acquiesça Holmes. Maintenant, je suis tout à fait certain que le criminel est dans la maison, et je suis très intéressé de connaître l'identité du balayeur de cette demeure. Cependant, il est inutile d'en parler maintenant. »

Il jeta le cigare, s'enveloppa dans une couverture, et après m'avoir souhaité bonne nuit, il se tourna sur un côté.

IV.

Le lendemain matin, Sherlock Holmes semblait très préoccupé, et seule la venue de la propriétaire, qui voulait nous communiquer quelque chose de terrible, l'égaya un peu.

Le cocher de celle-ci avait rapporté à la dame que chaque soir dans le grenier, le domovoï errait. Il l'avait même vu. Le domovoï, avec ses pattes de chèvre, sa queue et ses cornes, avait sauté du grenier sur le cocher endormi et visiblement ivre, et il lui aurait probablement cassé les côtes si l'autre n'avait eu le temps de réciter le Notre Père, le visage enfoui dans la paille.

Écoutant le récit de la propriétaire effrayée, nous ne pouvions que difficilement nous retenir de rire.

« Bon sang, Watson, dit Holmes quand nous nous retrouvâmes seuls, nous étions des domovoïs ! Le cocher avait probablement beaucoup bu s'il a pris nos pieds pour des pattes de bouc et s'il a vu sur nous une queue et des cornes ! Mais c'est tant mieux. Nous avons agi avec une extrême négligence, en ne vérifiant pas si le cocher dormait dans l'écurie.

— Maintenant, je pense qu'il abandonnera cette habitude pour longtemps, dis-je.

— Probablement. » Mon ami éclata de rire.

Et il s'immergea de nouveau dans les abîmes de sa mallette.

Il en sortit successivement un revolver, un paquet de balles, une pince, un marteau, des tenailles, un morceau de cire et un bout enroulé d'épais fil de fer. Puis il posa sur la table une loupe, un mètre et un appareil photo muni d'un flash au magnésium.

J'observais avec curiosité tous ces préparatifs.

Remarquant mon regard, Holmes fit un signe de tête en direction du revolver.

« Je vous conseille, mon cher Docteur, de vous procurer aujourd'hui même cet instrument. Il est possible qu'il nous soit très utile. En outre, je vais avoir besoin de vous pour une entreprise très importante.

— Vous savez que je me ferai un plaisir de vous aider, répondis-je. Puis-je savoir mon rôle ?

— Oh, bien sûr ! s'exclama Holmes. Vous allez d'abord vous rendre au bureau du télégraphe pour expédier une dépêche que je vais rédiger. Ensuite, quand vous reviendrez, nous partirons en promenade. Non loin de la maison mystérieuse, je prendrai l'apparence d'un ivrogne et vous, pour ainsi dire, vous prétendrez être mon camarade sobre. Vous me soutiendrez, mais si je m'appuie contre un mur ou une entrée, vous ne m'arracherez pas d'eux.

— Parfait. Écrivez votre télégramme et j'irai. »

S'étant approché du bureau, Holmes prit un formulaire et écrivit :

« Moscou. Urgent.
Bolchaya Moskovskaya, pour Tcherepanov.
Envoyez aujourd'hui même une personne sûre. »

Après avoir indiqué son adresse et ajouté en signature « Maman », il me remit la feuille en disant :

« Cela suffira, il comprendra. »

Lorsque je rentrai à la maison après avoir envoyé le télégramme, Sherlock Holmes était absent. Il n'arriva qu'une heure plus tard et semblait de bonne humeur.

« Tout va bien, mon cher Watson ! s'exclama-t-il en entrant dans la pièce. Vous pouvez me féliciter pour ma nouvelle connaissance.

— J'espère que vous n'avez pas rencontré un fantôme ? plaisantai-je.

— Oh non ! Bref, j'ai rencontré le balayeur de la maison mystérieuse !

— Allons donc !

— Oui, et tout à fait par hasard. En passant devant la maison, je l'ai vu sortir par la porte et se rendre à la taverne la plus proche. Après avoir attendu un moment, je suis entré et je me suis assis à table à côté de lui. Eh bien, une bouteille de vodka a terminé le rapprochement. Un vieil homme à l'ancienne. Il aime la vodka plus que sa propre mère, et il se plaint de vivre dans une maison maudite dont il ne franchit même pas le seuil. Mais comme il connaît parfaitement l'emplacement de chaque pièce depuis l'aube des temps, je connais maintenant la maison comme ma poche. Bien sûr, il est peut-être rusé, mais à l'impression qu'il donne, c'est un vieil homme sincère. Il dit que s'il n'avait peur de se retrouver sans un morceau de pain, il ne séjournerait pas dans cet endroit.

— Et vous ne craignez pas cette ruse ? l'interrompis-je.

— Quasiment pas, répondit Holmes. Ce n'est pas moi qui ai commencé à parler de la maison, mais lui. Il adresse des compliments au propriétaire de la maison, mais il se plaint seulement du fait que celui-ci ne vient jamais l'examiner…, et c'est pour cela que même dans la cour, tout se retrouve progressivement dans un état particulièrement mauvais. »

Puis, mettant brusquement fin à son récit, il déclara :

« Eh bien, Watson, nous devons nous préparer. Nous irons d'abord à la taverne. »

Nous enfilâmes les tenues les plus simples et nous sortîmes dans la rue. En entrant dans la taverne, nous exigeâmes une bouteille de vodka et une collation, et, saisis de dégoût, nous commençâmes à manger tout en essayant de verser discrètement le contenu de nos verres sous la table.

Sherlock Holmes se grisait doucement. Il le faisait d'une façon si habile que je commençais à me demander s'il était vraiment sobre.

À la fin de la bouteille, il commençait à faire de telles sottises que cela égaya même le barman.

En conséquence, lorsque je sortis de la taverne en soutenant mon ami chancelant, les clients nous saluèrent gaiement à l'aide de blagues, sans soupçonner un moment qu'il s'agissait d'une simulation.

Holmes longea le trottoir, titubant dans toutes les directions, chantant une mélodie sauvage et s'appuyant sans cesse contre les murs.

Resté debout quelques secondes, il m'entraînait ensuite plus loin, m'obligeant à aller de travers.

Mais plus nous nous rapprochions de la maison mystérieuse, plus il semblait ivre. Il se heurtait de plus en plus souvent contre les murs et les porches, avant de marquer des pauses plus longues. Lorsqu'il atteignit la maison hantée, il se cogna d'abord contre la porte, se reposa un instant, puis la heurta à nouveau et secoua longtemps la tête, murmurant pour l'amusement des passants quelque chose d'absurde.

S'étant éloigné de la porte, il se remit en chemin et nous arrivâmes chez nous.

La propriétaire, habituée de voir son locataire toujours sobre, en eut le souffle coupé.

Mais dès que la porte de notre chambre se referma derrière nous, mon ami se métamorphosa du tout au tout.

Ayant rejeté le masque de l'ivresse, il jeta rapidement son manteau et, se précipitant vers la table, il commença à considérer avec précaution deux morceaux de cire, encore serrés dans sa main.

Je compris tout en m'approchant.

Les empreintes de deux trous de serrure étaient magnifiquement imprimées dans la cire : celle de la porte d'entrée, et celle du portillon de la maison mystérieuse.

« Les serrures sont simples, dit-il en saisissant ses outils. Il ne sera pas difficile de fabriquer des passes. Eh bien, mon cher Watson, si nous entrons dans cette maison, nous pourrons avancer dans le domaine de nos recherches... »

Il travailla vite, tout en disant cela, prenant pinces et tenailles. En moins d'une heure, nous avions devant nous sur la table une douzaine de passes différents.

« Ainsi armés, nous pouvons faire preuve d'audace », déclara gaiement Holmes en cachant les passes dans sa poche et en sortant un paquet de tissu noir bon marché de la commode. « Maintenant, nous allons découper ceci. »

On frappa à ce moment-là à la porte.

« Entrez ! » criai-je pendant que Holmes cachait rapidement son travail.

La porte s'ouvrit et un homme à l'allure de commis, d'une trentaine d'années, au visage sympathique encadré d'épais cheveux châtain clair, entra dans la pièce.

Après avoir fermé la porte derrière lui, il s'inclina et tendit une main tenant une lettre.

Ayant déchiré l'enveloppe et parcouru le pli, Sherlock Holmes sourit et jeta un coup d'œil au nouvel arrivant.

« Êtes-vous Petr Fedorovitch Kouzmine ?

— Tout à fait, répondit l'homme en s'inclinant à nouveau.

— Dans ce cas, mon ami le docteur Watson et moi-même sommes très heureux de vous avoir comme assistant. Monsieur Tcherepanov écrit que l'on peut compter sur vous et que, si nécessaire, vous pouvez nous présenter d'autres personnes sûres. »

Kouzmine s'inclina.

« Vous me serez utile dès aujourd'hui, lui dit Holmes. Il faudra garder le secret sur tout ce que vous verrez. Vers dix heures du soir, venez chez moi avec un autre homme. Avez-vous un revolver ?

— Oui, Monsieur. Je le tiens de mon ancien maître décédé, mort égorgé. J'étais son pupille. »

À ce souvenir, deux larmes coulèrent sur les joues de l'employé. Sherlock Holmes s'approcha de lui et lui tapota affectueusement l'épaule.

« Ne vous en faites pas, mon cher Petr Fedorovitch. Bientôt, vous aurez la chance de vous venger de votre ennemi, déclara-t-il sérieusement.

— Que Dieu nous l'accorde ! » soupira le commis en se signant avec ferveur.

Lâchant Kouzmine, Sherlock Holmes s'allongea sur le canapé, étirant ses longues jambes, et se mit à réfléchir.

Il resta dans cette position pendant probablement deux heures, avant de s'animer enfin, le visage fatigué et pâle.

Mais, quand après un léger dîner nous retournâmes chez nous, c'était l'ancien Sherlock Holmes, gai et plein de courage, qui apparaissait devant moi.

Vers neuf heures du soir, nous étions tout à fait prêts.

Fourrant les revolvers chargés et toutes les choses nécessaires dans nos poches, et préparant le paquet de tissu noir, nous nous assîmes en attendant Kouzmine.

Le commis fut ponctuel. Il apparut à dix heures précises, amenant avec lui un autre jeune homme, Ivan Fomkine, un second commis de Tcherepanov.

Après avoir présenté Fomkine, Kouzmine se tut, attendant les ordres.

« Parfait, prononça Holmes aussitôt après. Donc, écoutez bien ce que je vais vous dire. Vous, Kouzmine, prenez cette lanterne électrique. Vous allez prendre place dans le grenier, à l'endroit que je vous indiquerai, et vous regarderez la maison vide. Je vous préviens : n'ayez peur de rien, et surtout pas du squelette.

Il apparaîtra à minuit et disparaîtra rapidement. Si vous pensez qu'un grave danger peut arriver après le départ du fantôme, posez la lanterne face à un des trous, pour que je puisse en voir la lumière de la fenêtre de la maison. Je vous dirai quand il vous faudra quitter votre poste. Si vous voyez trois éclats consécutifs de lampe de poche par la fenêtre dans laquelle le fantôme apparaît, n'hésitez plus une minute : précipitez-vous vers la maison mystérieuse et passez par la porte d'entrée. »

Kouzmine acquiesça en silence.

« Et vous, déclara Holmes à Fomkine, tâchez d'observer tranquillement les fenêtres de la maison dans laquelle habite Molalev, et si vous remarquez que le propriétaire montre des signes d'alarme, envoyez vous aussi trois éclats lumineux. Pour ma part, le signal sera le même. »

Après avoir donné une lampe électrique à Fomkine, Holmes me laissa seul avec lui : il se retira de la pièce en emmenant Kouzmine.

Il revint bientôt seul, après avoir laissé partir Fomkine, et il s'adressa à moi :

« Il est maintenant exactement onze heures, et si nous sortons nous promener, nous pourrons bien nous rafraîchir. »

Nous sortîmes et nous errâmes sans but dans la ville. Après avoir marché environ une heure, nous rentrâmes chez nous, pénétrant dans notre chambre sans allumer la lumière. Écartant légèrement les rideaux, nous avons observé la maison mystérieuse.

Et finalement les douze coups sonnèrent.

À la minute même, la lugubre lumière scintilla faiblement par la troisième fenêtre. Quand elle disparut de nouveau, et que les éclairs brillèrent par cette même fenêtre, Holmes m'attrapa fermement la main.

« Eh bien, Watson, au travail ! Ne traînez pas, sinon, tout est perdu ! » murmura-t-il d'un souffle, se précipitant hors de la pièce.

Je courus après lui, sentant mon cœur battre comme une forge dans ma poitrine.

Traversant la rue, Holmes bondit vers la porte de la maison mystérieuse, les passes-partout tintant dans sa main.

Il travailla vite, essayant habilement l'un, puis l'autre, tant que la porte ne s'ouvrait pas devant nous.

Enfin, il jaillit dans une antichambre totalement sombre, referma bien, doucement, derrière lui puis, saisissant ma tête de ses mains, il murmura d'une voix à peine audible :

« Ôtez vos chaussures ! Et de grâce, du calme ! »

Au bout de quelques secondes, il me conduisait déjà dans le noir, s'orientant comme un chat dans la nuit.

Je m'étalai presque dans l'escalier, mais la main ferme d'Holmes me soutint.

« Trente-deux marches », chuchota-t-il à peine distinctement.

Nous nous arrêtâmes au dernier étage, prêtant l'oreille.

Mais il régnait dans la maison un silence de mort.

La main de mon ami me tira de nouveau quelque part, et nous avançâmes, passant selon les portes que nous rencontrions, d'une pièce à l'autre.

Il y avait à notre droite les fenêtres donnant sur la rue dont la faible lumière se déversait dans les chambres.

Après avoir passé plusieurs pièces, Sherlock Holmes s'arrêta et écouta de nouveau.

Mais tout était toujours calme.

Marchant presque sur la pointe des pieds, tenant nos revolvers prêts, nous prîmes à gauche et entrâmes dans la pièce où, selon mes observations, le fantôme était apparu.

Dépliant le paquet de tissu, Sherlock voila soigneusement la porte, puis la fenêtre en le fixant avec de solides punaises, et soudain une vive lumière envahit la pièce.

Je tressaillis de surprise, puis, voyant que cette lumière venait de la lampe de Holmes, je me calmai.

« Tenez la lampe », murmura-t-il en me la plaçant dans les mains.

La pièce où nous nous trouvions était petite, avec une seule fenêtre, et on voyait que rien n'y avait bougé depuis la mort de Tcherepanov. Il y avait près d'un des murs un lit, un petit tabouret et une table. À deux archines de là se trouvait le lavabo.

Près de la fenêtre, il y avait une table à écrire, et dans un coin, une commode.

Sherlock Holmes se plongea dans l'investigation.

Il étudia tout, ouvrit les tiroirs, fouilla sous le lit et, rampant à quatre pattes, observa le sol à la loupe. Il s'attarda particulièrement sur la glace et le dessous du lit.

Et à mesure qu'il se déplaçait sur le sol, son visage afficha une expression de triomphe.

Enfin il se redressa, face au mur, qu'il commença à tapoter de son doigt replié.

Après avoir examiné ainsi tous les murs et le poêle, il revint au sol et commença à mesurer quelque chose, notant des chiffres dans son carnet.

Quand il eut fini, il se releva, et reprenant la lanterne de ma main, il éteignit la lumière. Puis il retira le tissu, le replia comme avant et, comptant les punaises pour être sûr de n'en avoir pas laissé une par accident, il se pencha vers moi.

« Maintenant, en bas ! Et surtout soyez très prudent ! »

Nous faufilant comme des ombres, nous retraversâmes la suite de chambres et, descendant au rez-de-chaussée, nous nous glissâmes dans la première pièce.

Mais même ici, malgré tous nos efforts pour capter le moindre son, nous ne pûmes rien entendre.

Me prenant par la main, Holmes me conduisit à travers plusieurs pièces puis tourna encore à gauche.

Et dans cette chambre se répéta la même histoire. Ayant voilé la fenêtre et la porte, Holmes alluma la lumière et reprit son inspection. Mais ici l'étude du plancher ne l'amena apparemment à aucune conclusion. En revanche son attention fut particulièrement éveillée lorsqu'il tambourina contre les murs.

Après avoir passé ainsi une demi-heure, il pressa soudain son oreille contre le plancher et écouta longtemps en retenant son souffle.

Enfin il se leva, éteignit la lampe et ôta le tissu.

Nous commençâmes à nous déplacer de pièce en pièce, et j'observais qu'à chaque fois Holmes, tel un Indien, se penchait sur le sol.

« Nous pouvons y aller, maintenant », murmura-t-il enfin, quand les planchers et les murs de toutes les chambres furent finalement inspectés.

Nous nous rendîmes avec précaution dans l'antichambre pour remettre nos chaussures, nous nous glissâmes par la porte d'entrée qu'Holmes verrouilla rapidement avec sa clé, et nous nous retrouvâmes dans la rue.

S'étant écarté de quelques pas de la maison, le détective s'arrêta et prononça :

« Eh bien, mon cher Watson, maintenant vous pouvez faire un somme. Aujourd'hui je n'aurai plus besoin de votre aide, et je m'en sortirai mieux avec les quelques bagatelles qu'il me reste à faire si je suis seul. »

Ce ne fut qu'en rentrant chez moi que je ressentis la fatigue, alors que notre visite n'avait duré qu'une heure. La tension nerveuse était trop forte pour moi, aussi, à peine mis à au lit, je m'endormis d'un sommeil de mort.

V.

Imaginez ma surprise, lorsque je me réveillais le lendemain, de voir Sherlock Holmes assis sur le sol, entouré de scies et de ciseaux, en train de démonter le plancher de notre propre chambre.

« Bon sang, mon cher Holmes, vous semblez cacher un trésor ! m'exclamai-je en sautant du lit.

— Vous n'avez pas tout à fait deviné, Watson, répondit gaiement le détective en cessant de s'affairer. Pendant que vous dormiez, j'ai eu le temps de beaucoup travailler et de fabriquer quelque chose. »

Il se leva et s'assit dans le fauteuil.

« Mais, en bon partenaire, il me faut tout d'abord vous informer du résultat de mes recherches, déclara-t-il en souriant.

— Si cela ne vous ennuie pas, répondis-je, curieux.

— Dans ce cas, je vais commencer depuis le début. »

Il prit un cigare dans un tiroir, et tout en l'allumant, il parla :

« À Londres, le récit de Tcherepanov m'a beaucoup intéressé. Je n'ai pas douté un seul instant qu'il y avait là-dedans le crime le plus commun, mais le motif du meurtre du marchand me restait totalement incompréhensible. Ce motif était apparemment au cœur du secret, et bien avant d'arriver à Vladimir, j'avais décidé de conduire mes recherches notamment dans ce sens. L'étrange lumière, la déambulation du squelette, l'éclair, tout cela ne m'a étonné qu'au début. Je ne doute pas que les os de ce squelette soient bien réels. Mais ils ont dû être enduits de phosphore : cela produit exactement l'impression que vous avez observée. Le phosphore, à l'air libre, brille d'une lueur brumeuse bleuâtre, et en s'évaporant dans l'air, il donne un nuage de la même teinte, semblable à de la vapeur. Lorsque le squelette est dans une autre pièce, la lumière semble à peine perceptible, et augmente au fur et à mesure qu'il approche. Vous voyez, c'est assez simple. Pour ce qui concerne la foudre, j'ai moi-même fait ce genre d'expérience alors que j'étais un petit garçon au village. »

Holmes prit une bouffée de son cigare puis, l'ayant posé sur un cendrier, il continua :

« Vous avez probablement entendu parler des champignons lycoperdon, ou vesses-de-loup. Si vous marchez sur ce champignon et qu'il est mûr, un nuage de poussière éclate, constitué des plus petites graines au monde. Si vous cueillez ces champignons mûrs, que vous verrouillez portes et fenêtres dans une pièce sombre, puis, après en avoir écrasé une douzaine, vous craquez une allumette, vous verrez un éclair similaire à celui qu'il y a eu dans la maison. Cet éclair est totalement inoffensif, et pendant qu'il brille, vous pouvez rester en toute sécurité dans la même pièce. La flamme de la graine en feu est trop petite pour brûler quoi que ce soit. Comme vous pouvez le voir, ce phénomène a l'explication la plus simple qui soit.

— Vos facultés d'observation sont étonnantes… commençai-je, mais Holmes m'interrompit.

— Il n'y a rien que de très ordinaire. Donc, les secrets du squelette m'étaient dévoilés. Il ne me restait qu'à comprendre le secret de sa propulsion. Lors de notre enquête de cette nuit, l'observation des pièces n'a fait que confirmer mes suppositions. Dans la pièce de derrière, où se cache le fantôme, il n'y a pas d'autre moyen d'entrer que la porte qui mène à la pièce de devant. Mais s'il se cachait là, il devait y avoir un autre passage. En examinant le sol à la loupe, j'ai finalement repéré deux empreintes de pied humain. Ces traces n'étaient pas vieilles, comme le prouvent de petits bouts d'argile fraîche collés au sol. Le lavabo était éloigné, le gredin devait avoir une bonne raison à cela : un examen méticuleux des corniches inférieures et de tout le plancher m'a permis de faire une découverte inattendue. Il n'y a nulle part de contact entre le plancher et les murs : il se trouve là une fine fente. Il est clair qu'au moyen d'un puissant mécanisme, c'est tout le plancher qui pivote sur place et se déplace horizontalement du lit au lavabo. Ainsi, en passant sous le lavabo, le plancher arrive au pied, tandis que par un mouvement inverse, le lavabo bouge de son emplacement initial pour s'éloigner du plancher. Ce mouvement commence sûrement près du mur où se trouve le lit. L'examen du rez-de-chaussée m'a montré que ce mouvement continue en bas, en passant de l'espace entre le plancher et le plafond à un passage percé dans le mur, pour finir quelque part en bas. En supposant l'existence d'un passage secret menant aux caves, j'ai commencé à écouter, à coller mon oreille au sol de chaque pièce, et sous le plancher de l'une d'elles, j'ai perçu un bruit lointain, comme un râle humain. Cependant, je n'ai pas osé pénétrer là. Sans avoir la clé du mécanisme, il est nécessaire de casser le sol, et le bruit avertirait le gredin, qui aurait alors le temps de se cacher, puisque je suis certain que cette cave a deux sorties. Je le sais par le fait qu'on n'a jamais vu qui que ce soit sortir de cette maison ou y entrer. Il est possible, même si c'est douteux, que le concierge connaisse ce secret, mais nous verrons cela plus tard.

— Mais tout de même, je ne comprends pas : quelle relation y a-t-il entre la maison mystérieuse et la démolition de notre plancher ? » m'exclamai-je, surpris par les découvertes inhabituelles de mon ami.

Holmes sourit d'une manière énigmatique.

« Nous allons creuser, mon cher Watson.

— Creuser ? » J'étais surpris. « Mais vers où et pourquoi ?

— Un passage souterrain. Mes conclusions sont parfois erronées, mais mon ouïe ne m'a jamais trompé. Il doit y avoir une cave, sous le salon du rez-de-chaussée. J'en suis aussi sûr que je vous vois devant moi. Par conséquent, si nous traçons une ligne le long de la cinquième fenêtre vers la droite, et que nous supposons un passage à trois archines de la surface du sol, nous tomberons pile sur lui ou juste en dessous. Il est inutile de vous dire, mon cher ami, que ce travail devra être minutieux et nécessitera une prudence extrême. Un mot prononcé trop fort, un coup de pioche ou tout autre bruit, et nous périrons.

— Vous êtes un génie, Holmes ! m'exclamai-je, capté par l'enchaînement logique des pensées de mon ami.

— Non, je suis juste un homme habitué à faire des observations et à en tirer des conclusions plus ou moins correctes, répondit Sherlock Holmes avec modestie.

— Alors, nous nous changeons maintenant en taupes ?

— À la différence près que nous ne serons pas aveugles », répondit le détective en riant.

On frappa à la porte.

« Qui est-ce ? cria Holmes avec anxiété.

— C'est moi ! » répondit la voix familière de Kouzmine.

J'ouvris la porte pour laisser entrer Kouzmine et Fomkine qui l'accompagnait.

Tous deux, en manteau, me semblaient être plus gros que d'habitude. Ils tenaient des petits paquets dans leurs mains.

Ils fermèrent la porte à clé, posèrent les paquets sur une chaise et commencèrent à sortir de sous leurs vêtements divers objets.

Ainsi apparurent dans la pièce deux pelles à manche court, un petit pic, un sac de grosse toile et plusieurs fines barres de fer.

Puis ils se déshabillèrent rapidement et enfilèrent les pantalons et vestes de cuir contenus dans les paquets.

Je regardai ces préparatifs avec curiosité.

« Eh bien, Kouzmine, demandai-je au commis, c'était terrible, hier ?

— J'ai failli mourir ! répondit-il en secouant la tête. Existe-t-il une telle chose au monde ? »

Je me tournai vers Fomkine.

« Et qu'y avait-il d'intéressant chez vous ?

— Rien ! Molalev n'est rentré chez lui qu'à trois heures du matin. »

Pendant ce temps, Holmes reprenait son travail.

Deux lattes du plancher furent soulevées, puis tous les trois descendirent dessous, emportant avec eux les outils et le fer.

Après m'être lavé et avoir bu du thé, j'enfilai mon costume de travail et me joignis à mes camarades.

VI.

Nous travaillâmes six jours sous terre, ne quittant le tunnel que pour marcher un peu à l'air libre, dîner au restaurant et dormir moins de sept heures par nuit.

Nous dispersions la terre évacuée sous le plancher de l'ensemble de la maison : ainsi il ne serait venu à l'esprit de personne qu'un vrai travail de sape s'accomplissait sous cette demeure.

Nous avions d'abord creusé un puits d'une profondeur de quatre archines sous notre chambre. Puis, ayant déterminé et calculé avec précision la direction à prendre, nous avons creusé une galerie, en y plaçant tous les supports requis par l'art des sapeurs.

Durant les trois premiers jours, tout avança rapidement. Assis profondément sous terre, encore loin de notre but, nous parlions, plaisantions et frappions fort, sans nous soucier de rien.

Mais plus la galerie progressait, plus le travail se faisait lourd et morne.

Au cinquième jour, nous passâmes sous les fondations de la maison mystérieuse. Pics et pelles furent abandonnés et remplacés par des gros clous et des couteaux, avec lesquels nous avons réduit le sol en petits fragments, tout en veillant à ce que les pierres se trouvant sous nos mains ne tombent pas. La hauteur du tunnel fut réduite à un mètre et demi, et l'épaisseur des supports fut augmentée.

« Demain, après le déjeuner, nous serons dans la place, mon cher Watson, déclara Sherlock Holmes alors que, ce cinquième jour, nous nous étions temporairement arrêtés pour nous rendre au restaurant.

— J'en suis très heureux, répondis-je, me réjouissant vraiment de la fin de ce labeur minutieux.

— Il y a des emplois bien pires », remarqua Holmes, comme s'il devinait mes pensées.

Et après une pause, il ajouta :

« Cette nuit, nous pourrons vérifier tous les deux mes conjectures. Si vous pouvez rester allonger une heure ou deux sans bouger, nous entendrons quelque chose d'intéressant. »

J'acceptai volontiers.

Après avoir achevé notre repas, nous retournâmes au travail et durant la soirée, nous prolongeâmes la galerie de deux archines et demie.

« Allez dormir », murmura Holmes à Kouzmine et Fomkine.

Et, touchant mon épaule, il prononça d'une voix à peine audible :

« Restez, Watson. »

Une fois seuls, nous nous allongeâmes sur le ventre, touchant de la tête le bout de la galerie, et nous retînmes notre souffle.

Je ne sais durant combien de temps nous restâmes dans cette position. Probablement longtemps, à tel point que tous mes membres s'engourdissaient. Soudain, la mélodie calme et triste d'une chanson russe parvint de loin à nos oreilles.

Une voix déchirée d'homme déjà mûr chantait quelque part dans le sous-sol, sans doute non loin de nous. Il était horrible d'entendre ce triste chant souterrain.

Puis la voix s'arrêta, et il y eut pendant un temps de sourds battements, comme si un forgeron frappait sur un fer mou et rouge.

Parfois les coups s'interrompaient, avant de reprendre au bout d'un moment.

Sherlock Holmes alluma sa lampe électrique et regarda sa montre.

« Onze heures et cinq minutes », murmura-t-il.

Et une fois de plus nous nous sommes figés, craignant d'émettre le moindre son.

Dix minutes s'écoulèrent.

Les coups sourds cessèrent subitement, remplacés par des voix humaines.

L'une d'elle était masculine, très rauque, demandant probablement quelque chose. Malgré la grossièreté du ton, on y percevait de la tristesse et de la supplication. Une autre voix lui répondit, sonore et froide, comme l'acier, impérative et stricte. Nous ne pouvions comprendre ce que ces deux hommes se disaient sous terre, mais à en juger par leur voix, l'un d'eux plaidait en faveur de quelque chose que l'autre refusait froidement et sans pitié.

Les voix se turent au bout d'un moment, et il ne parvint à nos oreilles que les coups mesurés, qui durèrent, avec courtes pauses, durant environ une heure.

Puis les deux voix se firent de nouveau entendre, avant de devenir de simples sons criards. Enfin, le silence sépulcral revint.

Après avoir attendu inutilement près d'une heure, nous sortîmes de notre cachette et nous rentrâmes chez nous, où Kouzmine et Fomkine avaient déjà préparé un samovar et un souper léger.

« Il ne nous reste plus qu'un mètre et demi à creuser, dit pensivement Sherlock Holmes. Nous arrivons apparemment au mur latéral des caves. Que pensez-vous, mon cher Watson, de ce que vous avez entendu ?

— Je pense qu'il y a un prisonnier dans cette cave.

— Et vous avez probablement mis dans le mille, approuva le détective. En tout cas, nous ne pourrons trouver la solution de cette énigme que là-bas. En attendant, une bonne collation ne devrait pas nous faire de mal. »

Après avoir soupé et bu du thé, nous nous couchâmes chacun à notre place et nous perdîmes dans les rêves.

Le sixième jour, Holmes nous réveilla à l'aube.

Je fus surpris par le coup d'œil que je jetai sur lui.

Aucune trace de sommeil et d'ennui n'était visible sur lui. Il arpentait nerveusement la pièce, ses yeux brûlaient et il ressemblait à un courageux chasseur, prêt au choc frontal avec son ennemi prédateur.

Il me sourit en remarquant mon regard.

« Mon cher Watson, ce sont pour moi des moments de toute une vie ! C'est le moment de procéder au coup de filet, et je ne me sens jamais aussi bien que quand je prends la bête à la gorge. »

Il ajouta, après avoir marqué une pause :

« Et maintenant, Messieurs, finissez votre petit-déjeuner. Il est temps. Vérifiez votre arme et soyez prêts à tout. »

Nous descendîmes dans le tunnel et commençâmes à travailler en silence. De l'argile brute tombait en petits morceaux sous nos couteaux et glissait en bas sans bruit.

Quand nous eûmes gagné une archine de plus, Holmes ordonna en chuchotant de cesser le travail et rampa sur quelques sagènes en arrière. Il nous fit signe de le suivre.

« Vous, Fomkine, vous connaissez toute cette affaire. Courez vers la police et racontez tout. Dites que je suis Sherlock Holmes et que j'ai découvert un passage secret dans la chambre du fantôme. Demandez-leur de garder toutes les sorties de la maison et de retenir toute personne qui en sortira, murmura-t-il d'une voix à peine audible. Vous, Kouzmine, vous nous accompagnerez, mais vous resterez derrière nous, et en cas de problème, vous vous précipiterez à la rescousse. Maintenant, au travail ! Watson et moi allons creuser. Quant à vous, Kouzmine, allumez votre lampe électrique et ne l'éteignez en aucun cas. »

Après avoir dit cela, Holmes rampa de nouveau jusqu'au bout du tunnel, et nous avons repris le travail interrompu, en essayant de ne pas faire le moindre bruit.

La sueur roulait sur nous comme de la pluie.

Durant deux heures, notre labeur continua quand soudain mon couteau heurta quelque chose de solide. Pensant qu'il s'agissait d'un caillou, je commençais à en chercher les bords, mais à mon grand étonnement, partout je rencontrais de la pierre.

Bientôt le couteau de Holmes grinça aussi.

« Le mur ! » chuchota Holmes doucement.

Dégager le mur de l'argile n'était pas difficile.

Pendant quelques minutes, nous cessâmes de travailler et, retenant notre souffle, nous tendîmes l'oreille.

Un léger ronflement sonnait distinctement de derrière les pierres.

Après avoir examiné les joints, Holmes et moi avons commencé à casser le ciment et lorsque nos couteaux, ayant détouré les points d'adhésion, eurent dessiné un quadrilatère d'une archine de côté, Holmes nous fit signe de nous arrêter et, nous pressant contre le sol, nous écoutâmes à nouveau.

Durant quarante minutes environ, nous n'entendîmes d'autre que le ronflement. Puis un bâillement et une voix âpre résonnèrent derrière le mur :

« Eh bien, quel bagne ! Voilà le travail que Dieu m'a envoyé ! Peut-être que je ne m'en sortirai pas vivant ! »

Puis un remue-ménage se fit entendre, le bruissement de bottes qu'on enfilait, le clapotement de l'eau, et un quart d'heure plus tard, les coups cadencés retentirent.

D'un signe et du regard, je demandai à Holmes s'il était temps d'appuyer à coup d'épaule sur le mur ainsi préparé, mais mon ami hocha négativement la tête.

À ce moment-là surgit de derrière le mur un léger crissement de fer. Quelque chose sembla s'ouvrir puis se refermer, puis la voix de métal déjà entendu auparavant dit :

« Bonjour ! Eh bien, comment ça va ?

— Et comment ça pourrait aller ? répondit la voix rauque. Laissez-moi sortir, pour l'amour du Christ : il est impossible de vivre ici ! Je ne réclame pas de salaire !

— Imbécile ! La vie ne te plaît pas ? Je te l'ai dit une bonne fois pour toutes : quand tu auras fini, tu recevras mille cinq cents roubles, et alors tu pourras partir ! Mais prends garde si tu te rebiffes ! Il ne faut pas me marcher sur les pieds ! Quelle quantité d'alliage reste-t-il ?

— Quinze livres.

— En as-tu beaucoup fait pendant la nuit ?

— Cent quarante, répondit la voix rauque, vibrante de désespoir et de tristesse.

— Donne-moi la machine à fondre. »

Il y eut une minute plus tard un sifflement calme, suivi d'un fracas d'objets déplacés.

Sherlock Holmes me fit un signe de tête, et plaquant son épaule contre le mur, il m'invita à faire de même.

Appuyant nos pieds sur le sol, nous plaquâmes nos épaules contre les pierres.

« Un… Deux… Trois ! » commanda Holmes en chuchotant.

Et au même instant nous volâmes dans une sorte de fosse avec les pierres du mur défoncé.

Kouzmine, sa lampe à la main, se précipita dans le trou.

Notre chute ne s'était pas faite de haut, mais elle était inattendue. Malgré tout, je réussis à remarquer que la cave dans laquelle nous nous étions écrasés était brillamment éclairée.

Après avoir heurté le sol, nous sautâmes vivement sur nos pieds. Au même instant, la lumière de la cave s'éteignit, quelque chose en verre tinta et une silhouette humaine sauta dans le coin opposé.

« Ne bougez plus ! » cria Sherlock Holmes en se précipitant vers et en sortant son revolver.

Deux coups de feu retentirent dans la cave.

Mais il était déjà trop tard. Dans le coin opposé, une porte invisible claqua…

« Malédiction ! » cria Holmes furieusement.

Quelqu'un poussa un gémissement derrière nous.

Nous nous retournâmes rapidement et, saisissant ma lampe, j'éclairai la cave. Ce ne fut qu'alors que nous prêtâmes attention à une autre silhouette, agenouillée, les mains tendues vers nous.

Un revolver en main, je me précipitai vers elle, mais soudain je sentis que je perdais connaissance. Jetant un bref coup d'œil à Sherlock Holmes, je remarquai qu'il était devenu blanc comme un linge.

Au même instant, il me saisit le bras et, me jetant de côté, il cria :

« Sortez vite d'ici ! Ne respirez pas. »

De ce qui se passa ensuite, je ne m'en souviens pas.

VII.

Je me réveillai dans ma chambre, sur mon lit. Ma tête me faisait terriblement mal et je réalisais à peine ce qui m'arrivait.

Sherlock Holmes et un homme barbu, ébouriffé, se penchaient sur moi et me passaient un mouchoir mouillé sur les tempes et le front.

Voyant que j'ouvrais les yeux, Holmes me tapota l'épaule.

« Eh bien voilà ! s'exclama-t-il gaiement. Bon sang, comme vous êtes sensible ! »

Les compresses m'aidèrent. En moins de dix minutes, je me sentis en état de me lever.

« Bravo, Watson ! C'est mieux comme ça !

— Mais qu'est-il arrivé ? demandai-je en reprenant totalement mes esprits.

— Le fait est que le gredin n'a pas encore été retrouvé, répondit Holmes avec dépit. En se sauvant dans l'autre cave, il a eu le temps de répandre dans le souterrain une grosse quantité de gaz carbonique. Nous aurions pu mourir ! Une chance que Kouzmine soit venu vous soutenir juste à temps, et moi ensuite, avec ce monsieur. Mais passez-vous d'abord la tête à l'eau froide. »

Cette douche me permit de récupérer totalement.

« Maintenant, j'espère que vous allez me raconter l'histoire plus en détail, demandai-je à Holmes qui me tendit un verre de lait.

— Maintenant, oui. Même si cette histoire est très courte. Quand je vous ai rejeté vers la brèche, Kouzmine vous a saisi et, vous ayant tiré un peu plus loin dans la galerie, il est revenu sur ses pas. Pendant ce temps, j'ai pu saisir cette personne, je me suis précipité dans le trou, en l'entraînant avec moi. Mais après quelques pas, j'ai senti que je perdais connaissance et que je m'égarais. 'Éloignez d'abord le docteur puis revenez nous chercher !' ai-je crié. Il s'est précipité vers vous et moi, avec mes toutes dernières forces, j'ai traîné cet homme. Heureusement, nous avons quitté assez tôt cette atmosphère maudite, et même si j'étais proche de l'évanouissement, je n'ai pas perdu connaissance, et nous sommes sortis de la galerie en toute sécurité. »

On frappa à la porte. Une voix se fit entendre :

« C'est Fomkine »

La minute d'après, le jeune commis entrait dans la pièce, fermant la porte à clé derrière lui.

« Alors ? lui demanda Holmes avec impatience.

— Toutes les entrées et sorties sont bloquées par la police. Il y a des gardes dans la maison, près de la porte de la 'salle des fantômes', mais jusqu'à présent, personne n'a été retrouvé. Le balayeur est en détention, et le maître de police lui-même, ainsi que plusieurs agents, viendront ici sous peu. Il s'est terriblement alarmé, lorsqu'il a appris que vous étiez venu ici, mais je lui ai demandé de ne parler de vous à personne.

— Vous avez bien fait ! » dit Sherlock Holmes.

Un autre coup à la porte retentit.

« Qui est là ? cria le détective.

— Police ! »

La porte s'ouvrit, et un policier apparut sur le seuil, accompagné de trois gentilshommes bien habillés.

« Je suis particulièrement heureux que vous soyez venu, déclara le maître de police, sans même appeler Holmes par son nom. Ce que vous faites est incroyable, et votre participation à cette affaire nous enseignera, dans une certaine mesure, comment travailler correctement. »

Et il serra chaleureusement la main du détective.

« C'est trop de compliments ! objecta Holmes, modeste. Il y avait aussi mon ami, sans qui je n'aurais rien réussi. »

Et il me désigna.

Nous nous sommes serré la main.

« Qui est-ce ? demanda le maître de police en désignant l'homme hirsute.

— Un captif de la cave », dit gaiement Holmes.

Le maître de police était abasourdi. Il regarda pendant un moment l'homme avec perplexité.

« Saisissez-le ! cria-t-il enfin en s'approchant de lui.

— Ne faites pas ça, répliqua Holmes. Il n'est pas celui que je recherche.

— Non, mais vraiment, permettez ! » Le maître de police bouillonnait. Se tournant vers ses agents, il répéta : « Saisissez-le !

— Comme vous voulez, objecta Holmes froidement. En tout cas, je vous demanderais de laisser auprès de moi deux agents expérimentés.

— Comme… vous pensez…

— Le principal coupable vous sera livré dans quelques minutes, l'interrompit le détective.

— Il y en aura deux à votre disposition », déclara le maître de police. Puis il s'adressa à un des trois agents : « Quant à vous, attachez cet homme et conduisez-le sous escorte à la police.

— Je souhaiterais seulement qu'il ne soit pas pendu trop vite, s'enquit Holmes, en regardant avec un sourire l'homme hirsute saisi par la peur.

— Pour qui nous prenez-vous ! » Vexé, le maître de police fit signe qu'on emmène le détenu. « Voulez-vous encore autre chose ? »

Sherlock Holmes réfléchit un peu.

« Oui, prononça-t-il après un moment de silence. Je voudrais que vous veniez avec moi dans la cave. Notre galerie forme une belle cheminée d'évacuation, et puisque plus de deux heures se sont écoulées depuis que nous avons quitté le souterrain, je pense qu'il ne s'y trouve plus de gaz toxique.

— Allons-y », répondit brièvement le maître de police.

Sherlock Holmes se tourna vers moi.

« Mon ami, vous sentez-vous assez bien pour d'autres excursions ? »

Je répondis par l'affirmative, et nous descendîmes tous les trois dans la galerie dans laquelle l'air se déplaçait maintenant aussi bruyamment que le vent.

Il n'y avait aucune trace de gaz carbonique.

En entrant dans la cave, nous allumâmes trois puissantes lampes électriques et Sherlock Holmes, nous laissant libres, commença avec empressement à inspecter la pièce.

Enfin, il se rapprocha de nous.

« C'est une fabrique de fausses pièces de cinq roubles or, prononça-t-il, content de lui. Voici une matrice… et là, le four et la camelote ! »

Sur ces mots, il donna à chacun de nous une pièce de cinq roubles or, presque impossible à distinguer d'une vraie.

Puis, nous conduisant dans un coin, il ajouta :

« Et voici la deuxième issue, par laquelle le scélérat a disparu. »

Mais la porte, ferrée, était solidement fermée.

« Il aurait fallu la forcer, déclara le maître de police.

— Cela n'en vaut pas la peine, répondit Holmes. Je suis sûr que je me débrouillerai sans ça. »

Il examina alors attentivement le sol et les murs.

« Fabuleux ! dit-il finalement. Ce gredin est blessé, même si, malheureusement, c'est très légèrement. Il n'y a pas beaucoup de sang… Mais ce sera très utile. »

Il ramassa un petit fragment sur le sol et le mit dans sa poche.

« Et maintenant, mon cher Watson, je vous accompagne pour organiser l'apothéose. Quant à vous, ajouta-t-il en s'adressant au maître de police, ayez l'amabilité de nous attendre à la maison. »

Revenus chez nous, nous laissâmes le policier et, accompagnés des deux agents, nous quittâmes la maison.

« Regardez bien où je vais, déclara Holmes aux agents. Et tenez-vous près de la porte où j'entrerai. Si je siffle, venez à la rescousse sans perdre un instant. Mais pour le moment, restez éloignés de nous. »

Sur ce, il s'éloigna avec moi et longea le trottoir. En arrivant à la maison de Molalev, Sherlock Holmes s'arrêta devant la porte, lut une annonce concernant la location d'un appartement, puis sonna.

On entendit des pas derrière la porte, puis le déclic d'une clé.

« Que voulez-vous ? demanda d'une voix grondante un vieux serviteur aux cheveux gris et vêtu d'une redingote usée.

— Voir Monsieur Molalev… à propos de l'appartement. Je suis déjà venu chez lui une fois, répondit Holmes du ton le plus indifférent possible.

— Ils sont partis hier soir », grommela le vieil homme, regardant attentivement Holmes. Soudain, ses yeux brillèrent d'effroi, mais rapidement ses paupières se fermèrent et, ayant murmuré encore une fois « Ils ne sont pas chez eux », il voulut fermer la porte. Mais il se passa alors quelque chose de tout à fait inattendu.

En un instant, Sherlock Holmes se tassa, puis il bondit sur le vieil homme, et d'un terrible coup de poing, il le jeta à terre avant de se précipiter sur lui.
« À l'aide ! » cria-t-il.
Ce cri me fit sortir de ma torpeur. Juste à temps. Un poignard étincelait dans la main du vieillard. Au même moment, je sautai vers eux et de toutes mes forces je donnai un coup de pied à cette main, l'obligeant à laisser tomber l'arme.
Les agents arrivèrent alors, et la lutte inégale s'acheva bientôt.
Tordant les mains du vieillard pour le confier aux agents, Sherlock Holmes, ayant sorti d'avance un trousseau de clé de la poche du vieux, se précipita en ma compagnie dans l'appartement.
Après avoir traversé plusieurs pièces, nous nous retrouvâmes dans une chambre et Holmes commença à ramper au sol, regarder sous le lit et inspecter les murs.
« Ah ! Voilà ce dont j'avais besoin ! » s'exclama-t-il en examinant soigneusement le papier peint.
Puis il repoussa le lit et je le vis bientôt soulever un bout du papier, non collé mais simplement pressé contre le mur par la tête du lit.
Je remarquai un trou à peine perceptible, sous le papier peint.
Choisissant sa clé la plus fine, Holmes l'y introduisit et la fit tourner.
Quelque chose bruissa dans le mur, et un grand tiroir secret quadrangulaire en sortit.
Ignorant l'argent et les objets de valeur, Holmes ouvrit une boîte, qui était à l'intérieur de ce tiroir, et, jetant un coup d'œil à celle-ci, dit solennellement :
« Voilà tout ce qu'il faut ! »
Puis, sortant la boîte, il verrouilla le tiroir, remit tout en ordre, et prenant la boîte fermée sous le bras, il se tourna vers moi :
« Venez, mon cher Watson ! Il n'y a plus âme qui vive, dans cette maison ! »
En retournant près des agents, nous en envoyâmes chercher un fiacre, et cinq minutes après, nous étions au commissariat, où le maître de police lui-même était déjà arrivé.
Amenant le vieux vers le maître de la police, Sherlock Holmes sourit :
« Je pense que vous le connaissez ? demanda-t-il.
— N-non, fit lentement le maître de police en regardant le vieillard avec curiosité.
— Donnez-moi de l'alcool et une éponge. »
Une minute plus tard, le nécessaire fut remis à Holmes.

Posant une main sur l'épaule du vieillard, et tenant de l'autre l'éponge imbibée d'alcool, Sherlock Holmes dit avec moquerie :

« J'ai l'honneur de vous présenter, ici présent, le fabriquant de fausse monnaie d'or, assassin de Tcherepanov et propriétaire respecté dans la ville de Vladimir ! »

D'un mouvement rapide, il arracha la perruque blanche du vieil homme et lui essuya le visage avec l'éponge.

« Molalev ! tonna le maître de police.

— Lui-même ! répliqua Holmes.

Il y eut un instant un silence de mort. Molalev ne disait rien, baissant la tête.

Mais le maître de police s'approcha de Holmes et dit avec enthousiasme :

« Je ne sais comment… Je n'arrive pas à exprimer toute la gratitude que j'ai envers vous. Mais comme vous avez déjà résolu cette affaire extraordinaire, peut-être alors ne refuserez-vous pas ma demande : comment en êtes-vous arrivé à cette solution ? »

Sherlock Holmes sourit gaiement.

« Oh, ce n'était pas si difficile que ça. Mes premiers soupçons concernant Molalev sont apparus lorsque Tcherepanov m'a raconté son histoire. Il m'a semblé étrange que ce propriétaire demande un prix aussi élevé pour une maison dont aucun locataire ne voulait, et qu'il n'utilisait pas pour lui-même. Les soi-disant absences régulières de Molalev, pour de prétendus achats de bétail, ont aussi attiré mon attention. Il est évident qu'il voulait, sans éveiller les soupçons, garder toute la maison pour lui, sans se soucier de son rapport. Le meurtre même du vieux Tcherepanov a étayé mes conclusions et je n'ai plus eu qu'à prouver que le meurtrier était le propriétaire lui-même. Après lui avoir rendu une première fois visite, en me prétendant locataire, j'ai bien retenu sa voix, son visage, son apparence. Puis, quand nous sommes allés ensemble dans la cour, j'ai noté le chemin qu'il empruntait, et quand il est entré dans l'appartement, au prétexte d'avoir perdu dix roubles or, je me suis penché et j'ai discrètement mesuré ses empreintes, notant que son talon était marqué de deux séries de clous. J'ai remarqué sur sa manche de l'argile collée qui ne pouvait pas du tout venir de la maison. »

Holmes raconta en détail toutes les observations faites jusqu'au percement du tunnel.

« Quand la galerie a atteint le mur, j'ai reconnu sa voix, et j'ai comparé ses empreintes avec celles vues dans la 'pièce au fantôme' : cette comparaison a donné de brillants résultats. La même taille, la même marque de talon. Ces mêmes empreintes donnaient les raisons du mouvement du fantôme. Dans la pièce, j'ai également trouvé un peu d'argile, de la même couleur que l'autre, et je l'ai conservée. Comme je l'ai supposé, le criminel a quitté la cave où nous étions par un autre accès. En étudiant cette cave, j'ai découvert que son sol et un des murs sont recouverts d'argile, la même que celle que j'avais gardée. Nous retrouverons le cadre assez facilement. Et ce morceau de tissu, arraché de son costume par ma balle : il sera aisé de retrouver d'où il vient en examinant sa garde-robe. »

Sherlock Holmes marqua une courte pause, puis continua :

« Le second homme, qui était dans la cave, est le serrurier et graveur Antonov. Monsieur Molalev a attiré cet Antonov par ruse dans la cave, au prétexte d'un bon salaire, et l'ayant enfermé là, il l'a forcé, sous la menace de la mort, de produire de la monnaie. Il est d'ailleurs peu probable qu'on l'eût laissé sortir de là vivant. Antonov vous racontera son histoire lui-même. »

Sherlock Holmes sortit de sa poche un trousseau de clés et le tendit au maître de police.

« La clé du plancher escamotable est-elle parmi celles-ci ? » demanda-t-il à Molalev.

Celui-ci hocha la tête.

« Maintenant, s'il vous plaît, amenez Antonov ici. »

Une minute après, le pâle serrurier était introduit dans la pièce.

« Reconnaissez-vous votre maître ? demanda Holmes.

— Non. C'était un brun, frisé, avec une raie et une petite barbe. »

Le détective fouilla dans la boîte qu'il avait gardée. Il en sortit une perruque brune, bouclée, qu'il posa sur la tête de Molalev. Puis il y prit de la colle et une petite barbe, qu'il posa aussitôt sur le prisonnier.

« Alors, et maintenant ? demanda-t-il en souriant.

— C'est lui, bien sûr ! » s'exclama le serrurier.

Holmes s'inclina devant le policier puis se tourna vers moi.

« Venez, mon cher Watson. Nos affaires sont terminées, et nous devons essayer de prendre le train de six heures, pour retourner rapidement à Moscou pour informer Monsieur Tcherepanov de ce qui s'est passé… »

Traduit du russe par Viktoriya et Patrice Lajoye

Anonyme

Sherlock Holmes à Odessa

– 1908 –

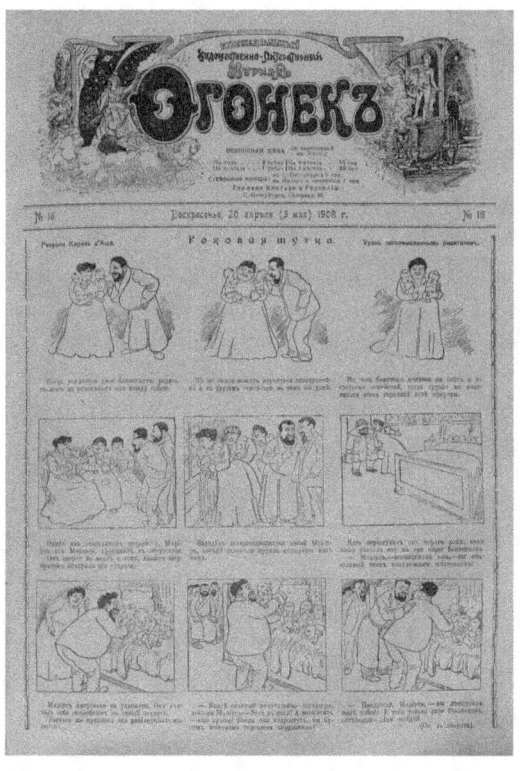

L'auteur mystérieux continue d'intriguer les éditeurs et les lecteurs de la revue La Flammèche.

D'Odessa, nous avons reçu une lettre ouverte dont le contenu est comme suit :

« J'envoie à la rédaction, par la même voie et selon les mêmes conditions que dans le cas du n° 12 de La Flammèche *avec les aventures de Sherlock Holmes à Moscou, le récit « Sherlock Holmes à Odessa ». Je ne lève pas mon anonymat. J'ai de bonnes raisons pour cela. »*

Le même jour, on a livré à la rédaction, dans un paquet fermé, un manuscrit tapé à la machine, utilisant la même police de caractères et le même papier que pour le précédent récit.

La rédaction voudrait convaincre une fois encore l'auteur de bien vouloir ôter son masque.

I.

Peu de temps avant les fameux jours de juin 1905, un énorme pillage eut lieu dans le port d'Odessa, dans les entrepôts de la société de transport N.

Une bande d'habiles arnaqueurs cachait très adroitement ses traces, et le directoire de la société, n'ayant plus en mains que de faux reçus correspondant aux marchandises volées, ne savait pas vraiment comment se mettre au travail.

Les pertes la menaçaient de faillite, et lors d'une assemblée générale, il fut décidé à l'unanimité de s'adresser à Sherlock Holmes, qui ne faisait alors que commencer sa tournée en Russie.

Sherlock arriva début juin à Odessa avec le docteur Watson, et après avoir tout réglé, il s'attela à la tâche. Puisqu'avant tout il fallait retrouver les propriétaires des reçus, c'est-à-dire ces mystérieux vagabonds, qui, pendant tout mars, avril et mai, s'étaient rendus sans vergogne au bureau et avaient emporté les marchandises, Sherlock décida dès les premiers jours de se familiariser avec tous les cloaques de la ville.

Tout le monde, bien sûr, se souvient des scènes qui se sont déroulées à Odessa en juin 1905, caractéristiques de la panique qui avait saisi la ville.

Les ouvriers en grève, après s'être heurtés aux troupes près de l'usine de Guen, arrêtèrent les fabriques, les imprimeries, fermèrent les magasins, stoppèrent en banlieue les trains de voyageurs et démolirent la voie.

Des bombes explosaient, des cris retentissaient dans les airs, des coups de fusils pétaradaient à qui mieux mieux, les gens tombaient et il n'y avait personne pour enlever les cadavres. En mer, le cuirassé « Prince Potemkine de Tauride », en état d'alerte, arriva, menaçant, venant de la baie de Tendrovski.

Les habitants pacifiques semblaient n'avoir nulle part où aller, et jamais Odessa n'avait été autant prise de folie et d'excitation aveugle que dans ces jours terribles.

Les bouges s'y étaient multipliés avec une rapidité improbable, comme les champignons vénéneux après la pluie, et personne ne les contrôlait.

Tout le monde y a joué, à commencer par les radins arméniens faisant fortune comme usuriers, jusqu'aux simples voyous fuyant les massacres de Tiflis et cherchant du travail dans le port.

Tôt le matin, des morts étaient retrouvés, totalement dépouillés, dans les différentes parties de la ville. Mais dans cette sanglante tourmente générale, aucun de ces crimes n'attirait l'attention, ils restaient non-résolus et impunis.

II.

Le 12 juin, rue du Port, un café récemment ouvert et qui était devenu célèbre sous le nom étrange d'« Octopus » auprès des piliers de port, était particulièrement fréquenté.

Quiconque l'aurait regardé de la rue en aurait eu une image bizarre : la vaste salle avec un comptoir-buffet était totalement déserte. Il n'y avait que des tables vides, et derrière le comptoir se trouvaient deux géants perses, silencieux et mystérieux, semblables à des sphinx.

Les gens bien informés arrivaient par la cour ; ici les escaliers les font arriver dans un petit couloir sombre où, lorsqu'il pleuvait, était suspendue une masse de vêtements de pluie, couloir également gardé par deux grands Perses. De là, un escalier intérieur débouchait dans une pièce immense au plafond bas, mi-hangar, mi-hall, dans laquelle se trouvaient les jeux.

Le 12 juin donc régnait ici une animation extraordinaire.

Aristide Mavrotokis, un sombre Grec qui s'était récemment enrichi Dieu sait comment, relançait et avait été remplacé comme banquier par un des plus grands joueurs aux gains énormes, le commissionnaire arménien Arshak Djabarov, une personne au large et sombre visage d'abruti.

On fendait la foule jusqu'à cette table non seulement parce qu'on y recevait n'importe quelle mise, mais aussi par simple curiosité. Les visages et les yeux s'embrasaient à la vue de l'énorme tas d'argent que les deux joueurs silencieux se passaient l'un à l'autre avec désinvolture.

Un gros Tatar, vêtu de toile et d'une chemise déboutonnée sur la poitrine, se tenait immobile, comme hypnotisé, et ne quittait pas la table des yeux. Peut-être était-ce la première fois qu'il voyait autant d'argent.

Le propriétaire de l'établissement, le jeune Arménien Arakel Makdaniants, qui recevait dix pour cent de chaque somme entrée dans la banque, et qui ordinairement jouait rarement, s'y était mis aussi. Il s'était assis près de Mavrotokis, alerte, souple et prédateur comme une panthère. Il hachait des mots de temps à autre à une Arménienne qui restait debout derrière sa chaise.

En temps normal, cette jolie brune, nommée Ursula, prenait place dans un coin de la salle, derrière un comptoir spécial où étaient vendus des bonbons et des boissons gazeuses, et qui servait d'attraction principale à l'établissement.

Makdaniants la présentait comme sa sœur, mais personne ne s'était intéressé sérieusement à sa généalogie. On pouvait dépenser beaucoup pour elle, mais elle ne pouvait être achetée contre de l'argent. Elle aussi avait maintenant le visage pâle et tendu, et de temps à autre, son bras fin et nu, au coude orné de bracelets en serpentins orientaux, se tendait vers la table avec de l'argent serré dans ses doigts.

Qu'elle joue pour elle-même ou pour son frère, qu'elle gagne ou qu'elle perde, on ne pouvait le déterminer dans la cohue et le bruit.

III.

Il était environ dix heures du soir. Des gens arrivaient.

Le jeu battait son plein, et à chaque minute il devenait plus clair que Mavrotokis, qui avait eu jusqu'ici de la chance, entamait ses dernières forces.

Et devant les Djabarov, le tas d'argent grossissait, grossissait…

L'Arménien voyait maintenant le Grec à l'article de la mort. Ce dernier s'agrippait à ses poches, y trouvait quelques rouleaux de papier et, absorbé par le jeu, il les oubliait sur la table, puis il commença à les tripatouiller et fourrager dans un énorme porte-monnaie, gros comme un porte-documents, avant de les jeter à nouveau avec de l'argent sur la table. De l'argent qui fondait.

Et Djabarov le regrettait.

Il avait aussi vu que deux types suspects, un roux de grande taille et large d'épaules, et un autre roux, plus mince et plus petit, tournaient sans cesse autour de la table, sans jamais s'asseoir et simulant l'ébriété.

Djabarov vit encore que le Géorgien Vinoshvili, un décavé surnommé le « Prince », avait retiré deux fois sa mise. Les enjeux étaient très insignifiants, mais tout de même, l'Arménien jugea nécessaire à chaque fois de fusiller du regard ce gars, afin de bien lui montrer qu'il voyait tout. Et quand Vinoshvili, pas le moins gêné du monde, tendit une troisième fois la main vers sa mise perdue, Djabarov le retint et lui murmura doucement :

« Va-t'en, Prince. Ou ça sentira mauvais ! »

Et ce murmure était si impressionnant que le Géorgien s'enfuit immédiatement dans la foule et disparut.

Cette scène n'avait probablement pas duré plus d'une demi-minute, mais durant cet intervalle, deux mains, masculine et féminine, avaient glissé rapidement sur la table, comme des souris, avant de disparaître.

Djabarov avait-il remarqué quelque chose ? Nul ne le sait. Mais quelque temps après, quand il jeta un œil à Ursula, le joli visage de l'Arménienne s'était éteint et ses yeux étaient devenus énormes d'effroi.

IV.

À onze heures, Mavrotokis offrit sa dernière mise.

Djabarov regarda puis resta pensif un moment. Enfin, aussi calmement qu'auparavant, il battit les cartes et les tendit à son voisin de droite pour qu'il en tire une. En même temps, il retira imperceptiblement de son doigt un anneau à l'aspect étrange, orné d'un solitaire d'une rare valeur et il le fourra dans la poche de son gilet. Il avait acquis cet anneau quelque part au fin fond de l'Inde. Superstitieux, le joueur le considérait comme un porte-bonheur, dont il ne se séparait jamais. Mais il ne voulait pas la perte du Grec. En retirant l'anneau, il refusait la chance qui s'attachait obstinément à lui.

La mise fut perdue.

Quelque chose de semblable à du regret apparut dans les yeux de Djabarov, lorsqu'il commença, en haussant lentement ses larges épaules, à ramasser l'argent.

« Tu t'en vas, Arshak ? » laissa s'échapper Mavrotokis.

Djabarov s'arrêta.

« Je ne pars pas. Si tu mises à nouveau, je miserai aussi. Je ne suis pas… Tu es honnête, je suis honnête… Prends ta revanche.

— Attends… Il ne faut pas parler… »

Mavrotokis par geste demanda au Tatar qui comme auparavant ne quittait pas la table, de venir vers lui, et lui murmura :

« Attends ! Une personne viendra, et le jeu sera… Tu joues du cash, j'en aurais aussi… »

Ayant ramassé son argent, Djabarov repoussa bruyamment sa chaise et se leva.

« Je vais boire ! dit-il sans s'adresser à personne. Toi, Aristide, ne pense plus à rien. Si tu as envie de jouer, ordonne qu'on m'appelle. »

Mais il fut intercepté en chemin.

Il y eut tout d'abord Vinoshvili. Le Géorgien s'échappa imperceptiblement du coin où il se trouvait et le toucha doucement à l'épaule.

« Tu es très heureux, Arshak ! lui dit-il. Et soudain son visage rougit et ses yeux se firent implorants. Donne pour avoir de la chance !… Ne te souviens pas du mal… Le prince Vinoshvili te le demande… Tu as gagné beaucoup, tu gagneras encore ! Donne, pour l'amour de Dieu ! »

Djabarov ne lui répondit pas, mais fouilla en silence dans sa poche, en tira quelques pièces d'or qu'il jeta au sol de colère.

Les pièces furent immédiatement récupérées par quelqu'un.

Vinoshvili se mordit les lèvres et regarda longuement Djabarov.

À l'entrée du buffet, celui-ci fut arrêté par Ursula.

« Qu'as-tu en tête, Arshak ? lui demanda-t-elle d'une voix tremblante. Pourquoi est-ce que tu nous dénigres ? Dis, ils t'ont fait du mal ?

L'Arménien se renfrogna.

« Laisse, s'il te plaît ! Pourquoi demander ? Mal ou pas mal. Personne ne peut faire de mal à Djabarov… »

Et sans plus l'écouter, il passa au buffet.

Deux personnes le suivaient sans arrêt. Les deux étranges roux. Et le plus grand des deux dit doucement à l'autre :

« Je parie que dès aujourd'hui, cet Arménien paiera cher sa stupidité ! Je pense même qu'il faudrait le prévenir par charité ! »

V.

Assis à une des tables du buffet, Djabarov comptait son argent.

Après en avoir séparé un gros paquet, il cacha dans les billets l'anneau qu'il avait retiré pendant le jeu, avec quelques papiers, avant d'envelopper soigneusement le tout dans un morceau de journal.

Vingt minutes plus tard, le Tatar envoyé par Mavrotokis chercher de l'argent revint et Djabarov fut appelé.

Celui-ci, après avoir réglé l'addition, s'en alla on ne sait pourquoi dans le couloir qui faisait se communiquer la salle et le buffet.

Il n'y resta pas plus de deux ou trois minutes avant de commencer à monter les escaliers sombres.

Il monta dans un état d'esprit particulièrement sombre.

Ce fut seulement au pied de la dernière marche qu'il heurta le grand roux qu'il avait vu près de la table. Deux yeux perçants le fixèrent et il crut entendre dans un chuchotement : « attention ! »

Une demi-heure après, le jeu reprit.

Et la chance semblait avoir tourné pour Djabarov. Les premiers tours aboutirent à un match nul, mais aux suivants, il commença à perdre.

Mavrotokis prenait sa revanche. Près de lui, une somme déjà coquette s'amassait.

« Prends, prends, je m'en fiche ! disait Djabarov en le payant selon les mises.

Il y eut un moment où Mavrotokis gagna trois fois de suite. Les yeux du Grec s'enflammèrent, et il demanda d'un ton badin :

« Où est passée ta chance, Arshak ? »

L'Arménien lui montra sa main, sur laquelle il n'y avait plus de bague, et répondit en souriant :

« J'ai caché ma chance. Je l'ai fait pour toi. C'est que je suis ton ami ! »

Il était près d'une heure du matin quand tout à coup un mouvement se produisit dans la salle. Quelqu'un venu de la rue, le visage inquiet, raconta qu'il avait vu une foule énorme de travailleurs descendre au port.

Tout le monde se désintéressa du jeu et prêta l'oreille.

La mer faisait du boucan, et pendant un certain temps, on n'entendit rien d'autre que ce bruit. Puis, étouffant la mer, un murmure de voix qui s'approchaient commença à pénétrer les murs. Ce grondement s'amplifia, inondant déjà la maison, et des voix identifiables séparément pouvaient être distinguées.

Les deux gardiens perses entrèrent en courant, effrayés. On se précipitait dans le café. Quelqu'un cria :

« Sauvez-vous par-derrière, à travers la cour ! »

Au même instant se fit entendre le piétinement enragé des chevaux au galop. Tout s'arrêta en haut, près du large escalier menant au port. Juste après, des bruits de verre retentirent. Une salve avait été tirée.

Les joueurs se précipitèrent tous vers les portes.

VI.

Le 14 juin, tôt le matin, quand tout le monde dormait encore, Sherlock Holmes reçut un visiteur.

C'était un homme grand et athlétique, au visage sombre et déterminé.

Sherlock pria poliment son invité de s'asseoir, puis il se tourna vers lui en lui posant la traditionnelle question :

« Que puis-je pour vous ?

— Une saloperie, mon âme… voilà ce que… une belle saloperie… »

L'inconnu parlait avec un fort accent arménien.

« On a pris mon argent ! Voilà ce qui se passe !

— Racontez-moi en détail votre affaire, s'il vous plaît.

— On la racontera, ne vous inquiétez pas. Tu connais Djabarov ? Tu ne le connais pas ? Tu ne connais pas Djabarov ? N'importe quel chien d'Odessa connaît Djabarov ! Les intelligents comme les idiots vont à Djabarov. Acheter, vendre : voilà comment il est, ce Djabarov ! Tu ne comprends pas ? Eh bien regarde-moi, s'il te plaît ! Tu ne comprends toujours pas ?

— Vous êtes probablement Djabarov ? devina Holmes.

— Eh bien oui… Djabarov lui-même. Arshak Djabarov !

— Comment vous a-t-on volé, et quand est-ce arrivé ?

— Ils m'ont volé il y a trois jours, mon âme, et comment c'est arrivé, je suis venu te le demander. Si je l'avais su, je ne serais pas venu. Tu comprends ? Alors, de grâce, écoute et réfléchis. Cela ne te coûtera rien ! »

Djabarov rapprocha son siège de Sherlock et se remit à parler :

« Tu vois maintenant de quelle affaire il s'agit ? Il n'y a plus d'affaire ! Pas de commerce, pas d'usines, pas de ventes !… Allonge-toi et meurs… Voilà ce que c'est ! Alors, le peuple joue fort ! Tu connais Arakel Makdaniants ? Lui non plus ? C'est devenu quelqu'un d'important, il a mis la main sur le « Moulin ». Tu comprends, mon âme ? »

Sherlock Holmes hocha la tête.

« Il ne vaut rien mais il joue fort. Il est possible de perdre beaucoup d'argent en jouant avec lui. Ce n'est pas pour rien si toutes les racailles y jouent. Ils ont beaucoup d'argent. Tu connais Aristide Mavrotokis ? Tu ne le connais pas ? Comme tu es donc ! Tu ne sais rien à rien. Il a un énorme capital, mon âme ! » S'interrompant sur des broutilles, et se dérobant souvent, Djabarov parvint à faire comprendre ce dont il s'agissait.

Trois jours auparavant, dans le bouge de Makdaniants, il avait gagné douze mille. Il avait enveloppé cet argent dans du papier, avec une très chère bague en diamant et des documents extraordinairement importants, et lors d'une pause dans la partie, dans le couloir, il avait caché le paquet dans une poche secrète de son manteau.

À la question de Sherlock quant à savoir pourquoi il n'avait pas gardé le paquet avec lui, Djabarov expliqua qu'il était plus en sûreté dans le couloir que dans la salle, parmi toutes les personnes suspectes qui surveillaient son jeu.

Il précisa que d'ailleurs, durant l'agitation qui avait suivi, il s'était précipité comme tout le monde, pour fuir. À cause de la cohue dans le couloir, il n'avait pu enfiler son manteau et il l'avait tenu dans ses bras. Quand il était enfin revenu chez lui, il avait constaté avec horreur que dans la bousculade et le bruit, ce manteau avait été remplacé par un autre.

Il ne s'agit encore que d'un squelette, mais Sherlock Holmes commençait déjà à lui donner corps.

VII.

« Peut-être, commença-t-il, que quelqu'un vous a suivi depuis le couloir. Essayez de bien vous souvenir.

— Je m'en souviens bien, mon âme. Il y avait quelqu'un. Il était, il était… »
Sherlock Holmes leva légèrement les sourcils.

« … roux comme un diable. Il clignait sans cesse des yeux et il me regardait. Il tournait comme une girouette autour de la table. Et alors qu'il montait l'escalier, il s'est retrouvé sur mon chemin, que le diable l'emporte.

— Alors, vous le soupçonnez ? demanda Sherlock.

— Vous comprenez l'affaire ? Il s'est retrouvé sur mon chemin, m'a poussé sur le côté en regardant dans tous les sens. Il voulait faire peur à Djabarov ! 'Attention', qu'il a dit… Tu comprends ?

— Ne pensez-vous pas que cette personne voulait simplement vous avertir ?

— Allez, s'il te plaît ! De quoi devait-il m'avertir ? Il y aurait des gens comme ça chez Makdaniants ? Non, il n'y en a pas. Serais-tu stupide ? Tu ne comprends pas ? »
Sherlock sourit légèrement.
« Alors qu'avez-vous ?
— Ça ? »
Djabarov ôta de ses genoux l'objet qui intéressait Sherlock.
« Je te l'ai apporté pour te le montrer. C'est un vieux manteau. Ils m'ont pris le mien, et m'ont donné celui-là ! Là, regarde, s'il te plaît, comment ils ont pris Djabarov pour un imbécile ! »
Sherlock regarda. C'était quelque chose comme un grossier imperméable d'été. Il l'enfila sur lui-même, fouilla dans ses poches puis rejeta nonchalamment l'imperméable dans un coin du divan.
« Je vais le garder chez moi.
— Prends-le, je t'en prie ! Je te le donne. As-tu compris l'affaire ? Je ne regrette pas l'argent, mais les documents et la bague. Nous regagnerons de l'argent, compte là-dessus. Le document est important, mon âme, nous serons perdus, sans lui. Et la bague… Une bague enchantée ! Elle m'est très chère. Cherche, s'il te plaît, nous t'en serons reconnaissant !
— Quel genre d'anneau était-ce ? »
Djabarov décrivit en détail l'objet perdu.
« Dites-moi, s'il vous plaît, demanda Sherlock après avoir écouté attentivement, êtes-vous retourné là-bas après le vol ?
— Où ça, mon âme, là-bas ? Il n'y a plus de 'Moulin', tu comprends ? La police est venue, elle pensait à une réunion clandestine, et ils ont fermé l'établissement de Makdaniants !
— Alors il a abandonné son affaire ?
— Ah, ce que tu es ridicule ! Tu ne comprends pas pourquoi ? Pourquoi ce que tu dis est stupide ? C'est possible, des gens qui ne jouent pas ? Makdaniants serait du genre à abandonner ses profits ? Ils ont fermé ici, mais Makdaniants a ouvert un autre 'Moulin', dans un autre endroit. Tu comprends ?
— Et vous êtes allé là-bas ?
— Eh bien oui, mon âme. Comment aurais-je dû faire autrement ? J'ai cherché le voleur, et j'ai joué aux cartes. Ce voleur coûte cher !
— Eh bien ? Avez-vous trouvé quelque chose ?

— Si j'avais trouvé, je ne serais pas venu te voir ! Il était donc idiot de ramener sa viande ? Mavrotokis était là. Kassim Nam était là… Tu connais cet Abkhaze ? Il était là. Vinoshvili était là. Makdaniants lui-même a joué.

— Et Makdaniants jouait gros ? l'interrompit soudainement Sherlock en regardant ses ongles.

— Il a joué très gros, mon âme. Il a volé beaucoup d'argent donc il peut jouer gros.

— Dites-moi, avez-vous parlé de votre perte à quelqu'un ?

— Pour qui me prends-tu, dis-moi, s'il te plaît ? Tu crois que nous sommes stupide ? Nous comprenons l'affaire ! Nous sommes silencieux comme une carpe ! »

Sherlock questionna à nouveau Djabarov au sujet du nouveau « Moulin » de Makdaniants. Il se trouvait dans une des datchas de la Petite Fontaine. Après avoir noté l'adresse transmise par l'Arménien, Sherlock libéra son visiteur.

VIII.

Ce fut seulement lorsque Djabarov fut masqué par la porte que Sherlock éclata gaiement de rire.

« Eh bien, Watson, cria-t-il en repoussant les rideaux qui cachaient la pièce voisine, avouez que vous ne vous attendiez pas à ce que cet homme, la simplicité incarnée, me prenne pour un voleur ! Ça n'est pas si mal, les cheveux roux ! Voyons voir s'il dira quelque chose d'autre aujourd'hui, quand il rencontrera à nouveau le diable rouquin.

— Vous allez vous refaire le même déguisement ?

— Oui… Voyez-vous, Watson, cette affaire est, à proprement parler, trop simple, et je ne sais même pas si cela vaut la visite que nous allons effectuer. Ces Caucasiens sont capables des crimes les plus violents, mais je n'ai jamais connu un peuple qui se soucie si peu d'effacer ses traces. Prenez au moins ce cas réel ! Des gens voient qu'une personne gagne sans faire beaucoup d'efforts, sous leurs yeux, des sommes colossales, qui pourraient d'un coup les sauver de la misère ou du suicide. La base est créée. Mais on manque de patience pour élaborer un plan. La tentation est si grande, l'argent si proche : le sang bout… Faudrait-il réfléchir, ici ? Le vol s'accomplit de la façon la plus grossière. Oui je n'étais pas le seul à comprendre pourquoi Djabarov était sorti dans le couloir, mais pour voler l'argent, et uniquement l'argent, l'esprit et l'endurance ne suffisaient pas.

Je dis l'esprit, car ils n'ont pas pu trouver tout de suite la poche secrète, et dès qu'ils l'ont trouvée ils n'ont pas pensé à la découper. Alors ils ont pris le tout, le manteau entier, et à la place ils ont laissé ce machin. »

Sherlock prit le manteau, le déploya et en retourna les poches.

« C'est bien cela, dit-il avec une expression dégoûtée et méprisante sur la figure, en examinant les bouts de papier sales qui en tombèrent. Quelques lambeaux… ahem… des chiffres… c'est trop peu… encore des chiffres… ça ne va pas… hum… tiens ! »

Sherlock siffla.

« Il semble que Monsieur Djabarov n'ait pas remarqué cela. Regardez, Watson, un morceau de papier frais, plié dans un tube, pour être remarqué. Ce petit bout est resté coincé dans ce coin de la casquette, et n'a pas été vu. Voyons donc ce que c'est. »

Sherlock déploya le morceau de papier, le regarda, le lut, et éclata soudain de rire en lui assénant une gifle.

« Voilà qui n'est pas une mauvaise chose !… J'avais vraiment peur que ce soit écrit en géorgien, mais non, c'est en russe. C'est de la main même d'Arakel Makdaniants, et c'est adressé au prince Vinoshvili. Regardez ce qui est écrit ici ! »

Sherlock lut à voix haute :

« S'il te plaît, laisse-moi tranquille… Tu demandes de l'argent ? Est-ce que nous avons fait affaire ensemble ? Je n'ai pas d'argent pour tous les ânes du prince ! Pourquoi tu veux me faire peur ? Dis-moi, s'il te plaît. Frapper à coup de poignard, Vinoshvili sait le faire. Mais laisse-moi tranquille. »

« C'est écrit au crayon, et probablement à la hâte. Et attention, Watson, ce n'est pas signé. Mais heureusement moi, Sherlock Holmes, j'ai vu pendant le jeu des inscriptions à la craie laissées par Makdaniants sur le tapis, et cela me suffit. C'est donc le manteau de Vinoshvili. Eh bien, que dites-vous de cela ? »

Watson se mit à rire.

« Voilà une assez bonne petite affaire pour Sherlock Holmes… Que puis-je dire ? Il semble que tout soit clair comme de l'eau de roche. Ce soir avec cette preuve, ce sera le bon moment pour prendre en défaut ce Géorgien.

— Vinoshvili ?

— Eh bien oui !

— Le Géorgien Vinoshvili ? » répéta tranquillement Sherlock pour lui-même, en baissant les yeux. Et il se mit à réfléchir. « Le fait est, mon cher Watson, dit-il après avoir gardé un temps le silence, que ce soir je comptais tout observer chez Makdaniants, en général. Je ne sais pas s'il sera bienvenu de se laisser distraire. Il m'est venu à l'esprit… pourquoi ne mettriez-vous pas cette babiole sur vous ?

— Eh bien quoi ? » Watson sourit. « Je ne suis pas opposé à prendre votre rôle. Allons-y !

— Alors, tope-là ! »

IX.

À dix heures du soir, Holmes et Watson étaient déjà au nouveau « Moulin » de Makdaniants. C'était une vaste pièce qui avait auparavant servi d'entrepôt. Les deux amis s'y introduisirent sans problème, grâce au mot de passe fourni par Djabarov.

Celui-ci debout, comme apponté contre Mavrotokis, voyant un grand étranger à la tête rousse, concentra immédiatement son attention sur lui. Le résultat d'un tour venait à peine de tomber qu'il chiffonna en hâte son argent et le fourra dans sa poche avant de se déplacer doucement vers l'endroit où Sherlock se trouvait.

Celui-ci se tenait près de la table où se trouvait Makdaniants, et à le voir, personne n'aurait dit qu'il ne s'intéressait pas au jeu. Il avait même misé deux fois, avec succès. Il suivait maintenant le sort de la troisième et regardait de temps en temps Ursula qui, comme la dernière fois, était assise derrière la chaise de l'Arménien.

Il entendit soudain un chuchotement moqueur dans son dos :

« Vous voilà bien riche. Vous misez beaucoup d'argent aux cartes. Vous pariez beaucoup ! »

Sherlock ne tourna pas la tête, il ne montra même pas qu'il avait entendu quelque chose, et, imperturbable, il ramassa son argent sur la table : il venait encore de gagner.

« Pourquoi tu te tais ? Djabarov te parle ! Il veut faire connaissance… »

Comme si on ne s'était pas adressé à lui, Sherlock Holmes plaça en silence une nouvelle mise. Djabarov n'exagérait pas : Makdaniants, en effet, jouait assez gros et maintenant distribuait.

« Écoute ! » En colère, Djabarov serra la main de Sherlock. « Pourquoi tu fais cette gueule d'abruti ? Tu ne comprends pas ? Je te parle ! Allez, s'il te plaît, nous avons deux mots à te dire… »

Sherlock Holmes embrassa la foule qui s'entassait dans la pièce de son regard vif. Une scène attirait déjà son attention. Makdaniants le regardait, Mavrotokis le fixait. Alors il se tourna d'un bloc vers Djabarov et, pour se faire entendre de tous, cria :

« Quel vol ? Comment osez-vous dire que j'ai volé quelque chose ? Je vous vois pour la première fois ! »

Sa voix était si puissante que tout le monde l'entendit, même dans les moindres recoins. Curieux, plusieurs bondirent de leur place. Tout autour, ce fut la cohue.

Djabarov, le visage rouge sans, siffla :

« Tais-toi ! Pourquoi cries-tu ? Pourquoi dis-tu ce mensonge ? Qui a parlé de vol ? Tais-toi, s'il te plaît ! Allons dans un coin, nous voulons te dire deux mots… »

Djabarov ne lâchait pas la main de Sherlock, il semblait vouloir le faire céder par la force. Deux ou trois personnes venaient vers eux.

Djabarov cria après elles.

« Tout d'abord », dit calmement Sherlock dès qu'ils se furent suffisamment éloignés de la table et qu'on ne fit plus attention à eux, « lâchez ma main. Puis dites-moi, pour l'amour de Dieu, combien de temps vous comptez encore me poursuivre ? Chut… ne vous étonnez pas si fort !

Sherlock Holmes, tournant le dos au public, décolla légèrement sa barbe et sa moustache. Djabarov le reconnut et faillit en tomber de surprise.

« Tiens… fit-il dans un fort chuchotement, eh bien, tiens, pour l'amour de Dieu… »

Une admiration sincère brillait dans ses yeux.

« Ah, comme tu es intelligent ! Ah ah ah… Alors toi, avec une telle trogne, tu es venu la première fois, et tu as rendu Djabarov idiot. Ah ah… Tiens, s'il te plaît ! Et nous t'avons pris pour un voleur… Eh bien, tiens, s'il te plaît… »

Djabarov ne pouvait retenir son étonnement et sa joie.

« Comme vous le voyez, dit Sherlock, vous n'avez pas cherché le voleur là où il fallait. Mais ne vous inquiétez pas : aujourd'hui ou demain, il sera entre nos mains. C'est jusqu'ici tout ce que je peux vous dire. Maintenant, tout en parlant, reculez avec moi, en direction de la fenêtre… plus près… voilà, comme ça. Faites semblant d'être très échauffé par la conversation... Fâchez-vous. Agitez-les mains... Voilà. Maintenant, je vais sauter par la fenêtre. Tout le monde le verra. Vous devrez faire semblant d'être confus. Vous pourrez même crier. Rappelez-vous : pas un mot à personne, concernant le vol ! Et ne revenez plus ici pendant deux jours. On vous interrogera à mon sujet : débarrassez-vous de cela par le silence. Tout cela est nécessaire. Ensuite je vous expliquerai... Encore plus près de la fenêtre... Voilà, comme ça. Où est-ce que ça débouche ? Je vous remercie... Encore un pas... Et maintenant, au revoir ! »

En un clin d'œil, les deux battants de la fenêtre furent ouverts, et aussitôt, une fugitive masse sombre passa dans les croisées et disparut.

Djabarov en resta bouche bée. Il était vraiment perdu, car il ne s'était pas attendu à une telle rapidité étourdissante.

X.

Voyons maintenant ce que faisait le Docteur Watson pendant ce temps.

Il était arrivé dans la salle, avait trouvé Vinoshvili et se tenait tout près de lui. Et ils misaient ensemble.

Peu à peu, à force de services mutuels, tandis qu'il fallait repousser têtes et épaules étrangères de la table pour déposer ou reprendre de l'argent, la conversation fut lancée.

Watson ne cessait de s'étonner de la retenue du Géorgien : celui-ci, en dépit de sa richesse, ne plaçait que des mises dérisoires, comme s'il avait peur qu'on découvre cette richesse. Cette peur de se trahir était si forte que, lorsque par chance il gagnait deux ou trois roubles, il simulait une joie exceptionnelle. Ses doigts se mettaient à trembler, ses yeux se faisaient brusquement avides et brillants.

Lorsque le scandale avec Sherlock commença à se jouer, Watson s'éloigna de la table, attirant Vinoshvili avec lui.

Sans changer de ton ni d'expression, comme s'il continuait l'intéressante conversation, il déclara :

« Voici votre manteau, Prince ! »

Et il déplia le paquet. Sans plus se retenir, comme piqué au vif, Watson dévorait du regard Vinoshvili.

« Tu as mon manteau ? Comment ça se fait ? Eh bien, tiens, s'il te plaît… Je pensais que je l'avais définitivement perdu. Et toi, tu l'as récupéré ! Eh bien merci, mon âme, merci ! Pourquoi tu te taisais, jusqu'ici ?

Vinoshvili secoua le manteau et le jeta sur ses épaules.

« J'avais sacrément peur, j'en ai perdu la tête. J'avais oublié mon manteau, mon âme. Et quand je m'en suis rendu compte, je n'ai pas voulu retourner sur mes pas. Je tiens à la vie. Tu comprends ? Je le pensais perdu pour toujours, et toi… tu me le rapportes ! Eh bien, merci à toi, merci ! »

Watson se laissa aller à l'étonnement. Non seulement Vinoshvili ne semblait pas déconcerté, mais il maîtrisait parfaitement son jeu, si toutefois c'était un jeu. La chose aurait pu coûter cinq roubles, qu'il se serait réjoui pour ces cinq roubles.

« Dis-moi, s'il te plaît, mon âme, comment mon manteau t'est parvenu. »

Sans sourciller, Watson répondit :

« Je l'ai ramassé dans la rue. Un homme l'a jeté.

— Un homme l'a jeté ?

— Oui… Cet homme, il y a trois jours, revenait comme moi de la rue du Port. Cette nuit-là, il marchait devant moi, et soudain, en colère, il a jeté cette chose sur le pavé. Je l'ai ramassée. Et j'ai découvert par hasard que ça vous appartenait.

— Et dis-moi, s'il te plaît, qui est cette personne ? »

Vinoshvili prit un air intéressé. Alors Watson, sans le quitter des yeux, dit brusquement :

« Djabarov !

— Djabarov ? Là, mon âme, je ne comprends pas… Pourquoi Djabarov ? Pourquoi l'avait-il ? D'où le tenait-il ? »

Watson retenait avec peine son indignation. Avec un sourire pincé, il dit :

« Si vous ne savez vraiment pas ce que Djabarov pouvait faire de ça, je peux vous le dire. J'ai entendu dire qu'il y a trois jours, au vieux 'Moulin' de Makdaniants, Djabarov s'est fait voler. Qu'on a pris son manteau et qu'on l'a remplacé par le vôtre !

— Ha, ha, ha ! »

Vinoshvili éclata de rire.

« On a volé le manteau de Djabarov ? Ha, ha, ha ! Quel genre d'escroc a pu faire ça ? C'est son argent, qu'il faut voler à Djabarov, pas son manteau ! Le sien ne vaut pas un sou ! Ah, quel imbécile ! Ha, ha, ha ! »

Watson, pâle, sans dire un mot, se leva et entra dans la salle.
« Attends… où vas-tu ? Pourquoi tu pars déjà ? Eh bien, merci, merci… Tu m'as fait rire… »

XI.

Dans la nuit, Watson, mécontent et de très mauvaise humeur, déclara à Sherlock :
« Pendant une heure, je me suis débattu avec ce Vinoshvili, et je n'ai rien pu faire.
— Mais qu'est-ce que Vinoshvili a à voir avec ça, mon cher Watson ? »
Sherlock rit et s'assit à moitié sur son lit.
« Vous n'obtiendrez jamais rien de lui. Il semble, mon ami, que ma plaisanterie traîne un peu ! »
Puis, cessant de rire, il dit avec sérieux :
« Vous voyez, mon cher, si on suit votre piste, on se heurte obligatoirement contre un mur. En toute honnêteté, je n'ai d'abord pas pensé que vous puissiez prendre sérieusement Vinoshvili pour le coupable de toutes ces absurdités. Et quand je l'ai vu, j'avoue que j'ai voulu vous donner une petite leçon. Vous rappelez-vous cette scène dans la salle, quand Djabarov, en réponse à la demande de Vinoshvili, a jeté de l'argent sur le plancher ? Tous avaient vu cette scène, et on pouvait supposer qu'ensuite Vinoshvili ne resterait pas l'ami de Djabarov et chercherait à se venger. Et c'est sur cette hypothèse que le vrai voleur a jusqu'à présent élaboré son plan, un plan à vrai dire très simple.
— Makdaniants ? prononça Watson d'une façon indécise.
— Eh bien, oui, Watson. Je ne pense à personne d'autre. C'est trop évident. Peut-être qu'Ursula l'a aidé, mais cela n'a pas d'importance. Ce qui importe, c'est que cela fait depuis longtemps que l'idée de dévaliser Djabarov est en eux. Vous souvenez-vous qu'Ursula a pâli quand Djabarov l'a regardée ? En fait, j'ai bâti mon hypothèse qu'il sera obligatoirement volé ce soir-là uniquement sur ça ! »
Sherlock le regarda d'un air significatif.
« On glisse justement le manteau de Vinoshvili : c'est un petit joueur, un homme presque apeuré, il ne fera pas de bruit à cause d'un manteau perdu. Voilà pourquoi le sien, et nul autre. Vinoshvili déteste Djabarov, il a sans cesse besoin d'argent et ferait n'importe quoi pour en avoir. Enfin Vinoshvili est bête à manger du foin et ne pourra pas s'en sortir. Alors pour qu'il n'y ait pas le

moindre doute que tout est de son œuvre, on a obligeamment mis dans la poche de son manteau une note compromettante roulée. Cette note devait être obligatoirement retrouvée par le nouveau propriétaire du manteau, qui verrait ainsi qu'il appartient à Vinoshvili, et que celui-ci avait auparavant cherché de l'argent par des voies assez sombres… Voilà tout.

Au fait, avez-vous cette note ?

— Oui, je l'ai gardée.

— C'est bien. Cela nous sera utile. Certes, toute cette blague a été conçue pour un homme d'intelligence assez similaire. Mais il est vrai que Djabarov est comme ça ! Maintenant, bien sûr, vous comprendrez pourquoi moi-même j'ai joué la comédie aujourd'hui dans la salle. Il fallait en effet endormir coûte que coûte Makdaniants, lui montrer que Djabarov s'est jeté en direction de la fausse piste, même si on admet que le voleur n'est pas Vinoshvili. Donc Djabarov n'avait pas encore fouillé dans ses poches ni trouvé la fameuse note. C'est encore mieux : cela embrouille plus l'affaire ! Pourvu que l'enquête ne parvienne pas jusqu'à lui, Makdaniants. Maintenant, tout est calme et c'est justement ce dont nous avons besoin pour le moment. Le matin est plus sage que le soir ! Maintenant, il faut dormir, dormir et dormir ! »

Et sur ces mots, Sherlock se tourna vers le mur et s'enveloppa dans sa couverture.

XII.

Le lendemain, avant de se rendre à la Petite Fontaine, Sherlock détailla à Watson le plan qui lui semblait le meilleur pour atteindre son but le plus tôt possible.

« Je pense que maintenant, nous devrions mettre l'accent plutôt sur la complice Ursula que sur Makdaniants. Cet Arménien est méchant comme un diable et têtu comme un âne ! »

Quand Sherlock Holmes et Watson arrivèrent au « Moulin », le jeu battait déjà son plein.

Sherlock Holmes était maintenant grimé en jeune homme brun, et faisait l'effet d'un commis ou d'un petit entrepreneur.

Il s'installa à la table à laquelle Makdaniants était assis avec sa sœur. Il se mit à gauche de la banque, juste à côté de l'endroit où Vinoshvili s'était déjà retrouvé par hasard. Watson se tenait à sa droite.

Le Géorgien accueillit son ami de la veille avec un hochement de tête et un sourire amical découvrant ses dents blanches et tranchantes comme celles d'un loup.

Ils pontèrent presque ensemble. Ils firent ainsi jusqu'à ce que Makdaniants achève un jeu de cartes et qu'on commence à lui préparer de nouvelles cartes. Ils marquèrent une courte pause.

Ce fut lors de cette accalmie que Watson soudain se pencha sur la table et tendit à Vinoshvili le bout de papier déplié, lentement, maladroitement, sous les yeux de Makdaniants et de telle manière que ce dernier put facilement le voir, et même le lire.

« J'ai oublié de vous dire, hier, Prince, que ce bout de papier est tombé de votre manteau. »

Sherlock pouvait être satisfait de ce numéro.

Que Makdaniants ne fût pas resté indifférent à cette éphémère scène était évidemment perceptible. Il pâlit légèrement, puis jeta un rapide coup d'œil à Watson, avant de fixer immédiatement Vinoshvili avec une telle expression de cruauté et de méchanceté que le pauvre Géorgien confus s'écarta de la table sans rien comprendre.

Sherlock n'avait pas besoin d'autre chose.

Quelque temps plus tard, il parla tranquille avec Watson.

« Vous dites que les bons bras font les bonnes lames, mais, mon cher Watson, ce n'est que la moitié de l'affaire, même pas le quart ! Nous devons absolument avoir une conversation avec Ursula », dit Sherlock Holmes, en ne quittant pas des yeux la table. Quelque chose, là-bas, avait soudainement attiré son attention.

« Sur mon honneur, Watson, murmura-t-il soudain alors que son visage s'éclaircissait, nous sommes nés sous une bonne étoile. Traitez-moi d'imbécile si Makdaniants n'est pas en train d'envoyer Ursula s'expliquer avec Vinoshvili. Il me semble qu'il boit en ce moment son vin kakhétien dans cette écurie qu'ils appellent 'buffet'. Suivez-moi dans le couloir. Elle ne peut pas le rater. »

Sherlock ne s'était pas trompé. Il ne s'était pas écoulé deux minutes dans le couloir sombre qu'apparut une figure féminine.

Le détective bondit d'un coin.

« Ne vous inquiétez pas ! » Il toucha légèrement la main de la jeune femme et dit de sa voix douce qui était tant aimée des dames : « Si vous voulez du bien à votre frère, vous devez faire que je vais vous dire maintenant.

— Qui es-tu ? demanda Ursula, marchant timidement.

— Votre ami… N'ayez pas peur de moi. Indiquez-moi un endroit où on ne nous empêchera pas de parler… Maintenant. »

Ursula regarda Sherlock de ses larges yeux perplexes et ne bougea pas. La voix de l'étranger la désarmait. Elle y croyait, n'y croyait pas, et avait peur.

« Tu ne feras pas de mal à Ursula ? Ursula ne fait de mal à personne.

— Non, non… Mais pour l'amour de Dieu, vite ! »

La curiosité l'emporta.

« Eh bien, Ursula te croit… »

Et s'étant décidée, la jeune femme les conduisit rapidement en avant. Par une porte étroite, ils émergèrent dans une petite cour herbeuse.

XIII.

S'étant avancée de quelques pas au fond, Ursula s'arrêta. Ils ne pouvaient maintenant plus être vus de la cour.

« Parlez vite, murmura-t-elle, mon frère attend… Il sera en colère. »

Sherlock réfléchit un moment. Il fallait immédiatement lui soutirer des aveux et mettre fin à cette affaire. Il n'y aura peut-être pas de moment plus favorable que celui-ci. Mais pour une raison quelconque, il se sentit désolé pour cette jeune femme. Peut-être n'était-elle qu'un instrument aveugle entre les mains de son frère ?

Tout cela lui traversait l'esprit tandis qu'il réfléchissait par quoi commencer. Il se décida finalement :

« J'ai peur de vous contrarier, Ursula, commença-t-il. Il me semble qu'en vous-même vous êtes une personne bonne et que vous n'agissez qu'à l'instigation de quelqu'un d'autre. Mais vous devez savoir que vous et votre frère êtes accusés d'un grave crime… Attendez… Ne me répondez pas sans réfléchir. Vous êtes constamment surveillés, tous les jours… Observés depuis la nuit où votre ancien repaire a été fermé. Tout a été vu, pesé et évalué, et votre jeu ce soir-là, et le grand jeu que votre frère mène maintenant. Toutes les preuves sont contre vous. Vous êtes presque fichus. Je ne vous demande pas si vous comprenez de quoi je parle. Vous le savez. Il serait inutile maintenant de le nier. Vous le savez, Ursula ? Dites-moi… Je ne vous souhaite aucun mal. Je vais vous aider à vous sauver. Maintenant, il n'est pas trop tard. Parlez ! »

Ursula resta silencieuse durant un certain temps, et seule sa respiration hachée se faisait entendre.

Soudain, d'une voix à peine audible, elle dit :

« Je sais…

— C'est bien. Vous n'avez pas à regretter d'avoir avoué. »

La voix de Sherlock se fit plus douce.

« Je vois que vous êtes une jeune femme honnête. Maintenant, il nous sera plus facile de discuter. Votre faute tient juste en ce que vous étiez trop influencée par votre frère.

— Makdaniants n'est pas le frère d'Ursula ! l'interrompit soudain la jeune femme.

— Votre… ami ?

— Ursula n'a pas d'ami… C'est mon mari !

— Je suis désolé, murmura Sherlock. Je suis vraiment désolé… »

Un appel chuchoté calmement surgit dans le noir.

Ursula sursauta.

« Ur-su-la !

— C'est Arakel… »

Et de désespoir, Ursula se jeta soudain aux pieds de Sherlock :

« Écoute, ne nous ruine pas… Pourquoi es-tu venu supprimer le bonheur de la pauvre Ursula ? Ursula n'a personne… Aie pitié de nous… Je t'en supplie à genoux. Je lui ai dit : 'Viens, Arakel, en Arménie. Nous vivrons comme tout le monde'. Arakel ne m'a pas écoutée, il a ri. 'Foutaise', il a dit. Eh bien, sauve-nous, au nom du Christ. Ursula priera Dieu pour toi, pour toujours… Écoute… »

On chuchota à nouveau :

« Ur-su-la ! »

« Eh bien, dis-moi, pourquoi es-tu silencieux ? J'ai peur que tu te taises ! »

Sherlock s'efforçait de détacher la jeune femme de ses jambes. Il la releva.

« Écoutez ce que je vous dis. Vous allez maintenant vous rendre auprès de votre mari, et l'amener ici. Vous ne serez pas en mesure de vous échapper. Vous êtes entourée d'agents de tous les côtés. Vous pouvez ne rien dire à votre mari. Mais amenez-le ici, j'utiliserai toutes mes forces pour vous sauver. Et je sais que je réussirai. J'en parlerai moi-même à Djabarov !

— Djabarov ? demanda brusquement Ursula. Djabarov a vu ? Ah, je savais, je savais qu'il avait vu… Je l'ai dit. Djabarov déteste Arakel. Djabarov va ruiner Arakel et Ursula.

— Non, non… Djabarov ne vous fera rien. Je m'en porte garant. »

Pour la troisième fois l'appel retentit, plus fort cette fois-ci.

« Ur-su-la !

— Je cours !

— Souvenez-vous, chuchota Sherlock après elle. Nous vous attendons ici. »

Ursula hocha la tête et disparut.

XIV.

Quelques minutes plus tard, un léger craquement suivi d'un bruissement dans les buissons, et elle réapparut devant Sherlock avec son mari.

Il faisait encore nuit, et le détective ne pouvait voir le visage de l'Arménien.

Il décida alors d'agir directement.

D'un pas ferme, il s'approcha de Makdaniants, et laissa tomber sa main sur son épaule.

« Vous êtes Arakel Makdaniants ?

— C'est moi.

— Je suis Sherlock Holmes ! »

Un silence lui répondit.

« Si vous connaissez mon nom, alors vous connaîtrez aussi ce dont je vais vous parler.

— Je comprends, mon âme !

— Donc, nous n'avons pas beaucoup de temps pour discuter. Vous allez rendre maintenant tous les papiers, jusqu'au dernier.

— Je le ferai, sois tranquille. »

À en juger par le ton calme, et même légèrement moqueur, qu'employait Makdaniants, il était certain qu'Ursula avait déjà discuté avec son mari.

« Peut-être les avez-vous avec vous ?

— Nous ne les avons pas. Ne t'en fait pas, s'il te plaît : je rendrai jusqu'à la dernière feuille. Ils sont cachés chez un ami. Ils sont entre des mains sûres, ne t'inquiète pas.

— Pourquoi ne les avez-vous pas cachés chez vous ?

— Nous ne voulions pas garder une telle chose… Tu comprends ? C'est compromettant, pour nous. Nous ne voulons pas ! »

Sherlock ne put s'empêcher de sourire.

« Où vit votre ami ?

— Rue du Port. Tu connais ? L'établissement Makdaniants s'y trouvait. Eh bien c'est près, tout près. Nous irons au port, il n'y en a que pour un instant. Ne t'en fais pas !

— Dans ce cas, allons-y maintenant !

— Allons-y, s'il te plaît ! »

L'attitude de l'Arménien concernant cette affaire commença à choquer Holmes. Soit Makdaniants ne reconnaissait pas le délit de vol, soit il était trop sûr de s'en tirer facilement.

« La loi punit sévèrement le vol, dit Sherlock avec sévérité.

— Quel vol ? » Il y avait une indignation sincère dans la voix de l'Arménien. « Quel vol, dis-moi ? Quelle fausse babiole j'aurais pris ? Pourquoi dis-tu cela ? Celui qui a pris un truc faux n'est pas un voleur, juste un idiot qu'il faut blâmer !

— Comment ça, faux ? » Sherlock était terriblement surpris. « Djabarov a dit…

— Djabarov ? Ton Djabarov est un imbécile. Djabarov est un demeuré ! Il croit que s'il gagne beaucoup il devient intelligent. Djabarov dit tout. Djabarov est heureux de casser les reins à Makdaniants.

— Écoutez, Makdaniants ! »

Sherlock commençait vraiment à être inquiet.

« Maintenant, l'affaire est close, et je n'ai plus à ruser. Mais j'accomplirai ce que j'ai promis. Expliquez-moi une chose. Djabarov ne vous soupçonnait pas, et il n'a aucune raison de mentir. Vous dites : des faux. Très bien. Faites comme vous voulez. Mais expliquez-moi : avec quelles ressources pouvez-vous conduire le jeu, maintenant ?

— Quoi ? Ha, ha, ha ! Tu penses à quelque chose de volé ? Non, mon âme, Makdaniants a son propre argent. Demande : tout le monde le sait. Tu penses que mon club rapporte peu ? Peut-être que Makdaniants est plus riche que Djabarov ! Ne pense pas ! Makdaniants ne taille pas la discussion, mais il comprend beaucoup entre-temps. Non, mon âme, nous ne donnons pas de faux papiers. Les gens ne sont pas assez bêtes pour les prendre. Tu as compris ? Avant, nous pensions nous-mêmes que ces papiers étaient vrais. Et Vinoshvili l'a pensé aussi. Il m'a demandé de l'argent contre son silence. Mais pourquoi lui donner de l'agent. Rien n'a été donné.

— Vous lui avez écrit à ce sujet ?

— Écrit ? Comment le sais-tu ?

— Est-ce la note qui vous a tant embarrassé aujourd'hui, et que vous aviez fourrée dans son manteau ?

— Pourquoi son manteau ? Pourquoi fourrer une poche ? J'ai envoyé la femme. Donné de la main à la main. Il ne m'effraye pas, ce cul-fou. Voilà comment... Et tu as fait ce scandale... Pourquoi effrayer cette pauvre femme ? Pourquoi provoquer un scandale ? Nous rendrons, nous donnerons tout. Nous n'en avons pas besoin. Eh bien, mon âme, tu veux aller au port, allons-y maintenant. Seulement nous prendrons notre chapeau. N'aie pas peur, nous ne nous échapperons pas. Nous viendrons, maintenant. »

Et Makdaniants s'en alla tranquillement vers la maison avec Ursula.

Les deux amis se turent quelque temps après leur départ.

« Vous savez, Watson, dit finalement Sherlock d'un air sombre, vous aviez peut-être raison. Ces Caucasiens sont vraiment d'horribles canailles ! Nous avons trouvé le voleur, mais à vrai dire, je dois avouer que j'ai cessé de comprendre quoi que ce soit clairement.

— Eh bien, répondit Watson avec un sourire, je dispose d'un avantage sur vous. Puisque je ne suis pas Sherlock Holmes, je peux dire sans honte que je n'y comprends vraiment rien. »

XV.

Il était environ onze heures du soir, quand tous les quatre s'en allèrent au port.

La journée entière, en ville, s'était passée dans l'anxiété.

Tôt le matin, dès l'instant où un canot du « Potemkine » s'était amarré au môle, avec à bord le cadavre du député-matelot, la population avait surgi en masse dans le port.

On prononçait des discours, on chantait des chansons, on criait « Hourra ! ». À cinq heures, une barque vint du navire de guerre chercher le cadavre, et à partir de là commença le débordement sauvage et fantastique de la foule, qui restera pour toujours dans la mémoire du peuple d'Odessa. Les gens, comme fous, se précipitèrent au port, et en un instant tous les magasins, les entrepôts, les boutiques furent dévalisés. Ils commencèrent à piller. Ils entraînèrent et détruisirent tout ce qui leur tombait sous la main. Ils marchaient et allaient en voiture, surchargés de ballots, mais tout ce qu'ils n'avaient pas le temps d'emporter, ils le brisaient en morceaux et le jetaient à la mer. Ils séchaient les flaques de champagne avec de la soie, et semaient le thé comme s'il s'agissait de sciure de bois. Et ils se saoulaient moins de vodka et de vin que des terribles colères à tout casser qui s'emparaient de tout le monde.

À neuf heures en différents endroits, les flambeaux voltigèrent.

Quand notre petite compagnie se retrouva dans la rue, il faisait nuit, mais la foule criait comme un essaim effrayé. Les ombres des gens se confondaient, et tout était noyé dans un ruisseau noir et bouillonnant, qui s'écoulait irrésistiblement vers un lieu précis : le port. Ici, en banlieue, on criait que les voies d'accès à la ville étaient coupées, puisque toute Odessa était déjà noyée dans le brasier. Et cela semblait bien être le cas : une lueur gigantesque, engloutissant la moitié du ciel, s'étendait, tourbillonnait, grandissait, se rapprochait et jetait déjà des lueurs ensanglantées sur la foule. Ce fut un moment tragique quand le port intérieur de navigation côtière s'embrasa, communiquant le feu aux innombrables entrepôts et dépôts de charbon, qui occupaient l'estacade sur le môle.

Plus on s'approchait de la ville, plus tout devenait clair. Les vitres des maisons brûlaient du feu qu'elles reflétaient. Et à chaque pas le flot humain se faisait plus large et turbulent. De loin en loin, des détachements d'infanterie marchaient à la hâte, au pas de course. La cavalerie passait... Accompagnant la fumée tourbillonnante et les gerbes de feu et d'étincelles, des bourdonnements et des sonneries s'étendaient sur la ville.

Sherlock et Watson, en vrais Anglais, amateurs de sensations fortes, se sentaient parfaitement à l'aise et s'avançaient poussés par une curiosité avide. Au reste, la scène avait capturé tout le monde, et lorsque le son caractéristique du cor d'alarme retentit et qu'une salve éclata en l'air, personne ne rebroussa chemin.

Makdaniants servait de cicérone. Sherlock était maintenant sûr que l'Arménien, non seulement n'allait pas profiter de l'occasion pour s'échapper d'une promenade qui ne risquait pas de lui être agréable, mais qu'il était pressé de se débarrasser de l'affaire.

Près du port, où il était presque impossible de se frayer un chemin, il les fit tous passer avec habileté par la descente Narychkinsi, et bientôt tout le groupe se déplaça avec la foule dans la zone portuaire.

À ce moment-là en mer, les navires flambaient de fond en comble comme des torches géantes, et de loin en loin, entre ces minces piliers de feu, on pouvait voir la côte déserte de la Flèche, inondée de lumière.

Tout autour régnaient la terreur et la mort. Les gens désemparés criaient, chutaient et tombaient entre les poutres fendues et les murs fissurés, éclairés par les flammes vacillantes. Dans un hurlement et des cris sauvages, la foule se précipita et – tra-tata-tah – elle fut immédiatement dispersée, abandonnant de vivantes masses grouillantes et bousculées.

Tra-tata-tah… Tra-tata-tah…

XVI.

Makdaniants prit la direction de la rue du Port, et ce fut comme si tous avaient échappé à la fournaise. Ils poussèrent un soupir de soulagement. Les vagues ne semblaient atteindre que cet endroit. La station électrique avait explosé, et la foule s'était précipitée par là.

En regardant la rue rougie par le feu mais calme, comme déserte, on ne pouvait croire qu'à proximité, à deux pas, on tirait des coups de feu et des gens tombaient.

Pourtant, cela brûlait ici aussi. Les flammes remontaient lentement le long de la chaussée et léchaient avec douceur les piteuses bicoques.

Makdaniants s'arrêta près d'un bâtiment en bois.

« Eh bien, Dieu merci ! Dit-il. Je pensais que la maison avait déjà disparu. Que Makdaniants avait disparu aussi. Et tu aurais dit : Makdaniants est un voleur, un filou. Eh bien, Dieu merci ! Attends, s'il te plaît, ici. Moi, j'arrive vite… Je sais où c'est… »

Et il se glissa derrière un portail, où il s'arrêta une seconde et, secouant la tête, il désigna un endroit juste du côté opposé, où, à quelques pas d'eux, un bâtiment commençait à prendre feu. Tout le monde regarda et se rendit compte de ce qui se passait. Le vieux « moulin » de Makdaniants, où avait débuté tout ce bazar, brûlait.

Apparemment, aujourd'hui, quelqu'un avait déjà donné des ordres près de lui et même à l'intérieur. Les volets des fenêtres et les portes elles-mêmes avaient été arrachés, formant d'énormes trous noirs béants.

Le feu enveloppait le bâtiment par l'arrière. La flamme s'élevait lentement contre le mur, elle lécha le toit et rampa.

Tout le monde regardait.

Une mince langue ardente courut en avant, se pencha, jeta un coup d'œil dans l'intérieur sombre, éclaira un instant une petite pièce déserte, arracha de l'ombre des profondeurs le fantôme d'un visage fantastique et s'élança en arrière.

Sherlock reconnut cet endroit, les quelques volées de marches et la loge : c'était le hall d'entrée.

De nouveau la langue s'élança, suivie d'une autre sur le côté. Elles se rencontrèrent chemin faisant, scintillèrent puis disparurent.

Et soudain des milliers de ces langues enflammées, sifflantes, se penchèrent sur le toit, et tous les trous sombres, jusqu'à la dernière fente, s'éclairèrent d'une lueur rouge vif. Ursula cria éperdument. Sherlock lui-même pâlit.

Il était évident que quelqu'un dormait, là-dedans. Ce qu'ils avaient imaginé était bien réel. L'homme, visiblement ivre mort, sommeillait presque debout, la poitrine contre un mur et la tête dans un angle. Dans une minute il serait face à la fournaise.

Et Sherlock n'eut alors plus qu'une idée en tête. Sans réfléchir, il s'élança… mais Watson le retint.

« Arrêtez, Sherlock ! Votre vie est plus importante que la mienne ! »

Et avant que quiconque ait réagi, il avait disparu dans les flammes.

Deux ou trois minutes s'écoulèrent, presque une éternité. Pendant ce temps, la maison avait été totalement encerclée par le brasier, formant un immense feu de joie. Watson ne revenait pas.

Makdaniants arriva, un paquet dans les mains. Il toucha l'épaule de Sherlock, mais celui-ci écarta brusquement son bras.

« Que diable ! Ne me dérangez pas maintenant ! »

Un craquement se fit entendre, les murs chancelaient déjà et le toit menaçait de tomber. Encore une seconde… et soudain, tout noir de fumée et de suie, les cheveux en flamme, cachant son visage dans ses mains, Watson sortit du brasier. Il était seul.

Tous lui demandèrent :

« Alors ?

— C'est trop tard ! » répondit Watson en détachant ses mains de sa face.

Ses yeux étaient confus et il évitait de regarder droit devant lui.

Au prix de bien des difficultés, à seulement une heure du matin, ils parvinrent à s'échapper du port.

XVII.

Ils ne prirent pas le temps de parler en chemin. En traversant l'inquiétante foule, ils ne pouvaient que réfléchir à la façon de se rendre à l'hôtel. Hors du port, cette foule bouillonnait encore plus.

Enfin rendus, les esprits se reprirent.

Il se trouva que Djabarov attendait déjà longtemps Sherlock. L'Arménien était très excité.

« Tu es arrivé ! s'exclama-t-il, rayonnant. Eh bien, mon âme, ça nous a fait très peur ! J'ai pensé : tu es bel et bien foutu ! C'était effrayant de marcher. Eh bien, parle… Nous t'attendons, nous ne pouvons pas dormir ! Parle, que je sache si je dois te remercier ou pas ! »

Sherlock sourit avec indulgence.

« Ne vous a-t-on jamais dit, Djabarov, qu'on ne gronde jamais Sherlock Holmes ? »

D'un léger hochement de tête insouciant, il dit en se tournant vers Makdaniants :

« Allez, Makdaniants, allons-y ! Ne traînons pas ! »

Et il prit un paquet de papier des mains de l'Arménien.

Il prit… et recula soudainement, tandis que ses yeux s'écarquillèrent.

La mémoire lui revint, comme un éclair. Il avait déjà vu ce paquet quelque part. Oui, oui. Sa mémoire ne pouvait le trahir. Où était-ce ? Oui, oui, dans ce même « moulin » de Makdaniants. Et cette même nuit. Mavrotokis l'avait sorti de la poche… avec de l'argent ! Il se traînait sur la table… Ah, voilà ce qu'ils ont apporté, et voilà auprès de qui ils ont commis ce vol ! Voilà pourquoi Mavrotokis le regardait de très près lorsqu'il jouait au voleur piégé !

Et le paquet de Djabarov ? Où était-il ?

« Qu'est-ce qu'il y a, là-dedans ? demanda-t-il d'une voix éteinte.

— Comment, mon âme, 'qu'est-ce qu'il a' ? Tu le comprends bien ! Regarde ça ! »

Sherlock regarda.

C'était une liasse de faux reçus de la société de fret N., ces mêmes reçus dont la police trouva les détenteurs, et qui, comme l'avait dit justement Makdaniants, ne valaient plus un kopeck !

Sherlock devint blanc comme linge.

Djabarov le regarda, Holmes regarda Djabarov.

Il se produisit alors une petite scène qui ne fut alors comprise par personne, pas même le grand Sherlock.

S'étant doucement levé, Watson tira soudain de sa poche et jeta sur la table un énorme paquet enveloppé dans du papier journal.

Il en tomba de l'argent, des papiers et un anneau. Sherlock poussa involontairement un faible cri.

« Est-ce tout, Monsieur Djabarov ?

— Mon âme ! »

Djabarov s'élança vers la table.

« Est-ce que tout est là ?

— Ah, mon âme... mon âme... »

Les doigts tremblants, Djabarov commença à compter. Tout le monde restait silencieux. Sherlock observait, ne comprenant rien et n'en croyant pas ses yeux.

« Il y a tout. Tout ! »

Et, s'étouffant de joie, l'Arménien s'écria :

« Prends l'argent. Nous crachons sur l'argent ! Prends, s'il te plaît... Prends tout. Pour l'anneau, pour les documents... De grâce, je te le demande : prends !

— Ce pourrait être le cas, Sherlock Holmes ! » dit Watson froidement, et, jetant un coup d'œil rapide au détective, puis baissant les yeux en souriant brièvement, il ajouta avec modestie :

« Je n'y suis pour rien. »

Comme le paquet avait été retrouvé, personne ne demanda d'explications, et dix minutes plus tard, la chambre était vide de ses visiteurs.

Alors seulement Sherlock releva la tête.

« Je vous remercie, Watson, dit-il doucement. Vous avez sauvé ma réputation. »

Et, rougissant, il ajouta encore plus doucement :

« Peut-être aurez-vous la bonté de m'expliquer... ce qui s'est passé ?

— Ce qui s'est passé ? »

Le visage plissé par le rire, Watson se gratta le nez en faisant une amusante grimace de singe.

« Voyez-vous, Sherlock, l'affaire est assez simple, il faut l'avouer. Imaginez que cet imbécile, ce crétin, s'est mis à casser les pieds de Sherlock Holmes juste parce qu'il s'est trompé et a pris le manteau d'un autre sur un cintre... Oui, oui, Sherlock... Ne faites pas ces yeux ! Et quand je suis parti dans les flammes pour sauver quelqu'un, il n'y avait personne à sauver, pour la simple raison que ce n'était pas un homme, mais juste un manteau qui en avait l'apparence. Oui, oui, tranquillement accroché à un cintre. Par contre, pourquoi l'idée que le manteau ait pu être abandonné là pendant le tumulte de l'évacuation, ne nous est pas venue à l'esprit me reste un mystère.

— Watson ! »

Sherlock se couvrait le visage des mains.

« Watson, pour l'amour de Dieu. Watson, ceci doit rester entre vous et moi. L'Europe doit rester en dehors de ça ! L'Europe n'a pas besoin de savoir quoi que ce soit à ce sujet !

Voilà pourquoi on ne trouve rien sur cette affaire dans les mémoires de Watson.

Traduit du russe par Viktoriya et Patrice Lajoye

Anonyme

L'affaire du journal *La Flammèche* et Sherlock Holmes

– 1908 –

Le 6 juin, la rédaction de *La Flammèche* a reçu un télégramme de Londres, dont nous publions immédiatement le fac-similé. Il est écrit en russe, mais est donné en caractères de l'alphabet latin. Le voici :

> « *La Flammèche* publie des histoires sur mon séjour à Moscou, Odessa et Bakou, se moquant de mon travail. Qui est l'auteur ? Donnez immédiatement son nom. Je suppose que c'est un rival.
> Sherlock Holmes. »

Comme nos lecteurs le savent, trois histoires d'auteur anonyme ont été publiées concernant les activités de Sherlock Holmes dans ces villes. Mais en les publiant, nous étions persuadés que le héros « mondialement célèbre » des histoires de Conan-Doyle était le fruit le plus pur de l'imagination, un personnage inventé nécessaire à l'écrivain anglais afin de montrer d'une manière évidente, comme l'avait fait autrefois Edgar Alan Poe dans le *Scarabée d'or*, combien la méthode déductive d'investigation est parfaitement applicable au travail de détective.

Grande fut la surprise de la rédaction de *La Flammèche* à la lecture de ce télégramme, signé Sherlock Holmes, qui est donc une personne vivante faite de chair et de sang.

Malgré cette mystification évidente, les éditeurs ont répondu par une lettre expédiée à l'adresse (Londres, Baker Street, 221), qui est mentionnée dans tous les récits de Conan Doyle comment étant celle du domicile principal de son héros. Bien entendu, le comité de rédaction ne s'attendait pas à une réponse, puisqu'il avait des raisons de supposer que cette adresse était aussi fictive que le destinataire.

Le contenu de la lettre était le suivant :

> « Nous sommes stupéfaits par cette demande d'une personne qui s'appelle Sherlock Holmes. L'auteur des histoires est anonyme, et il n'est pas dans les habitudes du comité de rédaction de dévoiler les noms de ses employés. Cependant, si la personne qui a signé le télégramme au nom de Sherlock Holmes n'est pas fictive, les 'capacités remarquables' de son prototype devraient lui permettre de retrouver lui-même l'auteur. »

D'une façon assez inattendue, la rédaction a reçu le 11 juin un télégramme laconique :

« J'arrive à Pétersbourg pour identifier l'auteur.
Sherlock Holmes. »

Qu'est-ce donc ? Un canular ou une simple blague ?
Le fait étrange n'est bien sûr pas dans le texte de la réponse, mais dans le fait de sa réception. Par conséquent, une personne qui s'appelle Sherlock Holmes habite bien à l'adresse indiquée par Conan Doyle.
En tout cas, la rédaction verra bientôt à qui elle a réellement affaire. Et les lecteurs de *La Flammèche* seront informés de la suite des événements.

Traduit du russe par Viktoriya et Patrice Lajoye

K. V. N.

Sherlock Holmes en Russie

– 1905 –

Ces derniers temps, Sherlock Holmes était très occupé. La police ne traitait plus une affaire sans ses conseils ou son aide, et bien des particuliers lui avaient confié la tâche de démêler les intrigues les plus embrouillées.

Malgré toute cette somme de travail, il était rare en effet qu'avec sa merveilleuse habileté, il ne puisse illuminer les endroits où s'appesantissaient les ténèbres les plus épaisses et les mystères les plus impénétrables soumis par des particuliers. Il travaillait avec amour, et avec une ingéniosité inégalée, sans songer à une rémunération.

Un soir, je fumais une dernière pipe dans ma chambre en lisant un roman. J'avais travaillé toute la journée et j'étais fatigué. Soudain, la sonnette retentit. Je regardais l'horloge : il était minuit moins le quart. On devait m'appeler pour me rendre au chevet d'un malade tombé gravement malade. La femme de chambre était déjà couchée, aussi me rendis-je en bas pour ouvrir. Imaginez mon étonnement quand Sherlock Holmes apparut sur le seuil.

« J'espérais vous trouver encore debout, me dit-il.

— Entrez, mon cher, je vous prie.

— Vous êtes surpris de me voir à cette heure, n'est-ce pas ? Vous avez raison. Les cendres sur votre veste me disent que vous fumez toujours du mélange arkadien. Puis-je passer la nuit chez vous ?

— Bien sûr.

— Merci. Je retire mon manteau. Ah, ah ! Aujourd'hui, vous avez eu beaucoup à faire. Vos chaussures sont poussiéreuses, mais pas boueuses… signe que vous avez circulé en voiture… et que les visites étaient plus nombreuses que d'habitude. Sinon vous seriez parti à pied. Merci, j'ai dîné à Waterloo… mais je fumerais volontiers. »

Je lui tendis une pipe. Il s'assit en face de moi, fuma pendant plusieurs minutes en silence. Son caractère taciturne exacerba ma curiosité, car je savais qu'il s'agissait du prélude d'une révélation importante.

« Mon cher Watson, me dit-il en soufflant des nuages de fumée vers le plafond, j'ai besoin de vous.

— Vous savez que je suis toujours à votre service.

— Il faudra me consacrer quelques jours.

— Je le ferai.

— Et vos malades ?

— Le docteur Jackson acceptera de me remplacer.

— Très bien. Nous partons demain pour la Russie.

— Pour la Russie ?

— Oui, mon cher Watson. Préparez votre valise, prenez ce qui est indispensable, n'oubliez pas votre revolver, et nous partons. »

J'avoue que je n'avais jamais pensé à l'idée de revenir au pays des neiges, et que l'idée de ce voyage ne m'enchantait pas. Cependant, je n'hésitai pas. Il m'aurait semblé ingrat, et lâche, de laisser mon ami partir seul, surtout alors qu'il avait dit avoir besoin de moi. Je n'ai pas le droit de dévoiler le secret qui avait forcé Sherlock Holmes à voyager dans l'immense empire slave, d'autant plus qu'il s'agit d'une histoire récente, dont certains protagonistes sont encore vivants. Mais je peux raconter sans crainte d'être indiscret, un épisode de ce voyage, que j'ai consigné dans mes notes.

*

Peu de temps après, nous étions installés dans un train de la Compagnie internationale en direction du Nord. Holmes rompait l'ennui du trajet en décrivant les villes et les coutumes de Russie avec force détails, ce qui montrait que mon ami avait bien étudié le pays dans lequel nous nous rendions. J'entendis avec surprise, je n'ai pas honte de le dire, que les rues de Pétersbourg ne sont pas remplies d'ours blancs, que les Russes ne mangent pas de viande crue et ne boivent pas de l'alcool pur, mais de la « vodka », une boisson qui peut être agréable. Et qu'il y a parmi eux beaucoup de gens bien éduqués. Une certaine classe de Russes, les Cosaques, pouvaient bien manger des bougies de suif, mais uniquement lorsqu'ils ne sont pas vus par des étrangers. Grâce à la conversation et aux plaisanteries de mon ami, les heures filèrent de façon imperceptible et nous approchâmes de Pétersbourg.

Le train s'était arrêté devant une petite station de campagne. La porte de notre voiture s'ouvrit, et une belle jeune femme, vêtue avec beaucoup d'élégance, entra. Elle était accompagnée d'un gentleman qui, à en juger pas son apparence, devait être un membre de la haute société aristocratique. Ils parlaient en français. La dame avait un sac de voyage avec une fermeture finement ouvragée. Je vis derrière la gare le véhicule qui l'avait conduite ici : un beau dog-cart dont le cocher portait une riche livrée. Je remarquai aussi que le serviteur qui avait aidé la dame à monter dans la voiture, portait des boutons ornés d'une couronne. La dame semblait être la femme d'un comte, et s'en retournait à la capitale après un court séjour à la campagne durant la saison de la chasse.

« Et surtout, ne perdez pas votre sac de voyage ! » cria le gentleman avant de lui dire au revoir.

Sherlock Holmes et moi étions descendus pour nous dégourdir un peu les jambes. Mon ami ne manquait pas une occasion d'exercer ses talents d'observation. Nous nous approchâmes de la locomotive. Mon ami s'arrêta une seconde puis me dit :

« Il s'agit d'une machine Compound, fabriquée à Cokerill, testée il y a trois ans. Elle devrait être réparée cette année.

— Comment le savez-vous, demandai-je avec étonnement.

— L'alphabet ! Vous avez oublié, cher Watson, que ma méthode consiste à aller toujours au plus simple. Eh bien, c'est simplement écrit dessus. Il ne faut pas beaucoup de talent pour le voir ! »

De fait, Sherlock Holmes avait raison. C'était facile… du moment qu'on savait le russe ! Et il semblait donc que mon ami le comprenait très bien. Mais je n'en déchiffrais même pas l'alphabet.

Je levai les yeux et vis l'aide du machiniste vaciller, comme s'il était pris d'une maladie soudaine. Le pauvre homme était vraiment pâle. Je fis un pas en avant pour lui apporter une aide médicale, mais Holmes me retint.

« Retournons en arrière, me dit-il, sinon nous risquons de rater le train. »

La dame était assise dans le compartiment à côté du nôtre. Il y avait dans celui juste derrière nous un homme au visage étrange et au regard sombre. Sa figure était encadrée d'une barbe rousse et hirsute comme ses mèches de cheveux, qui s'échappaient de sous sa casquette sale. Il portait des bottes boueuses et son manteau était usé jusqu'à la trame. Il grommela, fronça les sourcils, serra les poings. Je l'entendis dire alors quelques mots au conducteur.

« Avez-vous vu, Watson ? me demanda mon ami à voix basse lorsque nous nous fûmes assis dans notre compartiment.

— Cet homme ?

— Oui, cet homme. Il a donné une pièce au conducteur.

— Je n'ai rien remarqué.

— Une pièce de cinquante kopecks », ajouta Holmes en bourrant sa pipe.

Il allongea ses jambes sur la banquette d'en face, comme il le faisait à Baker Street, et il commença à s'envelopper d'épais nuages de fumée. Je connaissais les habitudes de mon ami : je ne doutais pas qu'il réfléchissait à quelque chose.

« Nous devons agir ! Immédiatement ! » s'écria-t-il soudain.

Je ne comprenais pas ce qu'il fallait faire, assis dans cette voiture, mais Holmes se leva, sortit dans le couloir et frappa à la porte du compartiment occupé par la dame.

Elle s'ouvrit immédiatement.

« Je vous prie d'excuser mon audace, déclara mon ami en français, et avec cette courtoisie naturelle grâce à laquelle il était à l'aise même dans les milieux aristocratiques. Mais c'est une question importante…

— Une question importante ? En quoi suis-je concernée ?

— Je pense que vous êtes une comtesse, et que vous portez des choses précieuses dans votre sac de voyage.

— Comment le savez-vous ?

— Je suis Sherlock Holmes ! »

La dame poussa un cri d'émerveillement et de joie. Elle avait tant entendu parler de cet homme illustre. Elle avait même lu la traduction française d'un de mes romans, et voulait tant rencontrer le protagoniste !

Sherlock Holmes rayonna en apprenant comment sa renommée avait franchi les frontières de sa patrie pour atteindre l'Empire des Tsars.

« Par conséquent, je vous demande de me faire totalement confiance. Avant d'arriver à Pétersbourg, le train s'arrêtera à Tsarskoie Selo. Quand nous y arriverons, nous descendrons, vous, moi, et mon ami Watson, puis… soyez tranquille…

— Pourquoi voulez-vous que je descende ?

— Nous irons à Pétersbourg en calèche.

— Très bien. Mais pourquoi ?

— Parce que c'est nécessaire, pour votre bien-être. »

La dame rit. Il semblait cependant que le ton solennel de Sherlock Holmes l'ait marquée. Au moins accepta-t-elle.

« Ce sera amusant, dit-elle. Vous autres, Anglais, êtes de grands originaux.

— La pauvre, m'a susurré Holmes en retirant la valise du filet. Elle ne remarque même pas l'épée de Damoclès suspendue au-dessus de sa tête… et de la nôtre. »

Nous descendîmes à Tsarkoie Selo, et nous prîmes notre petit-déjeuner dans un modeste restaurant. Pour tout dire, je n'y comprenais rien, mais si Sherlock Holmes, sentant un danger, pensait qu'il était utile d'interrompre notre voyage, cela voulait dire qu'il avait de bonnes raisons, et que ce danger était vraiment imminent. Pendant que nous mangions, mon ami envoya un homme au bureau de poste demander l'envoi immédiat d'une voiture. L'homme revint : le bureau n'avait pas de véhicule de disponible.

Sherlock Holmes ne sembla pas surpris. Il avait manifestement prévu cette réponse. Il plissa les yeux et dit :

« Trouvez à tout prix une autre voiture. Je vous donnerai cinq livres, si vous nous transportez à Pétersbourg. »

La comtesse applaudit. Cinq livres, près de cinquante roubles pour une vingtaine de kilomètres : ah, seuls les Anglais sont généreux ! Peu de temps après, une troïka russe traditionnelle stoppa devant le restaurant. Nous prîmes place, le cocher fouetta les chevaux et nous nous en allâmes comme le vent.

« Voulez-vous vous rendre à votre hôtel particulier ? demanda Holmes à la comtesse.

— Non, je préfère un hôtel normal.

— Vous voulez dire, n'importe quel hôtel ?

— Oui.

— Peut-être est-ce mieux ainsi. Ce sera plus prudent. Dites-moi, d'autres aventures de ce genre vous sont-elles arrivées ?

— Plusieurs fois.

— Et la police ?

— La police n'a pas trouvé bon de s'en mêler.

— Peut-être n'en savait-elle rien.

— Oh non, je ne pense pas… »

La comtesse fronça les sourcils et se tut, comme si cette conversation ne lui plaisait pas. Cependant elle ajouta :

« Une fois, j'ai sauté par la fenêtre, dans la rue, et puis plus rien… »

Holmes n'insista pas davantage. Son regard ne se détachait pas du cocher. Soudain, l'homme fouetta les chevaux, et au lieu de les orienter vers le pont qui se tenait devant eux, il les poussa directement vers une petite rivière. Mon ami bondit, saisit son revolver, attrapa le cocher et pointa l'arme sur sa tempe.

« Petit père, ne me tue pas ! » cria l'autre, tremblant d'effroi, avant de se jeter du siège.

Sherlock Holmes prit sa place, saisit les rênes et nous conduisit vers le pont et la chaussée. Le cocher cria dans notre dos des mots que nous ne comprîmes pas. Vous auriez dû voir mon illustre ami, alors ! Sa personne semblait plus grande et plus raide, avec son chapeau en tissu à carreaux cousu comme un casque colonial, guidant la troïka russe !

Nous arrivâmes à Pétersbourg. Je croyais que cet équipage inhabituel susciterait les soupçons de la police de la ville. Mais ce fut grâce à la renommée de Sherlock Holmes que le premier policier que nous rencontrâmes nous salua et accepta de s'occuper de notre véhicule. Nous continuâmes à pied. Mon ami sortit son plan de Pétersbourg, qu'il avait déjà étudié depuis longtemps et sans avoir demandé conseil à quiconque. Il nous conduisit à l'hôtel indiqué par la comtesse. Il n'était pas de premier ordre, mais néanmoins très cher. On nous y fit payer un rouble pour un café au lait.

La comtesse réserva la chambre à côté de la nôtre. Après nous êtres lavés et peignés, nous descendîmes à la gare récupérer notre malle, qui était censée être arrivée avec le train. Mais, en passant devant le vestiaire, Sherlock Holmes s'arrêta et, désignant un manteau qui y était accroché, me dit :

« Savez-vous, mon cher Watson, de quoi il s'agit ? »

J'avouais n'en avoir aucune idée.

« C'est le manteau de l'homme à barbe rousse qui occupait le compartiment à côté du nôtre. Allez à la gare. Je dois rester ici. »

Je perdis beaucoup de temps à récupérer la malle. Quand je rentrais à l'hôtel, Sherlock Holmes m'escorta jusqu'à notre chambre. Il était joyeux et se frottait les mains.

« Maintenant, me dit-il, tout est clair, mon cher Watson.

— Parlez, répondis-je. Je brûle d'impatience.

— Voilà. Mon implacable ennemi, le professeur Moriarty est vivant, et il séjourne à Pétersbourg, et prépare des intrigues contre moi, ici, en Russie, n'osant plus apparaître en Angleterre.

— Le professeur Moriarty, vivant ?

— Qui d'autre ? Jugez-en. À Tsarskoie Selo, j'ai envoyé une lettre à mon adresse, au bureau de poste. Le croirez-vous ? La lettre s'est perdue.

— Vraiment ?

— Je vous l'assure ! Mais ce n'est pas tout. Il y a quelques minutes, je suis allé à la cabine téléphonique.

— Eh bien ?

— Ça sonnait, ça sonnait... Mais le croirez-vous, le standard ne m'a pas répondu. Tous mes efforts sont restés vains.

— Impossible !

— C'est pourtant comme ça. Admettez que seul l'art diabolique d'un adversaire tel que le professeur Moriarty peut faire que les lettres ne parviennent pas à destination et peut perturber le réseau téléphonique quand un correspondant veut parler à quelqu'un de toute urgence. N'êtes-vous pas de mon avis ?

— Oui, bien sûr, le professeur est là. Mais cette affaire avec la comtesse ?

— Oh, une histoire ordinaire, claire comme de l'eau de roche. La dame portait dans son sac de voyage quelque chose qui lui avait été offert par le monsieur qui l'a accompagnée à la gare, et qui est son mari.

— De l'argent ?

— Non, quelque chose de plus précieux.

— Des diamants ?

— Plus précieux encore.

— Comment ça ?

— Des documents diplomatiques relatifs au destin de l'Empire. Et c'est juste pour voler ces documents qu'on a voulu organiser un accident de train.

— Un accident ?

— Tout à fait. Avec le train que nous avons pris. Avez-vous remarqué la pâleur de l'aide-machiniste et la façon dont il se balançait ?

— Oui. Cet homme était malade. J'ai voulu l'aider, mas vous m'en avez empêché.

— Il n'était pas malade, il était ivre.

— L'assistant du machiniste ?

— Oui. Ça sentait l'alcool à des kilomètres. J'ai immédiatement senti l'intrigue. Ne vous semble-t-il pas étrange qu'un homme qui a entre les mains la vie de centaines de personnes soit ivre ? Cela m'a tout de suite frappé, et j'ai commencé à démêler l'écheveau dont j'avais trouvé le bout. Le machiniste du train était saoul ! Voulez-vous me demander à cause de qui ? De l'homme à la barbe rousse, mal habillé, qui est monté dans notre voiture de première classe. Le malfaiteur a donné une pièce au conducteur. C'est entre eux et le machiniste que se nouait l'intrigue.

— Mais le conducteur n'a reçu qu'une pièce de cinquante kopecks ! Croyez-vous qu'il se serait vendu pour un montant aussi dérisoire ? Je pense qu'en Russie aussi, ils reçoivent un salaire tel qu'ils ne font pas attention à de telles bagatelles.

— Watson, vous m'avez été utile dans bien des cas, mais actuellement vous raisonnez comme un débutant. Bien sûr, ce n'était pas le prix payé au conducteur. C'était le signe que la catastrophe se produirait dans cinquante verstes.

— Eh bien ! m'exclamai-je. Le plan était merveilleux. L'homme à la barbe rousse aurait profité de la confusion qui aurait suivi le désastre pour s'emparer du sac de voyage de la comtesse.

— Vous commencez à comprendre. Maintenant, vous comprenez aussi pourquoi je voulais descendre à Tsarskoie Selo puis continuer par la route ?

— Vous avez sauvé et la comtesse, et nous.

— Et tous les voyageurs, à partir de la descente de la dame. Car il n'y avait plus de raison de commettre ce crime horrible. En fait, le train est arrivé à Pétersbourg sans incident d'aucune sorte.

— Vous êtes un grand homme !

— Mais le danger n'était pas encore passé. Nous sommes descendus à Tsarskoie Selo, nous avons été suivis, mais je suppose que le professeur Moriarty n'était pas présent. Oh, mon adversaire avait tout prévu ! Le bureau de poste n'avait plus de véhicule, nous n'avons obtenu qu'une troïka, alors que j'avais promis, et donné, cinq livres. Alors le cocher a voulu nous renverser dans la rivière. Si je n'avais pas sorti mon revolver et menacé de mort ce brigand, nous reposerions maintenant au fond de l'eau... et le sac de voyage serait entre les mains des persécuteurs de la comtesse. Mais ce n'est pas tout. Quand j'ai voulu sortir avec vous pour ramener la malle de la gare, j'ai vu au vestiaire le manteau de l'homme à la barbe rousse.

— Comment l'avez-vous reconnu ?

— Rien ne m'échappe, cher Watson. Je vous ai envoyé à la gare et je suis resté ici pour continuer mon enquête. J'ai appris que cet homme s'appelle Tioufiakov. Il est descendu à cet hôtel et a choisi une chambre à côté de la nôtre... ou mieux, de celle de la comtesse. Vous savez maintenant que la comtesse s'est installée tout près, et Tioufiakov juste ici. Regardez. »

Sherlock Holmes frappa avec ses doigts contre le mur qui séparait notre chambre de celle de Tioufiakov.

Un bruit caractéristique se fit entendre, révélant clairement que le mur était creux.

« Voilà un vide, certainement une porte secrète qui donne dans l'autre pièce. Il n'y a pas de doute... Je vais passer la nuit dans la chambre de la dame... On verra si on peut se jouer de Sherlock Holmes ! »

J'étais ravi. Jamais encore le génie de mon ami ne m'avait autant éclairé.

La comtesse accepta que Sherlock Holmes passe la nuit dans sa chambre, pour sa propre sécurité, et capture sans faute le voleur. Je restai dans notre chambre, plaçant le revolver à la tête du lit, et j'attendis, prêt à me précipiter à l'aide de mon ami à son premier cri. Mais la nuit, cependant, fut tranquille.

*

Dans la matinée, Sherlock Holmes revint dans notre chambre. Il était un peu gêné et me dit seulement :
« Ah, Docteur Watson, si vous saviez quel genre de comtesse ils ont en Russie ! »
Puis il ordonna d'appeler le directeur de l'hôtel pour lui poser une question :
« Connaissez-vous la dame installée à côté de nous ? lui demanda-t-il.
— Je la connais, depuis longtemps.
— Qui est-ce ?
— Mais, une cocotte française.
— Comment, une cocotte ? Vous vous trompez. C'est une comtesse qui est descendue ici incognito pour ne pas se rendre dans son hôtel particulier, compte tenu du danger qui la menaçait…
— Elle n'a jamais possédé ne serait-ce qu'une petite maison. Elle va dans un hôtel ou un autre, le plus souvent dans le nôtre. Pour autant que je sache, ces derniers jours, elle était l'invitée du comte Zamoïski, dans sa propriété près de Pétersbourg. Ils étaient ici, une fois, pour boire, et elle divaguait à tel point qu'elle a sauté par une fenêtre du rez-de-chaussée. Le comte l'a emmenée avec lui dans son domaine. Il est célibataire. »
Sherlock Holmes fronça les sourcils.
« Je ne crois pas vos histoires. Est-il admissible qu'un comte raccompagne une 'cocotte' à la gare, dans sa propre voiture avec le blason de sa famille, et avec un domestique ?
— Je ne peux rien vous dire concernant la voiture et le domestique, mais Lolotte était bien l'invitée du comte dans son domaine. »
Mon ami sortit bien ennuyé. Il revint une demi-heure plus tard accompagné d'un inspecteur de la police secrète. Ils discutaient vivement. Sherlock Holmes me présenta au Russe, puis reprit le fil de la discussion :
« Alors, demanda-t-il au policier, vous ne savez rien de l'attaque contre le train ?
— Non, rien. Au final, je ne vous crois pas.
— Eh bien, j'ai vu de mes yeux l'adjoint du machiniste s'agiter et tomber presque à terre, tellement il était ivre ! »
Le Russe se mit à rire.

« Cher Holmes, non seulement les adjoints du machiniste sont ivres, mais les machinistes eux-mêmes !

— Vous vous moquez de moi ?

— Même pas.

— Très bien. Alors comment expliquez-vous ceci ? » Et Sherlock lui raconta l'affaire du cocher.

« Ici, voyez-vous, le cocher a pris votre destin à cœur. Le pont était communal et, en Russie, les ponts communaux sont dans un tel état qu'il y a moins de danger à traverser le fleuve qu'à passer dessus.

— Mais pourquoi ne trouvai-je pas de voiture au bureau de poste ?

— Ici, les bureaux de poste n'ont pas de véhicule à l'usage des voyageurs.

— Et l'homme à la barbe rousse, ce mendiant qui était dans une voiture de première classe ?

— Quel homme ?

— Tioufiakov, qui a pris une chambre à côté de la nôtre.

— Tioufiakov ? Mais il n'est suspect de rien. C'est un richissime marchand, célèbre.

— Richissime !

— Oui. Il possède trois millions, si ce n'est plus.

— Mais pourquoi porte-t-il un vieux manteau et des bottes sales ? Vous vous moquez de moi.

— Tout le monde s'habille comme il veut. »

Sherlock Holmes eut un sourire dédaigneux. Il voulut tirer une dernière salve. Il se déplaça et tapota les murs du doigt.

« Vous entendez ? Il y a un vide, ici.

—Tous les murs de Pétersbourg sont creux. On les construit en élevant deux pans de briques fines, séparés d'un vide qui est rempli de gravats. Avec le temps, ces gravats se tassent et laissent un vide. C'est toujours comme ça. »

Sherlock Holmes commençait à se mettre en colère, ce qui ne correspondait pas à son caractère. Mais ces absurdités pouvaient faire perdre patience à n'importe qui.

« Savez-vous, dit-il enfin, qu'à Tsarskoie Selo, j'ai posté une lettre à mon adresse, qui n'est pas arrivée, et j'ai fait sonner le téléphone durant une demi-heure, sans avoir de réponse du standard ?

— Mais c'est une chose très ordinaire, ici. »

Alors Sherlock Holmes le chassa, se promettant de se tourner vers d'autres sources d'information. L'Anglais ne pouvait saisir dans son esprit qu'un comte accompagne une « cocotte » à la gare, qu'un machiniste boive pendant son temps de travail, qu'il ne faille pas passer sur les ponts provinciaux, que les murs des maisons soient creux. Et il lui semblait encore plus impossible, sans doute comme à tout Anglais, que les lettres n'arrivent pas et que les employés du téléphone ne remplissent pas leur tâche.

Mais aussi monstrueux que fussent ces faits, ils furent confirmés par d'autres sources.

*

Quand mon ami eut résolu à l'affaire pour laquelle nous nous étions rendus en Russie, nous revînmes à la maison, où il resta assis longtemps, pensif. Puis il secoua la tête et dit :

« Ah, mon cher Watson, la Russie est un pays étrange ! Rangez votre revolver : nous n'en aurons plus besoin. »

Traduit du russe par Viktoriya et Patrice Lajoye

Arkadi Avertchenko

La galoche perdue de Dobbles

- 1908 -

Nous étions assis dans notre confortable appartement de Baker Street, tandis que dehors il pleuvait et qu'une tempête soufflait. Curieusement, chaque fois que je raconte quelque chose sur Holmes, ce ne peut être sans pluie ni tempête…

Et donc, comme d'habitude, il y avait une tempête ; Holmes, comme d'habitude, fumait en silence, et comme d'habitude encore, j'attendais à mon tour d'être surpris.

« Watson, je vois que vous souffrez d'une parulie. »

Cela me surprit :

« Comment le savez-vous ?

— Il faudrait être un imbécile pour ne pas le remarquer ! Votre joue enflée est serrée dans un foulard.

— C'est admirable ! Quel sens de l'observation. »

Holmes saisit un tisonnier et l'attacha avec ses mains fortes en un nœud coquet autour de son cou. Puis il sortit son violon et joua une valse de Chopin, un nocturne de Nostradamus et une polonaise de Vasco de Gama.

Il achevait la 39ᵉ symphonie de Jules Henry Zimmerman, quand un inconnu en manteau taché de boue fit irruption avec éclat dans la pièce.

« Monsieur Holmes ! Je suis John Bengam… Pour l'amour de Dieu ! J'ai été volé… volé… Ah ! c'est si terrible de le dire… »

Les larmes lui brouillèrent la vue.

« Je sais, dit calmement Holmes. On a volé vos bijoux de famille. »

Bengam essuya ses larmes avec sa manche, et regarda Sherlock avec une surprise non dissimulée.

« Comment dites-vous ? Quoi… de famille ? Ce sont mes poèmes qui ont été volés.

— C'est ce que je pensais ! Racontez-moi les circonstances de l'affaire.

— Quelles circonstances ? Je me promenais le long de Trafalgar Square, et je les portais, mes poèmes, sous le bras, quand quelqu'un me les a arrachés et s'est enfui en courant. Je l'ai poursuivi, et il a perdu une de ses galoches. Le voleur s'est sauvé, mais voici cette galoche. »

Holmes prit la chaussure en caoutchouc, l'examina, la renifla, la lécha avec sa langue, et finalement, en détachant un petit morceau, il le mâcha et l'avala.

« Maintenant, je comprends ! » dit-il avec joie.

Attentifs, nous fixâmes nos regards sur lui.

« Je comprends parfaitement que cette galoche est en caoutchouc ! »

Étonnés, nous avons bondi de nos fauteuils.

J'étais déjà un peu habitué à ces conclusions brillantes, auxquelles Holmes n'attachait aucune importance, mais une telle pénétration dans l'essence des choses eut un effet terrible sur notre visiteur.

« Mon Dieu ! C'est de la sorcellerie ! »

Nous restâmes silencieux après le départ de Bengam.

« Savez-vous qui c'était ? demanda Sherlock. C'était un homme. Il parle anglais, vit maintenant à Londres. Il pratique la poésie. »

J'ai levé les mains :

« Holmes ! Vous êtes un vrai diable. Comment savez-vous tout cela ? »

Le détective eut un petit rire de mépris.

« J'en sais plus, encore. Je peux dire que le voleur est certainement un homme !

— Certes, mais qu'est-ce qui vous a mis sur cette piste ?

— Avez-vous remarqué que cette galoche est pour hommes ? Il est clair que les femmes ne peuvent pas en porter de telles ! »

J'étais écrasé par la logique de mon célèbre ami. Toute la journée, j'ai marché comme un imbécile.

Deux jours plus tard, Holmes était assis sur le divan, fumant la pipe et jouant du violon.

À la manière de Dieu, il était assis au sein des nuages de fumée et interprétait ses meilleurs airs. Ayant achevé une élégie de Newton, il enchaîna sur une rhapsodie de Michel-Ange, et arrivé à la moitié du charmant bibelot de ce compositeur anglais, il se tourna vers moi :

« Eh bien, Watson, préparez-vous ! J'ai déroulé le fil de ce crime énigmatique. »

Nous nous habillâmes et nous sortîmes.

Sachant qu'il était inutile de questionner Holmes, mon attention fut attirée par la maison dont nous nous rapprochions. C'était la rédaction du *Times*.

Nous nous rendîmes directement auprès du rédacteur en chef.

« Monsieur », dit Holmes, serrant avec confiance ses minces lèvres. « Si une personne ne portant qu'une seule galoche, vous apporte des vers, retenez-la et prévenez-moi. »

Je levais les mains :

« Seigneur ! Comme c'est simple… et génial. »

Après le *Times*, nous nous rendîmes à la rédaction du *Daily New*, du *Pêle-Mêle* et de plusieurs autres journaux. Tout le monde fut averti.

Ensuite, nous n'avions plus qu'à attendre.

Il faisait beau, sans cesse, et personne ne venait vers nous. Mais un jour, alors que la tempête faisait rage et qu'il pleuvait des trombes, quelqu'un fit irruption dans la pièce en l'éclaboussant.

« Holmes, dit l'inconnu d'une voix grossière. Je suis Dobbles. Si vous retrouvez la galoche que j'ai perdue à Trafalgar Square, je vous rendrai riche. D'ailleurs, cherchez aussi le maître de ces vilaines rimes. La lecture de ce galimatias m'a fait perdre la capacité de boire mon whisky du soir.

— Eh bien, nous connaissons ces choses-là, mon cher », murmura Sherlock en essayant de jeter cette canaille au sol.

Mais Dobbles sauta en direction de la porte et, jetant le manuscrit au visage de Holmes, tel un météore il descendit les escaliers et disparut. Peu après, nous retrouvâmes une autre galoche.

Je pourrais en raconter plus sur le destin de Bengam le poète, de ses vers et des galoches, mais comme cela implique des têtes couronnées, cela serait peu judicieux.

Holmes a résolu bien d'autres affaires, sans doute plus intéressantes, mais j'ai fait le choix de la galoche perdue de Dobbles, car elle m'a semblé être la plus typique.

Traduit du russe par Viktoriya et Patrice Lajoye

Arkadi Boukhov

**La fin de Sherlock Holmes
(d'après les notes du docteur Watson)**

Je ne me serais jamais attendu à ce que mon ami Sherlock Holmes fût menacé un jour de déchoir si piteusement aux yeux de l'opinion publique ; mais hélas – c'en est ainsi ! Mieux eût valu pour mon ami tomber sous les coups d'un Apache que subir le triomphe de son pire ennemi, le professeur Moriarty. Mais ce dernier mit tout en jeu pour gagner la dernière partie.

Depuis longtemps Sherlock Holmes avait remarqué que Moriarty tramait quelque chose ; et depuis quelques jours il était soucieux. Il s'injectait de la morphine avec ardeur et jouait du violon avec persévérance. Puis, comme toujours, une activité fiévreuse l'envahit. Il se déguisa en pêcheur breton pour assister aux bals *fashionable* de Whitechapel ; il se grima en vieille marchande de pommes pourries, afin de ne pas être remarqué dans la grande avant-scène de Darling-Hall ; mais tout cela en vain.

« Mon rôle est fini, dit-il tristement un soir, en fumant par prudence un cigare par l'autre bout. Moriarty a imaginé quelque chose de trop sérieux.

— Vous vaincrez, Holmes, affirmai-je en me levant du lit pour lui serrer la main, vous vaincrez !

— Nous verrons, déclara-t-il énigmatique. La lutte va s'engager. »

Et sans changer de ton, il s'en fut se coucher.

La lutte commença, en effet.

La nuit, nous fûmes réveillés par un brusque coup de sonnette.

« C'est Gregson ! assura Holmes en se réveillant.

— Qu'en savez-vous ? demandai-je avec surprise.

— Regardez la sonnette ! » Et Holmes désigna de la tête le vestibule.

« Je ne vois rien.

— Regardez votre montre.

— Il est deux heures du matin.

— Vous n'êtes pas observateur. Lisez. »

Et Sherlock me montra un billet : « Viendrai à deux heures précises. Gregson. »

« Dans notre profession, il n'y rien d'énigmatique, mon cher Watson, sourit indulgemment Holmes. Il faut seulement procéder par déduction. Entrez, Gregson. »

Personne n'entra. Je pâlis et saisis mon revolver.

« Passez-moi la valériane, Watson. Il y a une femme derrière la porte. Elle est émue et n'ose se montrer. Entrez ! »

La porte s'ouvrit, et sur le seuil un grand gaillard roux parut, les mains tachées de sang.

« C'est vous, Sherlock Holmes ? »

Mon ami examina le nouveau venu de la tête aux pieds et hocha la tête.

« Moi-même. Asseyez-vous. Vous êtes tailleur de pierres ?

— Non. Je m'appelle James Kenner. Ma profession ? Tueur d'enfants. Vous enquêtez sur l'assassinat d'une vieille femme dans une maison de Reginald Park ? Ça vous intéresse ? »

Je m'aperçus que les yeux d'Holmes brûlaient d'un feu particulier.

« Un peu.

— C'est moi qui ai tué la vieille. »

Je m'affalai sur une chaise. Holmes tressaillit.

« Racontez-moi les détails.

— Mais il n'y a aucun détail. Je suis entré par la porte ouverte, j'ai assommé la vieille avec un gourdin et j'ai pris l'argent. »

Holmes regarda James Kenner d'un air de doute :

« Ce n'est pas vous l'assassin.

— En voilà une idée ! s'indigna Kenner. Je sais mieux ce qu'il en est que vous !

— C'est faux. Vous êtes envoyé par Moriarty.

— Oui, c'est Moriarty qui m'adresse à vous. Mais j'ai tout de même tué la vieille de mon propre chef. Par ma propre initiative…

— Prouvez-le.

— Volontiers. Me mettrez-vous les menottes maintenant ou après ? »

Une demi-heure plus tard nous étions sur les lieux, dans la maisonnette de Reginald Square. Gregson, Holmes, Kenner et moi entrâmes, tandis que les policiers restaient devant la porte.

Kenner arpentait gaîment la chambre.

« Je suis entré par là, expliqua-t-il, tranquillement, j'ai franchi le seuil ; la vieille, surprise, a tenté de se sauver. Je l'ai rattrapée ici et l'ai frappée à la tête. Voilà !

— Le gredin dit la vérité, murmura Holmes. Kenner, pourquoi avez-vous avoué ?

— Pourquoi ne pas avouer ? N'était l'assassinat, l'affaire serait nette. J'ai tué et avoué.

— Vous serez pendu, remarqua poliment Gregson.

— Je pense bien que pour un coup comme ça, on ne vous passe pas la main dans les cheveux, convint volontiers Kenner. Je serai pendu à la santé de la vieille, c'est clair. »

Holmes était morne.

« Il faisait un sale temps ce jour-là, dit-il sans conviction en regardant le plancher et vous avez longtemps marché dans la rue.

— C'est vrai, il pleuvait à torrents et j'allais à pied.

— L'animal, chuchota Holmes, il vous coupe l'herbe sous le pied... Vous êtes sorti de la maison...

— Au bout d'un quart d'heure. Par le grand escalier. »

Kenner fit une pause, regarda sa montre et bâilla.

« Eh bien, va pour la prison ! Il n'est pas trop tard. Vous avez encore le temps de me conduire. »

En rentrant avec moi, Holmes se mit à fumer sa pipe.

« Moriarty a usé d'une arme sans précédent. Je suis perdu. »

Nous n'étions pas encore remis des émotions de cette nuit, lorsque quatre jours plus tard Londres fut bouleversé par la nouvelle d'un horrible assassinat, dont les victimes étaient un vieux père, son fils légitime et deux autres enfants de contrebande.

Gregson téléphona dès que la police fut informée du crime.

« Venez, disait-il d'une voix émue. Le patron ne nous laisse pas entrer dans l'hôtel. Il affirme être complice et avoir reçu l'ordre de ne laisser entrer personne dans la chambre des victimes avant votre arrivée.

— Faut-il prendre un revolver, Holmes ?

— Inutile, murmura tristement mon ami. Je crois que nous n'en aurons plus besoin... Partons. »

Un cab nous attendait. Le cocher salua Holmes et lui dit tout haut :

« Dépêchons-nous, Monsieur. J'ai quitté la maison le dernier, sitôt que le cadet de la famille eut été achevé ; la police peut survenir à chaque instant. Elle vous ravira l'honneur de découvrir le crime. »

À plusieurs reprises nous avions vécu des moments critiques ; mais circuler en plein jour dans un cab conduit par un assassin de marque – c'était trop !

Un désordre complet régnait dans la chambre des victimes. Je regardai Holmes : il était pâle ; ses mains tremblaient. Il poussa un profond soupir, se mit à genoux et, ayant considéré la trace d'un pied sale, il se prit la tête avec horreur.

La trace était soigneusement marquée à la craie ; tout contre, il y avait un billet fixé par une punaise et rédigé comme suit : « 32 centimètres. C'est ma trace. J'ai acheté les bottines au grand magasin de Bridge-Avenue, à un commis roux. – Signé : William Strod. »

« Watson, je deviens fou ! »

Nous approchâmes avec circonspection de la fenêtre. Sur l'appui, un bout de cigarette gisait et à côté, une main avait écrit sans se presser :

« C'est mon bout de cigarette, à moi, le complice. Rue des Cinq, maison n° 5, dans la cave ; me faire demander par Jim, surnommé le Rat Vert. Je suis chez moi de 4 à 6. – Samuel Brighton, forçat évadé. »

« Faites venir les domestiques de l'hôtel, dit Holmes d'une voix tremblante en s'affalant dans un fauteuil. Vous, Gregson, allez à l'adresse du grand magasin et interrogez le commis. »

Lorsque les domestiques furent rassemblés, Sherlock promena sur eux un regard inquisiteur et demanda :

« Qui était de service cette nuit ?

— Moi, Monsieur, répondit respectueusement le plus jeune, qui avait un profil désagréable d'oiseau de proie ; j'ai introduit les assassins. Ils étaient en retard d'une demi-heure sur l'heure convenue.

— Sont-ils restés longtemps ici ? s'enquit Holmes d'une voix accablée.

— Oh ! non, Monsieur, répondit un autre domestique. Je faisais le guet tout le temps, de peur qu'on ne vînt. Un quart d'heure au plus. Ces honorables gentlemen sont morts rapidement.

— Je ne suis pas Jack Sprint, que la police recherche depuis quatre ans, s'écria un troisième, et je veux être pendu si quelqu'un a jamais succombé plus rapidement que ces jeunes garçons.

— Le motif était le vol ? demanda Holmes en se détournant.

— Oui, Monsieur. Nous avons laissé dans le coffre-fort un billet indiquant la somme dérobée ainsi que l'adresse détaillée du receleur. »

Gregson revint au bout de quelques minutes.

Il déclara :

« J'ai vu le commis ; la personne qui a acheté les bottines a laissé son adresse et prié d'en informer la police. C'est William Strod.

— N'oubliez pas que j'ai tué, proféra une voix derrière nous. »

Nous nous retournâmes. Devant nous se tenait le cocher de notre cab.

« Et moi aussi, je suis quelqu'un, ajouta le patron de l'hôtel en entrant dans la pièce ; il ne faut pas m'oublier ! Si je n'avais pas été au courant de tout, il ne serait rien arrivé. Mon nom est Bridgers. Quatre condamnations à mon actif.

— Tout ce que vous voulez, Gregson ! cria Sherlock Holmes en se bouchant les oreilles. Moriarty se moque de moi… Encore cinq ou six assassinats de ce genre, et je devrai demander un bureau de tabac, ou me faire marchand de billets… à la porte du palace. Il faut bien gagner sa vie ! »

Et, criant comme un possédé, il se précipita dans la rue. Lors de l'enquête du meurtre suivant, à laquelle Gregson et son collègue Lestrade convoquèrent Holmes, l'assassin attendait tout bonnement près du cadavre, en lisant le feuilleton du *Daily Mail*.

« Que vous êtes long ! dit-il d'un ton de reproche à Holmes. J'ai déjà laissé des traces, jeté des bouts de cigarette et marqué mes empreintes digitales sur tous les verres ; même que je me suis coupé, afin qu'elles soient plus nettes. Mais vous venez si tard… Pourquoi ?…

— Gredin ! lança Sherlock Holmés indigné. Travailles-tu pour ton compte, ou pour celui de Moriarty ?

— Pour lui. Il vous téléphonera aujourd'hui à six heures. »

C'était vrai. À six heures précises la sonnerie du téléphone retentit et Holmes faillit laisser choir le récepteur, lorsqu'il l'appliqua à son oreille :

« Je te balaierai de la surface de la terre ! cria Holmes d'une voix rauque. Je ne t'arrête pas maintenant, mais l'heure viendra…

— Suffit, Holmes !… Vous êtes tenu de m'arrêter. Je déclare en présence de deux témoins, un garçon boulanger et un joueur de football, que vous êtes obligé de m'arrêter. Sinon, je préviens immédiatement la police. Je vous attends, au coin de Hyde Park et de Piccadilly. Venez avec Watson et la police.

— Je deviens fou, murmura Holmes. Il me poursuit… Il me nargue… Habillez-vous, Watson. »

Lorsque Sherlock, Gregson et moi, nous arrivâmes à l'endroit convenu avec une douzaine de policemen, Moriarty nous y attendait déjà, entouré d'un nombreux public et de reporters. Holmes s'approcha de Moriarty à portée de menottes.

« Je suis impuissant, gémit Holmes, étouffant de colère malgré son sang-froid. Vous avez fait disparaître les preuves, et je ne puis vous arrêter. Mais je saurai bien vous trouver quand j'aurai en main des données plus précises.

— Sur le collier de Lady Graham ? demanda Moriarty.

— Vous l'avez sans doute expédié en Amérique en même temps que la bague du comte Pasherry ?

— Pas du tout ! »

Et Moriarty, mettant la main à sa poche, ajouta :

« Voici le collier ; voici la bague. À propos, voici le médaillon du duc de Rococo. Et puis les bracelets de la comtesse de l'Ampire.

— Mais ?... les assassinats commis de votre propre main ?

— Il y a de quoi garnir deux potences. D'abord, le meurtre d'un vieux fermier à Pedgherry... J'ai travaillé moi-même. Ensuite...

— Gregson, chuchota Holmes en retenant des larmes de désespoir, je crois être de trop. »

Le lendemain matin, les reporters des grands journaux informèrent les lecteurs de l'événement par une note suggestive, qui se terminait ainsi :

« Un détachement de police a arrêté un criminel notoire, le professeur Moriarty. Un public nombreux, parmi lequel figurait Sherlock Holmes, assistait à l'arrestation... »

Six mois plus tard j'errais un matin sans but dans les rues de Londres. Près de Hyde Park, je rencontrai un cortège. C'étaient des chômeurs. En les regardant défiler de plus près j'entrevis le profil de Sherlock Holmes.

« Holmes ! criai-je... Est-ce Dieu possible... »

Il se retourna, me regarda de ses yeux fatigués, et, ne m'ayant sans doute pas reconnu, il dit d'une voix mal assurée :

« Peut-être monsieur voudrait-il m'offrir du travail. Dans ce maudit Londres, on peut crever de faim, quand on n'a pas de profession bien déterminée... »

Et, avec un geste désabusé, il poursuivit son chemin.

Traduit du russe par Don Aminado (Aminad Petrovitch Chpolianski)
Première publication : 1927.

Sergueï Solomine

La fin de Sherlock Holmes

- 1911 -

Хольмсъ сидѣлъ въ креслѣ, весь опутан-
ный веревками.

Tard dans la soirée, le docteur Watson était encore assis dans son bureau et examinait les documents qui devaient servir de matériaux à un nouveau volume des aventures du célèbre détective. La nuit noire régnait derrière les fenêtres du cottage.

Il se détachait souvent de son travail, pour admirer une fois de plus son tout nouveau divan, recouvert d'un excellent tissu persan. Il avait fait cette belle acquisition la veille, et quatre vigoureux gaillards l'avaient livrée du magasin de meuble le matin même.

Le silence n'était rompu que par le bruissement du papier et le fort tic-tac de la vieille horloge. Soudain le docteur Watson tressaillit. Il lui sembla que le siège du divan se soulevait un peu. Habitué aux surprises, il rapprocha de lui son browning, toujours posé sur son bureau.

Le siège continuait de se lever, et par la fente ainsi formée, se montra une main humaine aux longs doigts fins. L'horloge sonna deux coups…

Une voix familière et moqueuse se fit entendre :

« Mon ami, laissez donc votre arme et abaissez le store des fenêtres. »

Watson obéit aussitôt.

Le siège se releva définitivement, et de la caisse du divan jaillit la maigre silhouette de Sherlock Holmes. Le docteur se précipita vers son ami et lui serra la main.

« Mon cher, ne posez aucune question, et donnez-moi à manger en prenant soin de ne déranger personne de la maison.

— Mais pourquoi ?

— Watson, je devais vous voir, mais une douzaine de paires d'yeux me poursuit, des yeux pas moins pénétrants que les miens. La Providence elle-même vous a inspiré l'heureuse idée d'acheter ce divan. Et ce fut très facile pour votre serviteur de s'y retrouver. »

Ayant dévoré une collation froide et bu un verre de whisky, Sherlock Holmes alluma une pire bourrée d'un célèbre tabac et s'allongea dans un fauteuil incliné.

« Watson, jamais auparavant votre ami ne s'est retrouvé dans une telle situation, de victoire et de défaite en même temps. Vous avez probablement remarqué que durant ces deux dernières années, à Londres, Paris, Vienne, Berlin, Amsterdam, New York, San Francisco, Tokyo, Vladivostok, Saint-Pétersbourg et dans

d'autres grandes villes, nombre de crimes audacieux ont été commis et sont restés impunis ? On a pillé plusieurs banques et sociétés anonymes, on a enlevé quelques belles filles, de grandes aristocrates, nous sommes sans nouvelles de l'héritier d'un milliardaire américain, on a tué et dévalisé Jonas, un vieux Juif qui avait l'habitude d'entreposer dans sa maison isolée des monceaux de bijoux. Près de Varsovie, un train emmenant des passagers extraordinairement riches et chargé de diamants pour une valeur d'un million de livres sterlings a déraillé. Un vol a été commis au Vatican, et on a dérobé dans le trésor d'une famille régnante un diamant sans égal. Une mine de ces mêmes pierres précieuses du Transvaal a aussi été attaquée. L'Amirauté britannique cherche en vain le torpilleur 107... Dois-je continuer, Watson ? Vous vous demandez quels sont les liens entre ces crimes ? Apparemment aucun. C'est ce que je pensais. Cependant, en vérifiant des détails les concernant, et après avoir fait quelques voyages autour du monde, j'en suis arrivé au fait que tout cela concerne une bande criminelle internationale. Vous connaissez ma méthode : il me suffit de saisir le bout du fil, et toute la pelote est dans ma main ! Je connais de nom et de vue les douze meneurs de ce dangereux gang. Et trois femmes dirigent tout ! La bande a projeté de réaliser le cambriolage d'une banque : grandiose, dix millions de livres sterling, Watson ! Mais pour la mise en œuvre de ce plan, il leur manque une information. Mon cher, le temps passe et dans quinze minutes je devrai disparaître. Il est nécessaire de porter le coup fatal et ces belles diablesses se retrouveront derrière les barreaux. Voici un paquet : vous trouverez dedans tous les détails. Si dans deux jours, je ne reviens pas vers vous, confiez-le aux autorités. Mais pas avant ! Sauf si... »
Sherlock Holmes n'acheva pas sa phrase. L'électricité fut coupée et Watson entendit clairement dans l'obscurité soudaine un son sifflant. Il sentit un parfum doucereux, enivrant : son souffle se coupa et il perdit conscience...
Lorsqu'il se réveilla, dans la matinée, la fenêtre était ouverte. Holmes avait disparu. Le paquet et les documents accusateurs s'étaient aussi envolés.

« Ha ! ha ! ha ! » Le rire de trois charmantes femmes se fit entendre. À ces gaies modulations féminines, la voix de basse d'un grand brun athlétique fit écho.
« Bonjour, grand détective ! »
Une belle femme bronzée darda sur Holmes les étoiles noires de ses yeux et lui envoya un baiser aérien. Le détective était ficelé dans un fauteuil.

Une superbe blonde rejeta ses cheveux dorés en arrière : ses boucles se tordirent jusqu'au sol. Elle afficha sous les yeux indifférents de Holmes la blancheur neigeuse de sa poitrine maintenue par un corsage de velours noir.

La troisième femme était une splendide créature. Ses grands yeux aux sourcils arqués et lisses regardaient naïvement le monde avec tendresse. Tout en elle accusait la Parisienne : son nez busqué provoquant, sa petite bouche qui semblait peinte de sang frais.

« M'sieur Holmes, croyez bien que j'ai lu vos merveilleuses aventures avec beaucoup de plaisir, dit-elle. J'ai même beaucoup appris grâce aux méthodes que vous utilisez lors de vos investigations. Quand, au sein du Conseil des Trois, nous discutions de la question de la peine de mort, que vous avez à proprement parler bien méritée depuis longtemps, j'ai été la première à donner ma voix en votre faveur et j'ai convaincu notre présidente de vous laisser la vie.

— Et le Juif Jonas ? Et les vies sacrifiées dans le déraillement du train près de Varsovie ? éclata Holmes d'une voix sépulcrale.

— Nous n'en discuterons pas ! Avec votre esprit pénétrant, vous avez sans doute deviné pourquoi nous vous avons kidnappé ?

— Vous comptez cambrioler une banque. Mais pour ouvrir la porte du coffre, vous avez besoin de connaître les trois mots de passe formant la combinaison secrète de la serrure. Vous ne connaissez que le premier : Alsinor. Et vous espérez m'arracher les deux autres.

— Quelles sont vos conditions ?

— Je ne négocie pas avec les assassins et les voleurs.

— Nous n'attendions pas d'autre réponse. Pourtant, que diriez-vous de vingt pour cent du butin ?

— La richesse ne m'a jamais séduit.

— Et si nous révélons l'emplacement du torpilleur 107 ? Si nous vous rendons l'héritier enlevé ? Ou les trésors du Vatican ?

— Je découvrirai bien cela sans votre aide.

— Vous oubliez que vous ne retrouverez la liberté qu'au prix des deux mots. Sinon…

— Je ne crains pas la mort. » Les yeux gris acier du grand détective brillèrent.

« Pensiez-vous mourir d'une façon si simple ? Du revolver, d'un poison ou du poignard ? Connaissez-vous la torture par le feu ?

— J'ai été brûlé jusqu'à l'os, au fer rouge, par les Pirates de la Tamise.

— Et l'eau ?

— Sur les îles Sandwich, le gang de Juarez m'a fait avaler tout un baril d'eau. »
La blonde princière leva la main.

« Assez ! Appelez Yadi Samagatu ! »

Une minute plus tard, arriva un Japonais nerveux à la démarche rapide. Il alla droit sur Holmes et commença à presser constamment les mains et les pieds du détective. Puis il fit quelque chose à son cou. Enfin il travailla avec ses doigts la poitrine et le ventre. Enfin, abandonnant sa victime, il resta pantois, désespéré.

« Cet homme est passé par l'école de torture japonaise que nous appelons la 'Danse de la Mort'. Chaque partie de son corps résiste au 'Massage de l'Enfer'.

— Dans ce cas, dit la blonde, essayons l'électricité. »

Le brun athlétique posa sur la tête de Holmes un casque de métal et entortilla un fil autour de son corps. La blonde tourna le bouton du commutateur…

Seuls les scélérats invétérés peuvent regarder sans ressentir de l'horreur une séance de torture par l'électricité. Holmes éprouva des souffrances surhumaines, son corps se contracta en une crampe douloureuse, on eût dit que sa tête allait se briser en morceaux. Bien qu'il fût attaché au fauteuil, il bondit vers le plafond.

La blonde coupa le courant.

« Direz-vous les deux mots, Holmes ?

— Jamais ! » fit le détective d'une voix essoufflée avant de s'évanouir.

Lorsqu'il se réveilla, la salle était plongée dans les ténèbres. Les femmes infernales – les chefs de la bande – et leurs associés s'étaient cachés quelque part. Soudain la porte s'ouvrit et Holmes vit s'approcher doucement une silhouette féminine enveloppée dans un voile.

Le tissu blanc tomba, et devant le détective, la blonde apparut dans toute la splendeur de sa beauté majestueuse. Elle n'avait pour seul vêtement que la vague épaisse de sa chevelure d'or. Elle se serra contre Holmes et couvrit son visage de baisers passionnés. L'odeur attirante du corps de la jeune femme, mêlée à un parfum de lotus, lui faisait tourner la tête.

« Chéri, dis-moi les deux mots, et je serai tienne. Je te procurerai par un doux poison une passion folle, comme tu n'en as jamais connue ! »

La beauté délia les bras du détective et triomphait déjà en sentant ses mains enserrer ses hanches nues.

Le claquement sec des menottes d'acier se fit entendre dans la pièce, bracelets que Holmes avait extirpés comme l'éclair d'une poche de côté, et qu'il avait fermés autour des bras de la blonde en les repoussant dans son dos.

« Au nom de la loi, je t'arrête ! » tonna-t-il. Et rapidement il libéra ses pieds de la corde.

Mais la blonde eut le temps de bondir vers le mur et de presser le bouton de la sonnette.

Cinq noirs d'une taille monstrueuse firent irruption. Ils saisirent Holmes et le renversèrent sur le plancher. L'un d'eux déboutonna une des manchettes du détective et dénuda son bras jusqu'au coude.

Les autres chefs de la bande entrèrent et les stores furent ouverts. La pièce fut inondée par les rayons du soleil.

Une voix puissante se fit entendre. « Sahir Naguib, fais-en ton affaire ! » Un Hindou basané s'approcha de Holmes avec une seringue et lui injecta quelque chose sous la peau.

Les noirs jetèrent de force le détective dans un coin et dans le même temps, une grille tomba, séparant la pièce en deux. Le détective se retrouva en cage. De l'autre côté, toute la bande s'était installée sur des chaises… les trois belles femmes devant tous les autres.

Ce fut cette fois la brune, en qui la sagacité de Holmes avait reconnu une Mexicaine, qui se mit à parler :

« Grand détective, vous pensez certainement qu'on vous a injecté un poison mortel et mentalement vous dites adieu à la vie. Détendez-vous ! Il s'agit juste d'une décoction de racines indiennes de suambo. Savez-vous ce que cela signifie ? Son action commencera dans dix minutes. Dites les deux mots, et derrière vous s'ouvrira une porte dans le mur. »

Holmes sombra dans la torpeur d'une terreur froide. Il connaissait l'action du suambo, en injection sous-cutanée, et il s'en était servi une fois sur un Cafre qui au Transvaal avait avalé un diamant clair comme l'eau. Ainsi avait-il pu récupérer la célèbre « Étoile du Sud ».

Aucune torture ne pouvait être comparée à ce que ressentait le détective. La honte et l'humiliation l'attendaient. En présence de dames, même s'il s'agissait de criminelles.

« Duncan ! » cria Holmes d'une voix qui n'était plus la sienne.

« Et le troisième mot ?

— Lady… Lady Millsboro ! »

Aussitôt une porte s'ouvrit dans son dos.

La même nuit, une banque fut cambriolée.

« Mon cher Watson, dit avec découragement le grand détective, autrefois fier, je refuse de continuer à exercer la profession d'expert en matière criminelle. Il y a une force devant laquelle cède le courage britannique. Cette force peut se dire : 'shocking'[26]. »
Ainsi Sherlock Holmes cessa toute activité et s'occupa de culture maraîchère et d'apiculture…

Traduit du russe par Viktoriya et Patrice Lajoye

---

26   En anglais dans le texte

Maurice Baring

**Sherlock Holmes en Russie
ou l'histoire d'un livret de score au skat**

- 1908 -

Toutes mes excuses à Sir. A. Conan Doyle

C'est en novembre 1907 que je suis allé à Moscou, à la rencontre de Sherlock Holmes, qui revenait d'Afghanistan par Kiachta, en transsibérien. La rumeur disait qu'il avait été partie prenante de négociations non officielles entre le gouvernement britannique et l'émir du pays. Au cours de son voyage de retour, Holmes, infatigable comme à son habitude, avait permis à la police russe de mettre la main, à Irkoutsk, sur les meneurs d'un audacieux groupe révolutionnaire qui complotait à l'enlèvement du tsar de Russie. Voilà tous les renseignements que je pouvais tirer d'une carte postale laconique, expédiée d'Oufa, dans laquelle il me demandait aussi de le retrouver à Moscou le 20 novembre. Cependant, quand j'arrivai dans la capitale, je n'y trouvai qu'un télégramme qui m'y attendait :

« Prenez train de nuit pour ville d'O., gouvernement de Z. Vous retrouve à la gare. Attendez-vous à du sport. Apportez fourrures. »

Pour quiconque connaissait les méthodes et les habitudes de Sherlock Holmes, cela semblait signifier que son cerveau toujours en alerte sentait à nouveau le parfum d'un palpitant mystère ou d'un crime déconcertant. Après avoir passé la journée à Moscou, je pris le train de nuit, comme indiqué, et j'arrivais le lendemain à O. Je retrouvai mon ami qui m'attendait à la gare, étouffant sous un épais manteau de fourrure et une pipe d'un tabac plus fort que d'habitude.
« J'espère que vous avez apporté un chaud manteau, Watson, me salua-t-il. Nous avons devant nous une course de trente milles. »
Et, donnant en russe, qu'il parlait couramment, des ordres à un portier concernant mon sac, il traversa la gare jusqu'à un endroit où nous attendait un traîneau attelé de trois chevaux.
« Sautez dedans, dit-il. Nous n'avons pas de temps à perdre. » Nous nous mîmes à l'aise dans la paille, en nous enveloppant d'un épais tapis de fourrure.
« Nous nous rendons dans la propriété du prince B., que j'ai rencontré dans la Transbaïkalie, et qui m'a invité chez lui, pour quelques jours, le temps d'une chasse aux loups. Le prince vous attend. »

Durant la première demi-heure de voyage, Holmes me fit un discours savant sur les violons anciens et les éditions Elzevir, ne l'interrompant que pour indiquer de temps en temps les effets de la lumière sur la plaine enneigée ou pour donner des commentaires sur les manières et les coutumes des villageois que nous croisions. Puis, après que nous ayons avancé pendant encore une demi-heure, il dit :

« Vous serez bien aimable, Watson, de ne plus me parler jusqu'à notre arrivée. Je me suis lancé dans une série de spéculations qui requièrent toute mon attention. »

Connaissant les habitudes de mon ami, je ne montrai ni surprise, ni contrariété, et je ne tardai pas à sombre dans un profond sommeil.

Nous avions déjà atteint la propriété du prince B. lorsque je me réveillai. Sa demeure était située à un jet de pierre d'un long village composé de cabanes en rondins et recouvert d'une épaisse couche de neige.

Les maisons, car il y en avait deux, étaient situées au milieu d'un jardin abondamment planté de pins et de sapins de Sibérie. Même si proches l'une de l'autre, elles étaient bien séparées. Toutes deux avaient deux étages. La première, vers laquelle les chevaux étaient tirés, était construite en bois, tandis que l'autre, plus éloignée, était en pierres blanches.

« Êtes-vous déjà venu ici pour deux ou trois jours ? me risquai-je à demander, alors que nous franchissions le portail du jardin.

— Watson, vous êtes incorrigible, répondit Holmes. Si vous aviez vu le nom de la gare d'où mon message a été expédié, vous sauriez que je suis moi-même arrivé ce matin de la ville d'A. et un coup d'œil sur la carte vous aurait montré qu'il s'agissait d'un voyage de douze heures. C'est la première fois que j'ai le plaisir de profiter de l'hospitalité du Prince, et lorsque celui-ci m'a invité, il m'a prié de vous convaincre, si possible, de m'accompagner. Je pourrais avoir besoin de votre assistance sous peu. »

Je ne pus m'empêcher de penser que ce reproche n'était en l'occurrence guère justifié puisque, ignorant tout de la langue russe, je ne pouvais m'attendre à déchiffrer le nom d'une station télégraphique. Mais je répondis simplement :

« Vous n'avez pour l'instant aucune affaire en cours ?

— Watson, dit Holmes lorsque nous arrivâmes à la porte d'entrée, chaque nouvel être humain que nous rencontrons est une affaire en puissance. »

Le Prince vint à notre rencontre et nous accueillit chaleureusement. Après qu'on nous eût montré nos chambres, qui se trouvaient dans la maison de pierre, nous fûmes conduits au salon de la maison de bois, où nous attendaient le Prince et sa famille. Le Prince était un homme d'âge moyen, aux cheveux gris argenté et aux yeux gris clair. Il portait une tunique militaire légère grise, et Holmes déclara, alors que nous nous lavions les mains à l'étage, qu'il supposait que j'avais déjà remarqué que le Prince était adjudant général de la suite du Tsar, qu'il avait servi au Turkestan avant d'aller en Extrême-Orient, qu'actuellement il souffrait d'un léger mal de dents, et qu'il avait participé à deux grosses expéditions de chasse en Afrique. J'avouai que tout cela m'avait échappé, et Holmes me dit qu'il n'avait pas eu le temps de détailler les maillons de la chaîne, mais que si je regardais l'uniforme du Prince, les taches sur son front, les marques d'iodoforme sur sa lèvre supérieure et les cornes d'antilope dans le hall d'entrée, avec leurs dates respectives, alors peut-être tout me serait clair. La famille du Prince était composée de sa femme, de son fils aîné et de sa fille. La Princesse était une femme jeune d'apparence, brune et mince, avec de grands yeux gris, et le fils, le prince Alexandre, était un grand jeune homme brun d'environ vingt-trois ans, vêtu d'un costume de tir en tweed ordinaire. La fille, la princesse Barbara, avait dix-neuf ans, très blonde, aux yeux bleus. Toute la famille parlait l'anglais avec la plus grande aisance.

Une fois que le Prince nous eût présentés à sa famille, il nous conduisit dans la salle à manger où le déjeuner nous attendait.

« Vous avez passé une matinée fatigante à pratiquer la flûte, dit Holmes au prince Alexandre. J'espère que nous aurons le plaisir de jouer ensemble quelques duos. J'ai apporté mon violon avec moi.

— Oui, j'ai joué ce matin », répondit le jeune homme. Puis il s'arrêta stupéfait et ajouta : « Mais comment savez-vous cela ? Vous n'avez pas pu voir ma flûte, puisqu'elle est dans ma chambre.

— Votre index, cher Monsieur, porte une bosse typique des joueurs de flûte. Et j'ai déduit que vous avez joué ce matin du fait que vous n'êtes pas sorti et que la partition pour piano et flûte, sur le piano de salon, a été récemment dépouillée par quelqu'un pressé de trouver un morceau en particulier.

— Votre réputation est inférieure à vos capacités réelles, répondit le jeune homme, mais je doute que vous puissiez deviner ce que ma sœur a fait toute la matinée.

— Je ne devine jamais, répondit Holmes. Mais l'affaire est extraordinairement simple. La princesse a occupé sa matinée à fabriquer de la poterie verte, et elle a allumé un four.

— C'est tout à fait vrai. Comment pouvez-vous le savoir ? dit la jeune princesse.

— Je n'ai pu m'empêcher de remarquer dans le salon un certain plateau. Sur celui-ci se trouvait une quantité de petits pots verts, qui venaient de toute évidence d'être terminés, et qui avaient d'ailleurs cette grâce particulière du travail d'amateur. Votre main gauche, princesse, si vous regardez bien, est légèrement teintée de glaçure rouge, vos joues aussi sont légèrement rougies, et j'ai remarqué, en entrant dans la pièce, cette odeur de fumée qui s'attache forcément à une personne qui est restée debout toute la matinée près d'un four. Vous voyez que mes méthodes sont d'une simplicité enfantine. »

Le Prince et sa famille exprimèrent leur surprise et leur joie. Durant le reste du repas, Holmes ravit ses hôtes par ses connaissances variées.

Lorsque le déjeuner fut terminé, nous nous rendîmes au salon, dans un coin où une table de jeu avait été placée.

« Nous jouons toujours aux cartes après le déjeuner, déclara le Prince. J'espère que vous et M. Watson nous rejoindrez. Il est inutile de vous dire, M. Holmes, ajouta-t-il en bourrant sa pipe en bois de cerisier, quel jeu nous jouons : je suis sûr que vous le savez déjà. Mais je serai curieux de voir comment vous en avez pris connaissance.

— Certainement, dit Holmes. Il est vrai que j'ai tiré certaines conclusions, mais je pense que je me trompe. J'exclus les jeux de bridge, vindt, whist et tous les autres, car vos paquets de cartes ne sont assurément pas complets. D'un autre côté, je sais que ce sont des jeux à plus de deux joueurs, puisque vous avez dit 'nous' et que vous nous avez demandé, à Watson et à moi, de nous joindre à vous. J'exclus donc le piquet et tous les jeux similaires. Il reste la préférence et le jeu national allemand, le skat. Comme votre neveu, qui vous a récemment rendu visite ici, est étudiant à Heidelberg, j'en conclus qu'il a introduit ici le jeu de skat, dont les étudiants allemands sont particulièrement amateurs.

— C'est tout à fait correct, dit le jeune prince. Mais comment savez-vous que j'ai un cousin et qu'il est à Heidelberg ?

— La photographie d'un jeune étudiant portant la robe du Saxo Berussen Korps, qui se trouve dans ma chambre, et une autre d'un groupe d'étudiants, toutes deux signées Fritz von Interlaken et datées d'octobre 1907, m'indiquent qu'un étudiant est venu ici récemment. L'inscription 'Friz, S. L., Onkel Peter, July 1907' sur le bol de votre pipe, Prince, m'a indiqué le reste.

— Merveilleux, dit le Prince. Et comme cela semble simple une fois que c'est dit. Mais vous et Watson, allez-vous vous joindre à nous et couper ?

— Watson, répliqua Holmes, ne joue qu'au whist. Quant à moi, même si je connais les règles de nombreux jeux de cartes, dans la pratique je suis un joueur médiocre.

— Papa, l'interrompit la princesse, le livret de skat a disparu.

— Sonne, répliqua le Prince avant d'ajouter : nous sommes des novices à ce jeu. Ce livret, qui contient les règles et nous permet de pointer, nous est très utile. »

Le majordome entra dans la pièce et déclara que le prince Alexandre prenait le livret tous les soirs dans sa chambre de l'autre maison et le laissait dans le hall le matin.

« Je le prends pour apprendre les règles, dit le jeune prince. Mais je le ramène toujours. Vous pouvez regarder dans ma chambre, ajouta-t-il au majordome, mais je sais qu'il n'est pas là. »

Le majordome s'en alla.

« L'as-tu rapporté, ce matin ? demanda son père.

— Je ne l'ai pas pris, hier soir. Il était sur la table, et je pense que j'ai laissé avec l'argent que j'ai gagné : neuf roubles en billets.

— Alors, dit le Prince en riant, c'est un sujet pour M. Holmes. D'ailleurs, nous avons oublié de lui dire – enfin moi je n'ai pas oublié, mais je n'ai pu le mentionner durant le repas – que la nuit dernière, il y a eu un vol, ici.

— Eh bien, déclara Holmes en croisant ses mains et en levant les yeux au plafond, vous m'intéressez beaucoup.

— Je crains que ce ne soit pas si intéressant que ça, dit la princesse, mais c'est plutôt comique. Les quatre meilleures casseroles de la cuisine ont été volées, ainsi que deux ou trois chemises du prince, deux ou trois d'Alexandre, et des chaînettes en argent bon marché qui lui appartiennent.

— Voulez-vous que j'essaie de trouver le voleur ? demanda le détective.

— Nous serions ravis si vous pouviez retrouver les casseroles, déclara la princesse, car cela ne plaît pas au cuisinier. Peu importe le voleur.

— Me permettez-vous d'interroger les membres de votre domesticité ?

— Bien sûr. Nous savons que ce n'est personne de la maison, mais au village, il y a plusieurs mauvais personnages. »

Le majordome entra de nouveau et déclara avoir fouillé partout dans les deux maisons : le livret restait introuvable.

« Alors nous jouerons sans lui, dit la Princesse. Alexandre, prends du papier pour marquer les scores. Le livret était plus pratique, car il y avait à la fin des feuilles blanches, perforées, que l'on pouvait détacher pour écrire les scores. Vous ne jouerez pas, M. Holmes ?

— Je préfère regarder. »

Et comme je déclinais moi-même l'invitation à jouer, le Prince, la Princesse et Barbara s'assirent à table. Le prince Alexandre ne se joignit pas à eux, au motif qu'il était trop occupé.

« Puisque vous n'allez pas jouer, prince Alexandre, dit Holmes, peut-être m'aiderez-vous à mener mon enquête préliminaire.

— Certainement, répondit le jeune prince.

— Personne ne peut avoir volé le livret de skat, en tout cas, déclara la princesse.

— Je n'en suis pas si sûr, répliqua Alexandre. D'autant plus si j'y ai laissé de l'argent, comme je pense l'avoir fait. »

Holmes ne prêta pas attention à cette remarque, mais après avoir regardé trois parties dans un silence complet, il s'adressa soudain à la princesse :

« Vous avez dit qu'il y a plusieurs mauvaises personnes au village. Y a-t-il quelqu'un que vous soupçonnez en particulier ? Qui, par exemple, est le pire ?

— Il y en a plusieurs. Et un de nos employés, au bureau que nous appelons le Kontora, un homme instruit, est soupçonné de faire de la propagande révolutionnaire sociale. Mais il n'y a aucune preuve contre lui. Et puis il ne vole pas de casseroles.

— Oui, mais c'est n'importe quoi, affirma le jeune prince. C'est un homme honnête et travailleur.

— Pourquoi ne le renvoyez-vous pas ? demanda Holmes.

— Oh, il brûlerait notre maison ! s'exclama la princesse en riant. En fait, il est tout à fait inoffensif.

— C'est encore plus intéressant. Puis-je voir ce monsieur ?

— Oh, certainement, dit la princesse. Alexandre va vous mener au Kontora.

— Allons dans l'autre maison, dit le jeune prince à Holmes. Vous pourrez y commencer votre enquête. Ce sera très amusant.

— Watson peut-il venir aussi ? demanda Holmes.

— Bien sûr, dit le jeune prince. Cette enquête n'aurait aucune valeur sans la présence de M. Watson.

— Avant que nous passions à autre chose, pourriez-vous me montrer la cuisine ? Nous allons régler l'affaire des casseroles. »

La cuisine était dans un bâtiment à part, séparée des deux maisons et située sur une élévation au-delà du bâtiment en pierre dans lequel se trouvaient nos chambres et celle du jeune prince. Nous nous y rendîmes et un cuisinier parisien en tenue blanche nous expliqua exactement, à l'aide de phrases précises, ce qui avait disparu, avant de terminer son récit par une exclamation de dégoût. Sherlock Holmes fut bientôt à quatre pattes sous la fenêtre de la cuisine. Il examina le mur, le rebord de la fenêtre et le sol avec une grosse loupe. Puis, comme un chien renifleur, il sortit rapidement de la pièce, pour aller dans le jardin, et il s'arrêta devant un tas de neige près d'un bouquet d'arbres.

« Pourrions-nous avoir une pelle ? »

Il en fut bientôt apporté une, et Holmes, après quelques coups vigoureux, révéla au regard étonné du prince, du cuisinier et d'une foule de moujiks, quatre grandes casseroles de cuisine.

« Maintenant, si vous le permettez, dit le détective à son hôte, je continuerai mes investigations dans votre chambre. »

Et nous nous rendîmes ensemble à la maison de pierre.

Alors que nous y entrions, un jeune homme s'approcha du prince et lui dit quelques mots. Il portait de hautes bottes, des cheveux longs, une chemise sarsenet bleu foncé sans col, boutonnée sur le côté, un pince-nez, une veste noire et une casquette en astrakan.

Le prince lui répondit quelque chose en russe, puis nous conduisit dans une pièce du rez-de-chaussée adjacente à son propre salon, tout en disant :

« Je vous prie de m'excuser, M. Holmes, mais cela vous dérange-t-il d'attendre un moment ? Je dois parler d'une affaire avec cet homme. Cela ne prendra que quelques minutes. »

Le prince entra alors dans son salon, qui était relié à la pièce où nous étions par une porte. Elle était entrouverte, elle semblait être une de ces portes qui ne fermaient jamais, de sorte qu'on pouvait entendre des bouts de la conversation entre le prince et le jeune homme. Ils parlaient bien sûr en russe. Holmes alluma sa pipe et s'assit sur un divan. Alors une des voix de l'autre côté de la porte se transforma en murmure, et l'on entendit l'ouverture puis la fermeture d'un tiroir. Enfin le jeune homme s'en alla et le prince, ouvrant la porte, nous invita dans sa chambre.

« Asseyez-vous, s'il vous plaît », dit-il en montrant un divan, et il s'installa lui-même à une table à écrire placée au milieu de la pièce.

« Maintenant que nous avons retrouvé les casseroles, je suppose que toute enquête est inutile, M. Holmes ?

— Nous n'avons pas encore découvert le voleur, répondit le détective.

— Je crains que ce ne soit plus difficile.

— Nous n'avons pas non plus trouvé le livret de scores.

— Oh, mais nous y arriverons bien. Je vais chercher l'employée qui s'occupe de nos chambres, et vous pourrez l'interroger. C'est une vieille paysanne qui est avec nous depuis sa naissance, dit le prince en se déplaçant vers la porte pour crier : Mavra ! »

Une femme âgée, vêtue d'une robe de paysanne composée d'un jupon de coton bleu et d'un grand tablier, un mouchoir noir sur la tête, entra dans la pièce et accueillit en souriant la compagnie. Je fus incapable de comprendre ce qui suivit, mais Holmes, plus tard, a dicté à ma demande le cours détaillé des événements. Le prince invita le détective à l'interroger, et Holmes ne fit pas allusion aux casseroles, mais lui demanda si elle n'avait pas vu un petit livre vert quelque part.

Elle déclara l'avoir vu, et tous les jours même. Il était là.

« Dans l'autre maison ? demanda Holmes.

— Oui, dans l'autre.

— Vous l'avez vu hier ?

— Oui, hier il était là.

— Dans cette maison ?

— Oui, là.

— Quelqu'un a dit, l'interrompit le prince, que des livres avaient été posés sur le rebord de la fenêtre du premier étage, qu'ils étaient mouillés et qu'on les y avait mis pour sécher.

— Oui, dit Mavra en souriant joyeusement. On dit que certains livres ont été mouillés et ont été mis à sécher.

— Où ? demanda Holmes.

— Ils étaient posés *là*. Et puis aujourd'hui, j'ai dit à Macha : 'Où sont ces livres ?' Et elle a dit : 'Qu'est-ce que j'ai à faire de livres ? Et toi, qu'est-ce que tu en as à faire ?'

— Dans cette maison ?

— Oui, ici.

— Qui les a mis à sécher ? demanda Holmes.

— Je n'en sais rien. Peut-être qu'André le sait.

— Qui est André ?

— Le gardien de nuit, répondit le jeune prince.

— Et une fois que les livres ont été secs, les avez-vous vus ?

— Oui.

— Où ?

— Ils étaient posés *là*.

— Dans l'autre maison ?

— Oui, *là*. »

À ce moment-là, le majordome entra et le prince lui demanda si le livret de skat ou tout autre livre avait été mouillé pour avoir été laissé sur un rebord de fenêtre, avant d'être mis à sécher. Il répondit qu'il y avait eu deux livres sur le rebord de fenêtre, à l'étage. Ils y étaient toujours, mais personne ne les avait mis à sécher, car ils n'avaient pas été mouillés, et le livret de skat n'était pas parmi eux. Le jeune prince répéta qu'ils avaient joué, la veille, au skat, et qu'ils avaient utilisé le livret de scores qui avait été laissé sur la table du salon.

« Merci, dit Holmes à la femme de chambre. C'est suffisant pour le moment. Maintenant, je voudrais, si possible, me rendre dans votre bureau.

— Certainement, dit le prince. Allons-y. »

Nous nous dirigeâmes vers le bureau, qui était à cinq minutes de marche de la maison. Une marche durant laquelle Holmes entretint une conversation animée avec le prince sur la situation politique en Russie. Nous arrivâmes au bureau et nous entrâmes dans une pièce nue, munie d'un poêle et d'une table. Deux commis y œuvraient. L'un d'eux était le jeune homme avec qui le prince avait discuté.

« Quel est celui que vous avez mentionné ? demanda Holmes en aparté au prince.

— Celui à la chemise bleue. Voulez-vous l'interroger ?

— Non, merci. J'ai vu tout ce que je voulais voir. Maintenant, si vous le permettez, je vais faire une promenade seul, dans le village. Je voudrais réfléchir à quelques petites choses. »

Nous retournâmes à la maison, tandis que Holmes partait seul pour le village. Je m'en allais dans ma chambre pour faire une sieste, car j'étais encore assez fatigué par mon voyage.

Holmes revint vers cinq heures de l'après-midi et, s'installant dans un fauteuil, il dit :

« Si vous voulez bien prêter l'oreille, Watson, je vais vous dévoiler le résultat de mes investigations.

— Si vous avez trouvé le voleur, lui dis-je, vous avez bien du mérite, avec tout le flou et le désintérêt de cette famille concernant ce vol.

— C'est vrai. La question était, comme je l'avais anticipé, beaucoup plus compliquée qu'elle n'en avait l'air à première vue. Il arrive fréquemment que des affaires qui semblent être de simples bagatelles s'avèrent d'une importance capitale, et peu aisées à résoudre. Dans le cas présent, ce qui m'a mis la puce à l'oreille est la disparition du livret de skat. Il est évident qu'un voleur, qui ne s'intéresse qu'à l'argent, ne volerait pas une telle chose. Quand j'ai retrouvé les casseroles dans le jardin, ma supposition s'en est trouvée confirmée. Le voleur était aveugle.

— Mais il y avait de l'argent, dans le livret, l'interrompis-je. En plus, des chemises et une paire de chaînettes ont disparu.

— J'y viens, justement. Il est clair, à la façon dont les casseroles ont été volées et dissimulées, que nous n'avons pas affaire à un voleur ordinaire. Parmi les informations à notre disposition, il y a ces soupçons portés contre un des employés, suspect de propagande révolutionnaire. Le jeune prince l'a interrogé et a reçu de lui une petite boîte en carton qu'il portait avec lui quand nous l'avons rencontré : un fait que vous avez sans doute remarqué. Il a placé la boîte dans un tiroir sans serrure – notez encore la négligence de ces gens ! Pendant que le jeune prince interrogeait l'employé, j'ai entendu une partie de leur conversation, et je me suis assuré que le contenu de la boîte n'était rien d'autre que des bombes, destinées à provoquer un coup de force demain, à la gare.

— Pour quelle raison ? demandai-je.

— Nous y reviendrons plus tard. Prenons les choses dans l'ordre. Lorsque nous avons visité le bureau, j'ai remarqué que sur la table du commis, il y avait une feuille de papier perforée sur le côté, recouverte de chiffres. Elle avait été évidemment arrachée du livret de cartes : des séparations et des lignes y avaient été imprimées pour marquer les scores. Quand je suis revenu du bureau, avant de me rendre au village, le jeune prince m'a emmené une fois de plus dans sa chambre, et en menant habilement la discussion sur le ton de la conversation – le jeune homme est, comme vous l'avez remarqué, un raisonneur –, je lui ai finalement lancé un défi concernant une date, dont la vérification l'a obligé à aller chercher un livre dans l'autre maison. Une fois seul, j'ai fait deux découvertes importantes : dans l'un de ses tiroirs, j'ai trouvé une boîte en carton contenant quatre bombes tassées, faites d'un puissant explosif. Et dans un autre tiroir, j'ai trouvé les chaînettes en argent, et les neuf roubles en billets que le prince prétendait avoir perdus hier soir. Mais le plus important est ma deuxième découverte. J'ai trouvé plusieurs pages arrachées d'un livret de scores, recouvert de figures qui n'apparaissent ni dans le skat, ni dans aucun autre jeu. J'ai également découvert sur le manteau de la cheminée un morceau de papier à moitié brûlé, arraché du même livret mais, notez-le, d'une page de texte, et non d'une feuille blanche perforée. Elle était elle aussi recouverte de figures. Je me suis donc rendu ensuite au village, et j'ai eu une importante conversation avec le policier local. Il m'a fourni des informations intéressantes sur les habitants et la situation politique en général. Lorsque je lui ai demandé comment est l'employé que nous avons vu aujourd'hui, il a déclaré qu'il est très 'rouge', c'est-à-dire révolutionnaire. Il a dit aussi que le vieux prince avait refusé de le renvoyer, à la demande de son fils. Le jeune prince est également un 'rouge', a-t-il ajouté, et c'est là le point le plus dangereux de la situation. Le policier n'a aucun doute sur le fait qu'il communique avec le parti révolutionnaire par le biais de l'employé.

Je l'ai questionné au sujet du vol des casseroles, et à ma grande surprise, il m'a dit qu'il savait très bien qui les avait volées. Je lui ai demandé qui. Il m'a affirmé qu'il a au village un homme autrefois employé au bureau du prince, mais qui avait été envoyé en Sibérie et qui en était revenu. Il est maintenant pick-pocket professionnel, et il profite maintenant de son séjour. 'Mais si vous savez cela, pourquoi ne l'arrêtez-vous pas ?', lui ai-je demandé. 'Dieu soit avec lui, non, a répondu le policier, aussi étonnant qu'étonné. Pourquoi l'arrêter ? Il est déjà allé en prison.' 'Pourquoi ?' ai-je demandé.

'Il a tué le frère du garde-chasse, a dit le policier, et il a volé des poules.' Bien sûr, je savais qu'il mentait, car un vrai voleur aurait pris avec lui les casseroles, et si le policier le connaissait vraiment, il l'aurait arrêté. 'Le prince le sait-il ?' ai-je demandé. 'Bien sûr qu'il le sait.' 'Alors pourquoi n'insiste-t-il pas pour qu'il soit arrêté ?' 'Le prince a pitié de nous, a dit le policier. Nous sommes pauvres. Si le voleur était arrêté, il reviendrait bientôt et il me tuerait. Il brûlerait certainement toute ma maison. Le prince le sait. Qu'importe s'il vole quelques casseroles. Le prince en achètera de nouvelles. Le prince ne s'en fait pas. Le voleur ne fera plus de mal : il est revenu voir sa maison et son village natal.' Interrogé pour savoir s'il y avait un lien entre l'employé et le vol, le policier s'est mis à rire. Il a dit que l'employé est 'rouge', qu'il s'occupe de politique, mais qu'il n'est pas un voyou.

Je lui ai demandé si les preuves étaient suffisantes pour faire arrêter le voleur. 'Que Dieu m'en défende !' m'a répondu cet étonnant policier. J'ai aussi appris de lui qu'une grosse somme d'argent, environ un demi-million de roubles, sera transférée demain de la ville d'O. à la ville d'X. Puis je suis revenu ici.

Vous comprenez sans doute maintenant l'objet de l'affaire. Il s'agit d'obtenir de l'argent pour les finances révolutionnaires, et le but du vol de casseroles était d'orienter les soupçons, lors de la mise en œuvre du coup, vers une supposée bande de voleurs censée se cacher dans le secteur.

Maintenant, nous arrivons à un autre maillon de la chaîne. Le jeune prince, comme vous vous en souvenez, avait l'habitude de prendre chaque soir le livret de skat dans le salon de la maison en bois, pour le mettre dans le salon de cette maison. Puis il le ramenait tous les matins et le laissait dans le hall d'entrée. Pourquoi faisait-il cela, et pourquoi le hall ? Je suppose que vous, Watson, vous avez déjà conclu que le voleur de casseroles, dans cette sombre conspiration, n'est autre que le jeune prince : il ne pouvait communiquer ouvertement avec le commis, ni le voir trop souvent sans attirer les soupçons. Il écrivait donc chaque soir, d'une manière chiffrée, ce qu'il devait dire sur les pages blanches de la fin du livret, puis il laissait ce dernier bien en vue. L'employé était appelé à la maison pour des affaires, arrachait la feuille du livret et y laissait si nécessaire une réponse. »

Je l'interrompis.

« C'est très ingénieux. Mais pourquoi le livret a-t-il disparu ?

— Le prince l'a détruit. Le morceau de papier brûlé que j'ai trouvé dans la cheminée le montre, car ce n'était pas, comme je vous l'ai dit, une des pages blanches, mais une page du texte lui-même. Le prince, comme tous les membres de sa famille, vous l'avez remarqué, et comme la plupart des révolutionnaires russes, s'en remet trop aux hasards de la chance : il a couvert de chiffres tout le livret, et comme le coup doit avoir lieu demain, il a pensé qu'il valait mieux de son côté détruire un document qui pourrait éventuellement le compromettre. Grâce à l'ingénieux mensonge de l'argent laissé dans le livret, il a inclus cela dans le vol.

— Et quelles mesures avez-vous prises ? demandai-je.

— J'ai envoyé un télégramme express, crypté, à mon ami L., chef du département de la police de Saint-Pétersbourg, pour l'informer des faits.

— Quel en sera le résultat ?

— Ils empêcheront le coup d'avoir lieu demain soir », répondit Holmes.

Une sonnerie nous appela pour le thé, et durant le reste de la soirée, le sujet du vol ne fut évoqué qu'une ou deux fois en plaisantant. Holmes et le prince semblèrent penser que puisque les casseroles avaient été retrouvées, il n'y avait plus aucune raison de se préoccuper du voleur. Après le dîner, tous deux et la jeune princesse nous ravirent par un trio pour flûte, violon et piano, et le temps passa aussi rapidement qu'agréablement. J'avais du mal à croire que le jeune homme, si détendu, si « divertissant », était vraiment un criminel dangereux à la veille de commettre un fameux coup. Mais mon expérience de biographe de Sherlock Holmes m'avait convaincu que de tels cas sont hélas trop fréquents ! Je passais le lendemain matin à écrire des lettres, et Holmes ne fit rien d'autre que s'allonger sur le canapé et fumer une énorme quantité de tabac à rouler. Nous nous retrouvâmes tous au moment du déjeuner. Après celui-ci, alors que nous buvions notre café au salon, le jeune prince déclara qu'il avait une communication intéressante à nous faire, à savoir qu'à la gare, il y avait un grand bâtiment en bois destiné à stocker le maïs. Les marchands s'en servaient, et y touchaient un reçu indiquant la valeur de ce qui y était stocké. S'il était détruit, le gouvernement serait responsable de cette somme.

Et il semblait que le chef de gare s'était arrangé avec un des marchands pour lui remettre un reçu en double, pour une quantité de maïs d'une valeur considérable. Il avait fabriqué un faux duplicata, pour cette somme colossale. Il avait été en outre décidé que le marchand livrerait une quantité infinitésimale de maïs, pour une valeur d'à peine quelques shillings, puis que le stock serait incendié et détruit. Le chef de gare devait recevoir une belle commission. Mais, étant donné qu'il est impossible de modifier les registres, conservés à la gare et dans lesquels les montants des reçus sont notés, en raison du nombre de fonctionnaires employés, il avait été décidé de brûler aussi la gare, détruisant ainsi tous les documents compromettants qu'elle renfermait, et rendant impossible la comparaison entre le faux duplicata reçu par le marchand, et le récépissé original inscrit dans les registres. Il avait été décidé en outre de procéder ainsi à l'aide de bombes et d'attribuer toute cette affaire aux révolutionnaires. L'intrigue avait cependant été découverte par le commis du bureau du prince, qui était un ami du nouveau chef de gare adjoint. Il avait rapporté les bombes à la maison et avait raconté toute l'histoire au jeune prince, qui était immédiatement entré en contact avec le capitaine de police du district de la ville d'O. À la fin de son récit, le jeune prince ajouta : « Cela montre à quel point nos policiers locaux sont idiots, car ils soupçonnaient ce même commis d'être un révolutionnaire. » Le visage de Holmes resta impassible durant tout ce discours, mais je ne pus m'empêcher de penser que mon ami était un peu inquiet.

« C'était une affaire à votre mesure, M. Holmes, dit la princesse. Mais je pense que vous en avez assez fait en retrouvant nos casseroles. Seulement, je souhaiterais encore que nous retrouvions le livret de scores.

— Je ne me souviens pas, dit le jeune prince, qu'il ait été dans ma chambre hier ou avant-hier matin. Je me souviens d'en avoir déchiré une feuille, n'ayant pas de papier pour écrire un reçu à l'attention du commis qui m'a apporté de l'argent de la Kontora. Mais il n'y avait pas d'argent. Celui que j'ai gagné la nuit dernière, ainsi que les chaînettes, je les ai trouvés dans un tiroir.

— Quelqu'un a-t-il regardé dans la table de jeu ? demanda la jeune princesse. Et comme personne n'y avait regardé, la nappe fut soulevée, et on découvrit, posé là, le livret de scores de skat. À ce moment-là, le majordome entra dans la pièce, essayant de maîtriser une crise de rire, et il déclara que l'inspecteur de police du village, le stanovoï, était dehors, disant qu'il avait reçu l'ordre de Saint-Pétersbourg d'arrêter le prince Alexandre et de l'envoyer immédiatement à la ville d'O. en raison de son implication dans un complot visant à voler un train. La famille entière éclata de rires incontrôlables, et le vieux prince expliqua à Holmes que l'inspecteur de police avait probablement fait exprès cette erreur, puisqu'il avait été trouvé deux fois en train de braconner dans leurs bois, et qu'ils s'étaient plaints et avaient demandé son renvoi.

Puis, avec son fils, il alla interroger l'inspecteur de police. Ils revinrent ensuite en disant que cette affaire n'était qu'une erreur idiote et inexplicable, liée à l'affaire de la gare, mais que l'inspecteur de police, bien qu'il en soit conscient, en raison de la rancune qu'il éprouvait, insistait pour mener à bien la mission pour laquelle il avait reçu des ordres. Alors le jeune prince dut s'en aller pour O. cet après-midi-là, au milieu des réjouissances, et il exhorta Holmes, au moment de son départ, d'obtenir sa libération. Nous aussi nous nous en allâmes, pour Moscou, le lendemain, Holmes ayant déclaré qu'on l'y convoquait pour des affaires urgentes. À notre arrivée dans la capitale, nous reçûmes un télégramme nous disant que le prince Alexandre avait été immédiatement relâché, avec de plates excuses pour cette erreur, que l'inspecteur de police avait été démis de ses fonctions, et que le commerçant ainsi que le chef de gare avaient été arrêtés.

Holmes ne s'est jamais référé à cette affaire, et il n'aime guère non plus qu'on mentionne le jeu de skat. Mais il me semble que cet échec relatif ne fait qu'accroître le lustre de ses nombreux succès, et c'est pour cette raison que je l'ai consigné par écrit.

Traduit de l'anglais par Patrice Lajoye

Table des matières

Dépôt légal : 4e trimestre 2018